청년시대

청년시대

L. N. 톨스토이 지음

동완 옮김

좋은 책 좋은 독자를 만드는 —

㈜신원문화사

옮긴이의 말

《청년 시대》는 톨스토이의 처녀작이자 그의 반생애를 다룬 제1부 《유년 시대》, 제2부 《소년 시대》에 이어 1857년에 저술한 제3부이다.

《유년 시대》와 함께 《청년 시대》는 톨스토이가 청년기의 황금 같은 시기에 때를 놓치지 말아야 한다는 교훈을 독자들에게 친숙한 이미지로 전달하고 있다. 따라서 《유년 시대》와 함께 읽으면 그의 반생애에 걸친 삶과 사상을 아는 데 큰 도움이 될 것이다.

《유년 시대》에서도 그렇지만, 특히 이 《청년 시대》에서는 그의 내면적 고백이 많이 나타나기도 했다. 이 책에서도 쉽게 알 수 있듯이, 그는 쾌락주의자로서 현실적 쾌락에 탐닉하기도 했다. 그리고 끝내는 몽롱한 허무주의에 사로잡히기까지 했다.

　그는 '이상적인 인간'이란 이상을 실현하려고 했다. 그러한 이상 때문에 다른 이상적인 인간들과 같은 수준이 되려고 그들을 맹목적으로 좇다가 이성을 잃고 도박과 더불어 방탕한 생활을 보내기까지 했다. 그런 그를 구제할 수 있었던 것은 그의 절대적인 성실뿐이었다.

　이 글에서 톨스토이는 젊은 두뇌 속에서 잡연雜然스럽게 난립된 사색이나 몽상을 조용히 꿰뚫어 보았다.

　이 작품처럼 자기를 선명하게 표현한 것도 드물다. 또한 이따금 거리의 아름다운 봄 장면이나, 참회에 관한 이야기라든가, 죄과를 망각하려고 수도원을 향해 마차를 달려가는 이야기 등은 그야말로 시적인 요소가 담뿍 실려 있다고 하겠다. 열정적인 범신론의 시각에서 아름다움을 묘사하고 있는 장면을 우리는 엿볼 수 있다.

이로 미루어 톨스토이의 청춘은 힘과 생명애, 열광 등으로 귀결
될 수 있을 것이다.

차 례

1장

청년 시대의 시작

청년 시대의 시작

    네플류도프와의 교류는 인생에 대한 새로운 관점과 그에 따른 목적과의 상호 관계를 내게 제시해 주었다. 이 관점은 인간의 사명이 도덕적 완성에의 노력 정진이며, 그 완성이 실현 가능하며 용이하고도 영원한 것이라는 굳은 신념을 근본으로 했다. 그러나 이제까지 나는 이 신념에서 싹트는 새로운 사상을 발견하든가, 도덕적·활동적 미래의 빛나는 여러 가지 계획을 짜든가 하는 것에 도취되어 있는 데 지나지 않았다. 그리고 내 일상 생활은 여전히 자질구레하고 통일이 없는 안일 무위한 상태로 지내 왔다.

    존경하는 내 친구 드미트리 네플류도프—이따금 나는 가장 친밀한 표현으로 멋있는 미챠(드미트리의 애칭)라고 혼자 속으로 중얼거리고는 했다.—와 내가 대화하는 중에 심의한 선덕善德이 넘치는 여러 가지 사상도 내 지성을 즐겁게 했을 뿐 아직 감정까지 만족시키는 데에는 이르지 못했다. 그러다가 드디어는 이런 사상의 신선한 도덕적 계시로 내 머릿속은 꽉 들어차고 그 결과, 아아, 나는 얼마나 귀중한 시간을 허송했는지 모른다는 생각에 깜짝 놀라고 말았다. 그리고 나는 그 순간부터 이제는 절대로 배신 행위 따위는 하지 않겠다는 확고한 의도로 이들 사상을 실생활에 적용하기로 결심했다.

그래서 나는 이때부터 청년 시대가 시작된 것으로 여긴다.

그때 나는 만 열다섯 살이 되기 직전이었다. 여전히 교사들이 다니고 있었고 생 제롬도 감독을 하고 있었으므로 나는 마지못해 대학 수험 준비를 계속했다. 공부 외의 내 일은 고독 속의 한없는 공상과 사색, 세계에서 가장 억센 체력을 만들기 위한 것에 목표를 둔 체조, 어떤 확실한 목적도 없이 집 안의 온 사방, 특히 하녀 방의 복도를 걸어 다니는 실내 산책, 자기 도취의 거울 비추어 보기 따위였다. 그런데 거울 보기의 경우에 나는 항상 무거운 시름과 혐오의 느낌에 사로잡혀 거울 앞을 떠나는 것이 고작이었다. 내 생김새는 단지 아름답지 못할 뿐만이 아니고, 이런 때에 흔히 있는 자기 미화로 위안을 삼을 수도 없을 만큼 내 꼴의 추악함은 어쩔 수 없었기 때문이다. 실제로 내 얼굴은 표정이 풍부하다거나 영리해 보인다거나 또는 고상하다라고 여기기에는 도저히 불가능했다.

표정이 풍부한 점은 하나도 없이 평범하고 거칠고 보기 흉한 인상일 따름이고, 눈은 따분한 회색이며, 특히 거울을 들여다보고 있을 때에는 영리해 보이기는커녕 도리어 우둔하기 짝이 없이 비쳤다. 사내다운 점은 더욱 없었다. 키는 작은 편은 아니었고 나이에 비해 기운도 퍽 센 편이었지만, 그러면서도 얼굴의 윤곽 전체가 이상하게도 부어오른 것처럼 기운이 없고 흐리멍덩한 인상이었다.

고상한 점도 하나 없었다. 고상은커녕 막일꾼의 얼굴 그대로였고 손발도 그들처럼 커다랬다. 그 당시의 나는 그런 것이 창피해서 견딜 수 없었다.

나의 규율

내가 대학에 입학한 해는 우연하게도 부활제가 4월 말에 있었기 때문에 부활절 주간 후 첫 주간에 시험을 보았다. 그래서 나는 수난 주간에 목욕재계하고 마지막 준비에 정성을 다해야 했다. 나는 먼저 종이를 놓고 다음 해의 과업과 의무의 표부터 만들기로 했다.

표를 만들기 위해서는 줄을 그어야 했는데, 마침 자가 없어서 대신 라틴어 사전을 이용했다. 종이에 사전의 가장자리를 대고 펜으로 그은 다음 책을 떼고 보았더니 거기에는 선이라기보다는 가늘고 기다랗게 잉크 반점이 방울져 있었다. 더구나 사전의 길이가 짧았기 때문에 사전의 모서리 부분에서는 선이 약간 굽어 있었다. 나는 다른 종이를 내놓고 사전을 옮겨 가면서 가까스로 줄 긋는 일을 끝마쳤다. 그리고는 내 의무를 나 자신에 대한 것, 동포에 대한 것, 신에 대한 것의 세 가지로 나누어, 우선 첫째 의무인 나 자신에 대한 것부터 쓰기 시작했다. 그러나 그 의무가 너무 많아서 결국은 몇 개의 종류를 다시 작은 항목으로 나누어야 했다.

우선 '생활 규율'을 쓰고, 그것을 가지고 표를 만들기로 했다. 나는 종이 여섯 장을 하나로 묶고 그 표지에 '생활 규율'이라 써 넣었다. 그런데 글씨가 너무 비뚤비뚤해진 것이 못마땅해서 새로 다시 써야 하느냐 마느냐로 오래 망설였다.

맨 처음 찢어 버린 표와 이 서툰 글씨의 표제를 바라보면서 나는 한참 동안 서글프고 괴로운 심정이 되었다. 마음속으로 준비할 동안에는 모두 아름답고 분명했던 것이, 일단 종이에 옮겨 놓고 보면 왜 이렇게 꼴이 사나워지는 것일까? 그리고 또 평상시에도 마음속으로 생각하고 있던 것을 실생활에 응용하려 들면 왜 이런 결과만 생기는 것일까?

"고해성사 주실 신부님이 오셨습니다. 어서 아래층으로 내려가서 설교를 들으십시오."

니콜라이가 와서 알려 주었다.

나는 책상 서랍에 종이 묶음을 집어넣고 거울 앞에서 머리를 위로 빗어 올렸다. 이런 빗질은 내가 생각하기에 깊이 생각하는 인상을 풍기는 것 같다. 나는 긴 의자가 놓여 있는 방으로 내려갔다. 그 방에는 책상보를 씌운 탁자가 있고, 그 위에 성상聖像이 놓였으며 촛불이 켜져 있었다. 마침 아버지가 다른 쪽 문으로 들어왔다. 근엄한 노인다운 얼굴에 머리가 반백인 고해성사 주실 신부가 축복을 하자 아버지는 그 신부의 작고 납작한 메마른 손에 입을 맞췄다. 나도 따라서 그렇게 했다.

"볼데마르를 불러와요."

하고 아버지가 말했다.

"지금 어디 있을까! 이봐, 부르지 말아요. 대학에서 공부에 열중하고 있을 테니까."

"아닙니다. 그분은 지금 도련님과 함께 공부하고 계십니다."

카텐카는 이렇게 말하고는 슬쩍 류보치카의 표정을 보았다. 류보치카는 어찌된 셈인지 금방 얼굴이 빨개지고, 어디가 아픈 듯이 얼굴을 찌푸리면서 연필로 또 무엇인가를 적었다.

"왜 그래? 또 뭔가 죄를 저질렀어?"

하고 내가 물었다.

"응, 아무것도 아니야. 그저 좀……."

얼굴이 빨개진 류보치카의 대답이었다.

이때 대기실에서 볼로쟈에게 작별 인사를 하는 네플류도프의 말소리가 들렸다.

"옳지, 저기서다. 당신에게는 사방에서 유혹하는 소리가 들려오는군요."

카텐카가 방으로 들어와 류보치카를 향하여 이런 말을 했다.

나는 누나가 어찌된 것인지 알 수 없었다. 그녀는 몹시 부끄러움을 타다 못해 눈물까지 글썽이고 있었다. 그녀의 혼란이 극도에 이르자 이 부끄러움은 자기 자신과 카텐카에 대한 못마땅한 생각과 노여움으로 바뀌었다. 카텐카는 그녀를 놀려 주는 모양이었다.

"아니, 당신은 어쩌면 그렇게 외국 여자를 닮았지? ― 카텐카에게 외국 여자라는 말만큼 심한 모욕은 없었다. 그 점을 노려서 류보치카는 일부러 이 말을 했던 것이다. ── 더구나 이런 신성한 의식이 있는 곳에서……."

하고 엄숙한 표정으로 말을 계속했다.

"왜 내 기분을 잡치려고 그러지요? 당신도 알 거예요. 정말 이건 농담이 아니잖아요."

"니콜렌카, 이 사람이 어떤 말을 기록했는지 알기나 하세요?"

외국 여자 같다고 흥을 잡힌 바람에 화가 치민 카텐카는 나를 향해 이렇게 말했다.

"이 사람은요……."

"아아, 놀랐다. 당신이 그런 마음인 줄은 정말 몰랐어."

완전히 망신을 당해 우리 곁을 떠나면서 류보치카가 말했다.

"고의적으로 이런 때를 노려서 사람을 죄에 빠뜨리려고 하는군요. 나는 당신의 애정이나 번민을 꼬치꼬치 파고들지는 않잖아요?"

고 해

내가 이런저런 부질없는 생각에 잠겨 긴 의자가 있는 방으로 되돌아갔을 때는 벌써 모두 모여 있었고 신부는 일어서서 고해 성사에 앞서 기도를 드리려는 준비를 하고 있었다. 그런데 방 안에 가득 찬 침묵 속에서 기도를 하는 신부의 풍부한 표정과 엄숙한 음성이 울려 퍼지자마자 특히,

"너희들 온갖 죄를 부끄러워 숨기거나 변명하지 말고 이를 모두 털어놓을지니라. 그리하면 너희 영혼은 하느님 앞에서 깨끗이 씻겨지리라. 만약 이를 숨겨 덮으면 곧 더 큰 죄가 될 것이니라."
는 말을 하자, 곧 거행될 신비로운 성사가 상상되며 오늘 하루 마음속으로 느껴 온 경건함과 두려움이 갑자기 되살아났다.

나는 이러한 마음을 의식한다는 것에 어떤 쾌감을 느껴, 머릿속에 떠오르는 다른 모든 생각을 밀어내고 무엇인가를 두려워하면서 이 심경을 소중히 지니고 있었다.

먼저 고해하러 간 것은 아버지였다. 아버지는 오랫동안 할머니 방에서 나오지 않았다. 그동안 우리는 긴 의자가 있는 방에서 입을 다물고 있었다. 다만 이따금씩 누가 먼저 고해하러 갈 것인가를 작은 소리로 속삭일 따름이었다.

얼마 후에 문 안쪽에서 기도하는 신부의 목소리와 아버지의 발걸음 소리가 들렸다. 문이 끼익 소리를 냈다. 아버지는 평소의 버릇대로 기침을 하고 한쪽 어깨를 추스르면서 고개를 숙인 채 나왔다.

"자, 류보치카, 이번에는 네가 가거라. 알았지? 모두 남김없이 고해하는 거다. 가거라. 너는 우리 집에서 죄를 많이 지은 편이지 않니?"

류보치카의 볼을 건드리면서 명랑한 표정으로 아버지가 말했다.

류보치카는 얼굴이 파랗게 질렸다가 빨갛게 되었다가 하면서, 앞주머니에서 그 수첩을 꺼내더니 이내 또 집어넣었다.

고개를 숙이고 머리를 쥐어박힐 것으로 각오나 한 듯이 목을 움츠리고 문 안으로 들어갔다. 그녀는 잠깐 있더니 이내 나왔다. 그런데 고해소에서 나왔을 때에는 양어깨가 흐느낌으로 몹시 떨리고 있었다.

미인인 카텐카가 미소를 지으면서 고해소를 나온 뒤에 드디어 내 차례가 되었다. 나는 여전히 막연한 공포감과 그 공포를 심하게 충동받고 싶은 욕망을 느끼면서 뿌연 불빛이 비치는 고해소로 들어갔다. 신부는 강대講臺에 서서 천천히 내가 서 있는 쪽으로 얼굴을 돌렸다.

나는 할머니 방에 5분 정도밖에는 있지 않았다. 그러나 그 방에서 나왔을 때에는 행복한 심정으로 가득 차 있었다. 그 당시 내가 확신했던 바로는, 나는 정신적으로 갱생한, 어디까지나 순수하고 새로운 인간이 되어 있었다. 구태의연한 일상 생활, 같은 방, 같은 도구, 자신의 모습 등이 못마땅해 보이고 마음에 걸렸지만, 나 자신이 내부적으로 아주 달라진 줄 믿은 터라 바깥 세상의 모든 것도 달라져 주었으면 했다. 그러면서 밤에 잠자리에 들 때까지 이 흐뭇한 기분이 내내 지속되었다.

나는 오늘 말끔히 씻어 버린 모든 죄를 마음속으로 하나하나 돌이켜 보며 어느덧 잠이 들려 했다. 그러다가 문득 고해할 때 숨기고 말하지 않은 부끄러운 죄가 하나 생각났다. 그러자 고해에 앞선 기도의 말이 자꾸만 귀에 울렸다.

"만약 이를 숨겨 덮으면 곧 더 큰 죄가 될 것이니라……."
라는 이 한마디가 계속해서 귓속에 울렸다. 어떤 벌로도 용서될 수 없는 무서운 죄인이 된 그런 심정이었다. 내 입장을 여러 가지로 생각하며, 금방이라도 벌이 내려 소리도 지르지 못하고 즉사해 버릴 것만 같은 조마조마한 기분으로 오랫동안 잠자리에서 뒤척였다. 죽음을 짐작하면서 이루 말할 수 없는 두려움에 사로잡혔다. 그러다가 문득 좋은 방법이 생각났다. 다름 아니라 날이 새면 곧 수도원으로 신부를 찾아가서 한 번 더 고해를 하자는 것이었다. 그제야 나는 겨우 안심이 되었다.

수도원 방문

늦잠 자면 어쩌나 하고 걱정을 하는 바람에 자는 중에 몇 번이나 눈이 떠져 새벽 5시가 되기도 전에 이미 자리에서 일어났다. 창밖이 훤하게 밝아 오기 시작했다. 니콜라이가 일어나기 전에 빗질도 하지 않은 채 침대 옆에 벗어 놓았던 옷과 구두를 걸쳤다. 그리고 아침 기도도 않고 세수도 않고, 태어나서 처음으로 혼자 외출을 했다.

맞은편에 서 있는 큰 건물의 푸른색 지붕 너머로 추위에 얼어붙은 듯한 아침 노을이 불그스레한 빛으로 번지고 있었다. 몹시 차가운 새벽 냉기에 진흙탕과 눈 녹은 물도랑이 얼어붙어서, 발 밑에서 유리가 부서지는 듯한 소리가 나고 얼굴과 손이 시렸다. 합승 마차라도 지나가면 그 편에 빨리 다녀오려고 했던 것인데, 우리가 살고 있는 구역에는 합승 마차 따위는 한 대도 눈에 띄지 않았다. 무엇을 실었는지 짐마차 행렬이 아르바트 거리를 일렬로 늘어서서 지나가는 것과 석공 두 명이 이야기하면서 인도를 지나가는 것, 그뿐이었다.

천 걸음쯤 걸어가니까 바구니를 들고 시장 보러 가는 여자라든가, 물 길러 가는 물탱크 차 따위가 차츰 눈에 띄기 시작했다. 어떤 네거리에는 마초馬草를 파는 노점이 벌써 나와 있었다. 빵가게도 문을 열고 있었다. 아르바트 대문 가까이에 이르러 푸른색 페인트가 여기저기 벗겨지고 사방에 판자 조각으로 고약 붙이듯 땜질을 한 낡은 합승 마차를 만났다.

늙은 마부가 어자대馭者臺에서 꾸벅꾸벅 졸면서 흔들리고 있었다. 붙들고 비용을 흥정해 봤더니, 아마도 잠이 덜 깬 탓인지 수도원까지는 왕복 20코페이카라고 했다. 그리고는 이내 정신이 들었던 모양이다. 내가 마차에 올라타려는 순간 늙은 마부는 갑자기 고삐 끝으로 말을 갈기면서 그냥 지나가려고 했다.

"말한테도 먹이를 주어야 하니 안 되겠습니다, 나으리."

중얼거리듯 마부는 이렇게 말했다.

나는 40코페이카를 주기로 하고 간신히 그를 설득시켰다. 그는 말을 세우고 나를 살피더니,

"타십시오, 나으리."

라고 했다. 솔직하게 말하자면 외딴 변두리로 끌려가서 돈이나 털리지 않을까 좀 불안하기도 했다. 나는 늙은 마부의 몹시 굽은 등 위로 어쩐지 서글프게 드러난 주름살투성이의 목덜미를 곁눈으로 보면서, 다 떨어진 외투 깃을 붙들고 흔들리는 울퉁불퉁한 좌석으로 올라탔다. 이렇게 해서 우리는 보즈드비젠카 거리를 흔들거리

며 지나갔다.

도중에서 나는 마차의 좌석이 마부의 외투와 같은 파르스름한 감으로 씌워져 있는 것을 알아냈다. 이 발견이 왠지 나를 안심시켜 주었다. 나는 이미 마부가 외딴 변두리로 끌고 가서 강도질을 하지 않을까 하는 불안은 느끼지 않게 되었다.

내가 수도원에 도착했을 무렵에는 태양이 벌써 높이 떠올라서 교회의 둥근 지붕을 찬란한 금빛으로 물들이고 있었다. 응달에는 아직도 서리가 남아 있었으나 길에는 온통 진흙탕이 넘쳐 흐르고 있어서, 말은 녹은 길을 질컥질컥 소리를 내며 걸어갔다. 수도원 구내에 들어서자 처음 마주친 사람들에게 어디로 가면 고해성사를 주실 신부를 뵐 수 있겠느냐고 물었다.

"저기, 저곳이 그분의 방입니다만……"

멈추어 선 수도사는 조그만 건물을 손으로 가리켰다.

"네, 감사합니다."

하고 나는 인사를 했다.

그런데 그의 뒤로 계속해서 성당에서 나오며 내 얼굴을 쳐다본 그 많은 수도사들은 대체 나를 어떤 사람으로 보았을까? 나는 아이도 아니고 어른도 아니었다. 더구나 세수도 하지 않았다. 머리도 빗지 않았으며 눈언저리는 온통 먼지투성이인 데다가, 구두는 닦지도 않았으며 진흙까지 묻어 있었으니 말이다.

나를 본 수도사들은 마음속으로 나를 어떤 종류의 사람으로 여겼을 것인가? 그들은 유심히 나를 훑어보고 갔다. 그러나 나는 거침없이 그 젊은 수도사가 가르쳐 준 방향으로 걸어갔다.

사제실로 통하는 그 좁은 길에서 검은 옷을 입은 굵직한 반백 눈썹을 가진 조그만 노인을 만났다.

"나한테 무슨 볼일이 있나요?"

하고 노인은 물었다. 그 순간 나는,

"아니, 별로 볼일은 없습니다."

하고 합승 마차 쪽으로 돌아서서 집으로 돌아가 버릴까 하는 생각이 들었다. 그러나 눈썹은 덤불처럼 괴상하게 생겼지만 노인의 얼굴은 믿음직스러운 느낌이었다. 그래서 나는 고해성사를 주실 신부를 만나 뵙고 싶다면서, 그 신부의 이름을 말했다.

"그렇다면 도련님, 이리 오시오. 내가 그분께 안내해 드리지."

하면서 그는 오던 길로 되돌아섰다. 그는 대번에 내 사정을 짐작했던 모양이다.

"신부님은 아침 기도를 하시는 중입니다만 곧 오실 것입니다."

하고 노인은 설명해 주었다.

"자, 그러면 여기서 기다리고 있으시오."

그는 문을 열고 말끔한 현관과 대기실을 거쳐서 산뜻한 아마포 깔개 위로 나를 인도했다. 그는 선량하고 아늑한 표정으로 일러 주고는 밖으로 나갔다.

안내된 방은 아주 조그맣고 어디에서도 볼 수 없을 만큼 깨끗하게 정돈되어 있었다. 미닫이로 된 이중 창문 중간에 놓인 작은 탁자에는 인조 가죽 탁자보가 덮여 있고, 성상聖像을 안치한 상대와 그 앞에 매달아 놓은 램프와 안락의자가 하나, 작은 걸상이 둘, 이것이 실내에 있는 가구의 전부였다.

창 위쪽에는 제라늄을 심은 화분 두 개가 얹혀 있었다. 한 구석에 걸려 있는 궤종은 글자판에 꽃무늬가 그려져 있고, 동銅으로 된 시계추가 쇠사슬에 매달려 있었다. 벽은 모두 회벽이었으며 가느다란 각재角材로 천장에 고정시킨 칸막이 위의 못에는—아마도 그 뒤에 침대가 놓여 있을 것이다.—두 벌의 제의祭衣가 걸려 있었다.

방의 창문들은 몇 미터 떨어져 있는 건물의 흰 벽을 향해 있었다. 벽과 창문 사이에 조그만 라일락 나무들이 있었다. 외부로부터는 어떤 소음도 들리지 않으므로 방 안에 가득한 고요 속에서 시계추의 규칙적인 울림이 큰 소리로 들렸다.

이 조용한 작은 방에 혼자 남겨지자 이내 그때까지의 생각이나 추억은 마치 한 번도 머무른 일이 없었던 것처럼 어느덧 머리에서 사라지고 나는 형언할 수 없는 감미로운 명상에 잠기고 말았다.

그 안감이 해진 불그스레한 중국 무명의 제의, 검은 가죽 표지의 쇠붙이가 붙은 손때 묻은 책, 물을 잘 주고 잎을 깨끗이 씻은 연초록빛 제라늄 화분, 특히 그 단조로운 시계추 소리, 이러한 모든 것이 지금까지 내가 모르는 새로운 생활을 똑똑히 보여 주었다. 고독과 기도와 조용하고 안정된 행복한 생활이었다.

'달이 바뀌고 해가 흘러가도 저 사람은 언제나 혼자서 한결같이 평온하다. 자신의 양심은 하느님 앞에 부끄러울 데 없이 깨끗하고, 자신의 기도는 하느님께 이른다. 그렇게 저분은 느끼며 사는 것이

다.'

　나는 거의 30분쯤, 이처럼 많은 것을 알려 준 둘레의 조화를 무너뜨리지 않으려고, 움직임은 물론 숨소리까지도 삼가면서 조용히 의자에 앉아 있었다. 시계는 여전히 똑딱똑딱 소리를 내고 있었다. 오른쪽에서는 조금 크게, 왼쪽에서는 조금 작게……

다시 하는 고해

고해성사를 줄 신부가 돌아오는 발소리에 나는 명상으로부터 깨어났다.

"오래 기다렸네."

한 손으로 반백 머리를 쓰다듬으면서 신부가 말했다.

"그래 무슨 일이지?"

나는 우선 축복을 내려 달라고 청한 다음 어떤 특별한 만족을 느끼면서 그 누르스름한 작은 손에 키스를 했다.

내가 찾아온 뜻을 말하자, 신부는 말없이 성당 쪽으로 가더니 참회의 기도를 시작했다.

기도가 끝난 다음 내가 부끄러움을 무릅쓰고 마음속에 엉킨 모든 것을 있는대로 털어놓았더니, 신부는 내 머리에 손을 얹고 조용하면서도 또렷한 음성으로 말했다.

"내 아들이여, 하느님 아버지의 축복이 네 위에 있으리라. 그리하여 하느님은 영원히 신앙과 겸손과 복종의 미덕을 네 마음속에 지켜 주실 것이다, 아멘."

나는 완전한 행복감에 젖었다. 행복의 흐느낌에 목이 메어 올랐다. 나는 노신부의 얇은 옷에 키스를 하고 얼굴을 들었다. 신부의 얼굴은 무척 조용했다.

나는 법열法悅에 잠겨 있는 듯한 심정이었으므로, 무엇인가에 의해 이 기쁨이 무너지지나 않을까 하는 두려움에 이내 신부에게 작별 인사를 드리고 마음이 흐트러지지 않도록 곁눈도 팔지 않고 수도원을 나왔다. 그리고는 다시 그 이상스레 흔들리는 야릇한 줄무늬가 그려진 싸구려 마차에 올랐다. 그러나 마차의 동요와 눈앞을 스쳐 지나가는 온갖 풍경의 변화가 이내 나의 가득 찬 행복감을 분산시키고 말았다. 나는 벌써 이런 것을 상상하고 있었다.

'아마 지금쯤 그 신부는 이렇게 생각하고 있을 것이다. 그처럼 아름다운 정신을 가진 청년은 여태까지 한 번도 만나 본 적이 없고, 또 앞으로도 만나지 못할 것이다. 우선 그런 인간은 다시 없을 테니까.'

나는 이것을 확신했다. 그러자 이 확신이, 어느 누군가에게 말해 주지 않고는 못 견딜 어떤 특별한 들뜬 기분을 불러일으켰다.

나는 누군가와 말을 나누고 싶어 참을 수가 없었다. 그렇지만 마차 밖 가까이에는 아무도 없었으므로 하는 수 없이 마부에게 말을 걸었다.

"여보시오, 내가 오래 지체했소?"

"아, 예. 퍽 오래 계셨지요. 벌써 말에게 먹이를 주어야 할 시간이 다 되었으니까요. 나는 밤에 버는 쪽이라서요."

늙은 마부는 이렇게 대답했다. 햇볕이 난 탓으로 아까보다는 훨씬 명랑해진 모양이었다.

"그래요? 나는 1분 정도 안에 들어가 있었던 것 같은 기분인걸." 하며 슬쩍 내가 하고 싶은 말로 대화를 이었다.

"그건 그렇고, 내가 수도원에 다녀오는 까닭을 당신은 알고 있소?"

마부 가까운 쪽으로 옮겨 앉으면서 나는 또 이렇게 물었다.

"그런 것을 내가 어떻게 알 수 있겠습니까? 나는 손님이 가자는 데로 모셔다 드릴 뿐이죠."

"그건 그렇겠지만 그래도 말이오, 당신은 어떻게 생각하지?"

"글쎄요, 누군가의 장례 때문에 묘지를 사러 가셨겠지요."

"아니, 틀리네. 그런 일이 아니고 내가 무슨 일로 갔는지 짐작되지 않소?"

"모르겠는데요."

그는 이런 대답을 되풀이했다. 마부의 말하는 모습이 무척 선량해 보여서 나는 그를 교화하기 위해 그에게 수도원에 간 이유를 말해 주고 내가 경험한 속마음까지도 말해 주려고 결심했다.

"그러면 내가 알려 드리지. 사실은 이러한 사정 때문이었소."

나는 그에게 모든 내력을 말하고 내 훌륭한 감정까지도 남김없이 털어놓았다. 이때의 일을 생각하노라면 지금도 얼굴이 붉어진다.

"그랬군요."

마부는 이해되지 않는다는 표정이었다.

그로부터 한동안 그 늙은 마부는 말이 없었다. 꼼짝도 하지 않고 앉아서 커다란 장화에 줄무늬 바지를 입은 다리가 마차의 발 디딤판에서 흔들릴 때마다 벗겨지는 외투 자락을 가끔 끌어 모을 따름이었다. 나는 마음속으로 '이 마부도 고해성사를 준 신부와 마찬가지로 나 같은 훌륭한 젊은이는 이 세상에 다시 없을 것이다.' 하고 감탄하고 있을 것이 틀림없다고 여겼다. 그런데 문득 마부가 나를 돌아다보았다.

"보세요, 나으리. 그런 풍류는 나으리들이나 즐기는 멋이죠!"

"뭐라고?"

"아까 들려준 얘기 말인뎁쇼, 그건 나으리들의 놀이라는 거죠."

이가 빠진 입을 오물거리면서 그가 말했다.

'아아, 이 사람은 내가 말한 내용이 이해되지 않았던 것이다.'

나는 생각했다. 하지만 집으로 돌아올 때까지 그와는 아무 말도 하지 않았다.

감격이라는 엄숙한 기분은 남아 있지 않았다. 그러나 감격을 경험했다는 흐뭇한 심정은 온갖 차림의 군중들이 붐비는 햇볕 환한 길거리를 지나면서도 내내 가슴에 가득했다. 그러한 것이 정작 집으로 돌아와선 완전히 사라졌다. 마부에게 치러야 할 40코페이카의 돈이 없었던 것이다. 집사인 가브릴로에게는 전에 빌린 빚이 있었으므로 다시 돈을 빌려 주려고 하지 않았다. 내가 돈을 빌리기 위하여 수차례 안마당을 왔다갔다하는 것을 보고 마부가 그 내막을 알아차렸는지 마차에서 내려왔다. 마부는 사뭇 선량해 보이는 태도이면서도, 대드는 말투로 요즈음에는 마차 운임까지 떼어먹는 고약한 놈이 있다는 둥 큰 소리로 떠들기 시작했다.

식구들은 아직 잠들어 있었기 때문에 하인들밖에는 40코페이카를 빌려 줄 사람이 없었다. 결국 바실리가 반드시 갚는다는 맹세를 받은 다음, 하기는 그가 그런 맹세를 조금도 믿지 않는다는 게 뻔히 표정에 나타나 있었지만, 마부에게 운임을 치러 주었다.

그는 내게 호감을 가지고 있었고 결혼 문제로 내가 베푼 호의를 마음에 새기고 있었기 때문이었다. 이렇게 해서 내 아름다운 감정은 사라지고 말았다. 모두가 함께 성찬을 받으러 성당에 갈 시간이 되어서 옷을 갈아입으려다가 나는 아직도 내 옷이 덜 고쳐져서 입을 수가 없음을 알고는 그만 울화를 터뜨려 더 많은 잘못을 저질러 버렸다. 결국 다른 옷을 입고 성찬식에 나갔는데, 내내 마음이 가라앉지 않고 어수선하기만 해서 도무지 내 마음의 바탕을 아름답다고 믿기가 어려웠다.

입시 준비

　부활절 주간의 목요일에 아버지가 누나와 미미와 카텐카를 데리고 시골로 갔기 때문에, 할머니네 큰 저택에는 볼로쟈와 나와 생제롬밖에는 남지 않았다. 참회식이 있던 날과 수도원을 다녀온 날에 맛본 기분은 말끔히 사라지고 막연하게 흐뭇한 기억만이 남아 있을 따름이었다. 더구나 그 기억조차 자유로운 생활 속에서 느끼는 여러 가지 아름다운 인상 때문에 차츰 희미해졌다.

　'생활 규율'이라고 하는 수첩도 학교의 노트와 함께 치워지고 말았다. 실생활의 여러 가지 상황에 어울리는 각종 규율을 편성해서 언제나 그것을 규범으로 한다는 것이 결코 불가능하지 않다는 생각이 무척 마음에 흡족했고, 또 그것은 매우 간단하면서도 위대해 보이기도 했기 때문에 그것을 실생활에 적용하기로 마음먹었던 것이다. 그러나 그것도 역시 당장 실천해야 하는 것임을 잊어버리기라도 한 듯이 하루하루 미루기만 했다. 그렇지만 딱 한 가지 내 마음을 위로해 주는 것이 있었다. 다름이 아니라 그것은 지금 머리에 떠오르는 모든 생각이 내가 작성한 의무와 규칙의 분류 중의 어느 하나에든 꼭 들어맞는다는 사실이었다. 부인에 대한 의무가 아닐 경우에는 자기에 대한 의무라고 하는 식으로 하나하나 해당되었다.

'그렇다면 이번에는 이것을 저리로 가지고 가자. 그리고 이 제목에 관하여 떠오르는 더 많은 무수한 생각도 역시 이러한 식으로 정리해야겠다.'

하고 나는 생각했다. 가끔 나는 이렇게 자문하곤 했다.

'대체 어느 쪽이 옳고 더 훌륭한 것일까? 그것은 인간 지혜의 전능함을 믿고 있던 그 무렵의 나 자신일까, 혹은 인지人知의 가능성과 의의를 회의하는 현재의 나 자신일까?'

이에 대한 분명한 해답은 좀처럼 얻어지지 않았다.

새로운 자유의 의식과 앞에서도 말했듯이, 무엇인가를 기대하게 하는 봄날의 독특한 감정에 극도로 흥분되어 나는 나 자신을 다스릴 마음의 여유가 전혀 없어지고 시험 준비를 하는 데도 아주 형편없었다. 아침나절 교실에서 내일 있을 시험 과목의 두 문제에 전혀 손도 대지 못했으니 단단히 정신을 차리고 열심히 공부해야겠다고 마음을 가다듬고 있노라면, 문득 창밖으로부터 애틋한 봄 향기가 흘러든다. 그럴 때면 뭔가 당장 알아차려야 할 그 무엇이 닥친 듯한 느낌에 어느새 책을 내던지고 다리가 저절로 움직여 방 안을 이리저리 거닐며 돈다. 이때 머릿속으로는 마치 누군가가 태엽을 감아 기계를 움직이기 시작한 것처럼 아주 경쾌한 자연스러운 기분이 일어난다. 온갖 변화를 이루는 즐거운 공상이 놀라운 속도로 머릿속을 스쳐 지나가기 시작하고, 다만 그 반짝임을 바라보는 것조차 바빠서 그 어떤 것을 붙들어 볼 겨를이 없을 지경이다. 한 시간, 두 시간쯤은 금방 지나간다.

어떤 때는 책을 펴 놓고 앉아서 지금 읽는 책에 간신히 주의를 집중하고 있노라면 그때 문득 복도에서 하녀의 발소리와 옷자락 스치는 소리가 들린다. 그럴 때면 대번에 모든 것이 머리에서 사라져 버리고 그 하녀가 할머니의 심부름을 맡은 가샤라는 아주머니임을 뻔히 알면서도 다른 누구일 것만 같은 생각에 그만 마음이 온통 들뜨고 만다.

'하지만 만일 뜻밖에도 그녀가 찾아와 준다면……. 그렇지, 만일 지금 우연이 만날 수도 있다면 나는 이 기회를 헛되이 놓쳐 버릴 것이 아닌가?'

이런 생각에 복도로 달려 나간다. 그러나 역시 가샤이다. 하지만 그 후로 오랫동안 내 머릿속은 수습되지 않는다. 태엽이 너무 단단히 감아진 것이다. 그 때문에 다시금 무서운 정열의 회오리 바람이 머릿속을 설치며 돈다.

그리고 또 이런 일도 가끔 있었다. 밤중에 촛불을 앞에 놓고 빈방에 혼자 있을 때 촛불 심지를 자르기 위해서나 엉덩이가 배겨 의자를 고쳐 앉을 때 등의 일로 잠깐 책에서 눈을 떼면, 순간 출입문 쪽과 방 안 사방도 희미한 것이 온 집안이 갑자기 괴괴한 느낌이 들어 번쩍 정신이 든다. 그러면 또다시 공부를 그만두고 그 고요에 귀를 기울이지 않고는 못 견뎌서, 어두운 방 쪽으로 열려 있는 어두운 출입문을 조용히 바라보게 된다. 그렇지 않으면 아래층으로 내려가서 텅 빈 방들을 둘러보지 않고는 견딜 수 없었다. 또한 이따금씩 나는 밤마다 몇 차례나 몰래 홀 구석에 숨어 앉아, 가샤가 혼자 촛불을 켜 놓고 홀에 있는 피아노 앞에 앉아 서투르게 더듬는 〈꾀꼬리〉 곡에 귀를 기울이곤 했다. 달밤에는 으레 잠자리에서 나와 앞마당이 내다보이는 창문턱에 드러눕고는 했다. 달빛에 비친 샤포슈니코프의 집 지붕이나 우리가 다니는 성당의 멋진 종루, 앞마당의 샛길에 가꾸어져 있는 정원수의 검푸른 그늘이며 울타리의 검은 그늘을 바라보면서 언제까지나 잠을 이루지 못했기 때문에, 다음날 아침에는 10가 넘어서야 겨우 잠이 깨곤 했다.

이 모양이었으니 만약 가정교사들이 계속해서 찾아와 가르쳐 주지 않았다면, 생 제롬이 가끔 의례적으로 내 자존심을 자극하지 않았다면, 그리고 이것이 가장 큰 이유였지만 친구인 드미트리한테 확실한 청년으로 보이고 싶은 희망, 즉 거뜬히 시험에 패스해 보이고 싶은 희망이 — 왜냐하면 드미트리의 견해로는 시험에 합격한다는 것이 무엇보다도 중대한 일이었기 때문에 — 만일 이러한 사정이 없었더라면, 봄과 자유가 나로 하여금 이제까지의 모든 것을 잃어버리게 하고 시험 따위는 절대로 치르지 못하게 했을 것이 틀림없다.

역사 시험

　4월 16일, 생 제롬과 함께 처음으로 대학의 강당으로 들어갔다. 우리 두 사람은 꽤나 신식인 자가용 경마차를 타고 갔다. 나는 생전 처음으로 연미복이라는 것을 입어 보았다. 뿐만 아니라 내가 입은 것은 내의에서 양말에 이르기까지 모두가 최고급의 신품들이었다. 문지기가 아래층에서 외투를 벗겨 주었기 때문에 나는 내 화려한 복장을 남김없이 과시하면서 그 앞에 섰다. 눈부실 만큼 멋진 내 옷차림에 대하여 내 자신이 좀 거북스러워질 정도였다. 그러면서도 사람들이 꽉 들어찬 마호가니 마루가 깔린 홀로 한 걸음 들어서서 중학생의 제복이며 연미복을 입은 몇 백 명의 청년—그중의 몇몇이 무관심한 태도로 나를 바라보았다.—과 저편 맞은 쪽 끝의 의자 부근을 유유히 걸어 다니기도 하고 커다란 안락의자에 앉아 있는 위엄에 찬 교수들을 보자, 그 순간 나는 그들 모두의 주의를 한몸에 모으려던 기대가 그만 씁쓸한 환멸로 무너지는 것을 느꼈다. 내 얼굴은 집에서는 물론이고 조금 전 아래층 입구에 있을 때까지만 해도 이처럼 고귀하고도 훌륭한 차림을 하게 된 것을 흡족하게 여기는 표정을 하고 있었지만, 그것은 대번에 아주 심한 위축감과 어느 정도 기가 죽어 낙심이 뒤섞인 표정으로 바뀌었다. 여태까지와는 정반대의 기분에 빠졌기 때문에 매우 초라하고 지저분한 차림의 신사 한 사람이 가운데 좌석에 앉아 있는 것을 보았을 때는 무척 반가운 생각이 들었다. 아직 늙었다고는 할 수 없어 보이는데도 거의 완전히 백발이 된 이 신사는 다른 사람들보다 좀 떨어진 뒷좌석에 자리 잡고 있었다. 나는 재빨리 그 곁에 앉아서 수험자들을 관찰하며, 그들에 대한 결론을 여러 가지로 내어 보았다. 홀에는 각양각색의 얼굴과 차림을 한 사람들이 가득 있었는데 그들은 모두 당시의 내 판단으로는 다음과 같은 세 부류로 손쉽게 나누어졌다.

그 첫째 부류는 나와 마찬가지로 가정교사가 따라왔든가 부모와 함께 수험장에 온 사람들이다. 그 속에는 나와 잘 아는 프로스트를 데리고 온 이반 가문의 막내아들과 늙은 아버지를 따라온 일렌카 그라프의 모습도 있었다. 이 부류의 사람들은 모두 솜털에 가까운 턱수염을 기르고 셔츠 깃이 약간씩 드러나는 차림들로, 가지고 온 책이나 노트는 펴지도 않은 채 얌전하고 조용하게 앉아서 교수들의 얼굴이며 시험지 따위를 어딘가 겁먹은 눈빛으로 바라보고 있었다.

둘째 부류의 수험생들은 중학교 교복을 입은 젊은이들이며, 대개는 수염을 깎은 얼굴이었다. 그들은 대부분 서로 아는 사이인지 큰 소리로 잡담을 하든가 교수를 친근하게 이름이나 부칭父稱으로 부르면서, 수험장에 와서부터 여러 가지 문제에 대한 준비를 하기도 하고 노트를 교환하기도 하며, 걸상을 타고 넘든가, 그것도 아니면 가지고 온 피로그pirog나 샌드위치를 복도에 놓인 걸상에 비스듬히 엎드린 자세로 먹어 치우기도 했다.

다음은 세 번째 부류의 수험자들인데, 그들은 별로 많은 인원수는 아니었지만 모두 대단히 나이가 든 사람들로서 연미복 차림도 있었으나 대부분은 프록코트를 입었고 셔츠다운 셔츠를 입은 사람이 없었다. 그들은 아주 얌전한 샌님형이어서 각기 외톨이로 자리에 앉아 매우 어두운 인상을 풍기고 있었다. 분명히 나보다는 초라한 차림을 하고 있다는 점에서 나를 안심시켜 준 사나이는 이 세 번째 종류에 속하는 자였다. 그는 양손으로 얼굴을 받치고 반백의 꺼칠한 머리카락이 손가락 사이로 비집고 나오는 자세로 열심히 책을 읽고 있었다. 그러면서 가끔 이상하게 번뜩이는 눈빛으로 어딘가 악의스럽게 힐끔힐끔 내 쪽을 돌아보고는 눈 사이를 어둡게 찌푸리면서 기름때가 번들거리는 옷소매의 팔꿈치를 내 쪽으로 더욱 밀어붙여서, 더는 내가 가까이 다가앉지를 못하도록 했다.

중학생들은 이와 정반대로 너무나도 치근치근하게 굴기 때문에 도리어 기분이 언짢아질 지경이었다. 그중 한 명은 내 손에 억지로 책을 쥐어 주면서 "이것 좀 저 사람에게 전해 주게."라고 말하는가 하면, 어떤 사람은 곁을 지나가면서 "잠깐 지나가겠소, 미안!"이라고 한마디 했다. 그런가 하면 또 한 중학생은 책상을 뛰어 넘으려다가 마치 내가 걸상의 종류이기나 한 것처럼 내 어깨를 짚고 설치는 형편이었다. 이런 행동들은 모두 나로서는 몹시 불쾌하고 난폭한 것들이었다. 나는 이런 중학생들보다는 내가 훨씬 훌륭하다고 여겼으며, 그들이 내게 이처럼 버릇없이 구는 것을 용납할 수 없는 행위처럼 느꼈다.

드디어 수험자의 이름이 호명되기 시작했다. 중학생들은 거침없이 앞으로 나가서는 대개 무난하게 질문에 대답을 하고 기쁜 표정으로 돌아왔다. 우리의 무리는 그들에 비해 훨씬 겁을 먹고 대답하는 성적도 좋지 않아 보였다. 나이 먹은 층은 아주 멋지게 대답하는 사람과 아주 형편없이 대답하는 사람이 뒤섞여 있었다. '세묘노프 군' 하고 호명되자, 센머리가 텁수룩하고 이상한 눈빛을 번뜩이는 옆자리의 사나이가 거칠게 나를 밀치면서 내 발을 훌쩍 타고 넘어 성큼성큼 시험관의 탁자 쪽으로 걸어 나갔다. 교수들의 표정으로 살피건대, 그는 사내답게 훌륭히 응답한 모양이었다. 그는 자리로 돌아오자, 자기가 어떤 점수를 받았는지는 알아보려고도 않고 노트를 들고는 그 길로 훌쩍 나가 버렸다. 호명하는 소리가 들릴 때마다 나는 몇 번이나 움찔해지곤 했는데, 원래 알파벳 순으로 부르기 때문에, 벌써 아이 자 첫머리까지 와 있었지만 내 차례는 아직 한참 남아 있었다.

"이코닌 군과 …… 테니예프 군!"

교수석 쪽에서 느닷없이 이렇게 누가 큰 소리로 불렀다. 나는 등

골과 머리카락 밑뿌리에 오한이 쭉 흐르는 것을 느꼈다.

"누구야, 불린 사람? 바르테니예프가 누구야?"

라며 내 옆에서 사람들이 떠들썩했다.

"이코닌, 나가 봐. 너를 부르고 있지 않니? 그건 그렇고, 바르테니예프가 누구일까? 모르테니예프가 아닐까? 누군지 모르지만 어서 나서 주었으면 좋겠다."

라고 내 뒤에 서 있는 사과처럼 볼이 빨간 키 큰 중학생이 말했다.

"도련님을 부른 겁니다."

하고 생 제롬이 일러 주었다.

"내 성은 이르테니예프라고 합니다만, 정말 그렇게 불렀나요?"

이라고 나는 얼굴이 붉은 중학생에게 말했다.

"아, 맞아요. 왜 나가지 않습니까?…… 에헤, 굉장히 멋을 부렸는데!"

내가 긴 의자 사이를 지나갈 때, 작은 목소리였지만 내 귀에 들릴 만한 소리로 그는 이렇게 끝말을 덧붙였다.

내 앞으로 이코닌이라는 청년이 걸어 나가고 있었다. 스물다섯 살 정도의 키가 큰 청년으로 세 번째 종류의 나이를 먹은 축에 속해 있었다. 그는 올리브색의 거북스런 연미복을 입고 푸른색 비단 넥타이를 맸으며 금발의 긴 머리카락을 뒤로 넘기고 있었는데 농부형으로 빗질을 잘한 것이었다. 나는 의자에 앉았을 때부터 그의 풍채가 눈에 띄었다. 그는 퍽 잘생겼고 말도 잘했다. 그런데 내게 깊은 인상을 준 것은 목 윗부분에 기른 기묘한 붉은 수염과 그보다도 이상한 버릇, 즉 조끼 단추를 자꾸 끌러 젖히고서 셔츠 속을 긁는 버릇이었다.

내가 이코닌과 함께 다가선 탁자 저쪽에는 세 사람의 교수가 자리 잡고 있었다. 세 사람 모두 내 인사에는 답례하지 않았다. 젊은 교수는 마치 트럼프의 카드라도 다루듯이 과제표를 익숙한 솜씨로 뒤섞고 있었으며, 연미복에 훈장을 단 또 한 사람의 교수는 말끝마다 '드디어'라는 말을 덧붙이고서 아주 빠른 말씨로 카를 대제를 설명하는 중학생을 노려보고 있었고, 나머지 또 한 사람 안경을 쓴 늙은 교수는 머리를 숙인 채 안경 너머로 우리를 휙 둘러보고는 과제표를 가리켰다. 그의 시선이 나와 이코닌을 동일한 시각으로 바라보고 있음을 느꼈다. 어쩌면 이코닌의 검붉은 목수염 때문인지 그는 우리의 어딘가에 못마땅한 점이 있었던 모양이다. 왜냐하면 그는 우리를 한꺼번에 바라보면서 어서 과제표를 받으라고 재촉하듯 고갯짓을 하고는 따분해하는 표정을 보였기 때문이다. 나는 모욕당한 것 같아 화가 치미는 고약한 기분을 느꼈다. 그것은 우선 첫째로 누구도 우리의 인사에 답례하지 않았다는 점이며, 둘째로 수험생이라는 관념으로써 나와 이코닌을 동일시하여 이코닌의 붉은 목수염 때문에 내게까지 언짢은 선입관을 품게 된 듯한 점이다. 나는 서슴지 않고 과제표를 받아 들고 대답할 마음의 준비를 했다. 그런데 교수는 이코닌 쪽을 눈으로 가리켰다. 나는 내 과제표에 쓰여 있는 문제를 읽어 보았다. 다 알고 있는 문제였다.

그래서 나는 침착한 마음으로 차례를 기다리면서 눈앞의 광경을 살피기 시작했다. 이코닌 역시 머뭇거리는 기색 없이 도리어 너무 대담하다고 할 만큼의 태도로, 약간 비스듬히 상체를 앞으로 구부려 과제표를 골라잡고는 긴 머리카락을 한 번 흔들고 나서 문제를 힘차게 쭉 내리 읽었다. 그가 답변하려고 입을 열려는 참이었다. 적어도 내 눈에는 그렇게 보였다. 그런데 별안간 훈장을 단 교수가 칭찬과 함께 중학생을 보내고는 그 얼굴을 한참 바라보았다. 이코닌은 무엇인가를 알아차렸는지 입을 다물었다. 침묵은 2분쯤 계속되었다.

"자아."

안경 쓴 교수가 재촉했다.

이코닌은 입을 여는가 했더니 다시 입을 굳게 다물고 잠잠해졌다.

"이봐, 수험생은 자네 한 사람만이 아니란 말이야. 대답을 해야지. 왜 그러나, 모르는가?"

젊은 교수가 이렇게 재촉했다. 그러나 이코닌은 그쪽은 거들떠보지도 않았다. 이코닌은 뚫어지게 과제표를 들여다보면서 말은 한마디도 하지 않았다. 안경 쓴 교수는 안경 너머로도 안경 위로도 안경을 벗고서도—왜냐하면 그동안 안경을 벗어서 안경알을 차근차근 닦아 다시 쓸 만큼의 여유가 있었기 때문이다.— 그를 바라보았다. 온갖 방법으로 그를 점검해 보았지만 이코닌은 여전히 입을 다문 채였다. 그러더니 문득 한 가닥의 미소가 그의 얼굴에 스쳤다. 그는 머리를 한 차례 흔들고는 다시금 몸을 비스듬히 탁자

쪽으로 구부리면서 그 위에 과제표를 놓은 다음, 세 사람의 교수를 차례로 훑어보고 나중에는 내 얼굴도 흘끔 돌아보았다. 그리고는 획 돌아서서 당당한 발걸음으로 팔을 저으면서 자기 자리로 돌아갔다. 이것을 본 교수들은 어이가 없는 듯 서로 얼굴을 마주보았다.

"대단한 젊은이로구먼! 자비생自費生입니다만."

이라고 젊은 교수가 말했다.

나는 탁자로 다가갔다. 그러나 교수들은 조그만 소리로 무엇인가 비밀스런 이야기를 하느라 내 존재 따위는 도무지 안중에도 없는 모양이었다.

나는 이때 이렇게 생각했다. 교수들은 셋이 모두 내가 시험에 합격하느냐 합격하지 못하느냐 하는 문제에 크게 관심이 쏠리면서도 자기들이 잘난 체하기 위하여 그런 것쯤 하찮게 여기는 척, 네까짓 존재쯤은 안중에 없다는 식으로 일부러 허세를 부리는 데 지나지 않는다고 확신했다.

그런데 안경을 쓴 교수가 냉담한 표정으로 나를 바라보더니 대답해 보라고 재촉했다. 그의 눈빛을 흘끔 보니, 그가 나한테 보이는 태도가 아주 위선적이어서 남의 일이지만 나는 조금 창피스러웠다. 그런 느낌 때문에 대답의 첫머리에서는 약간 더듬었지만 말하는 동안에 차츰 익숙해졌고, 그전부터 잘 알고 있는 러시아 역사에서 나온 문제였기 때문에 요령 있게 대답을 마쳤다. 뿐만 아니라 자신이 넘치던 참에 나는 이코닌 부류와는 질이 다르다, 그런 사나

이와 같은 족속으로 생각한다면 유감이라는 것을 교수들에게 알려 주고 싶다는 기분에서, 다시 문제 카드를 하나 뽑아 보겠다고까지 했다. 그랬더니 교수는 머리를 저으며 그만 좋다는 것이었다. 그러면서 채점부에 무슨 표를 했다. 내가 자리로 돌아오자 둘레의 중학생 패거리가 내가 만점이라고 알려 주었다. 그들은 어떤 재주를 부리는지 그것을 알아냈다.

수학 시험

그 다음 시험에서부터는 사귈 가치가 없다고 나 스스로 단정한 부류와 어째서인지 나를 멀리하는 이반을 제외하고는 새로 많은 얼굴들을 알게 되었다. 그중에는 벌써 서로 친근하게 인사를 나누는 사이까지 생겼다. 이코닌은 나를 보더니 기쁜 표정으로, 역사 재시험을 본다는 것과 역사 교수가 그에게 악감을 가지고 있어 지난해 시험에서도 낙제한 것 같다는 이야기를 했다. 나와 같은 수학과를 지망하는 세묘노프는 시험이 끝날 때까지 여전히 고립주의를 지키면서, 양손으로 얼굴을 감싸듯 턱을 괴고 센 머리카락 사이로 손가락을 넣은 채 묵묵히 혼자 앉아 있었다. 그런데 시험 성적은 2등으로 압도적으로 우수했다. 1등은 제일 중학교의 학생이었다. 그는 키가 크고 말랐으며 얼굴색이 거무스름한 젊은이였는데, 혈색이 아주 나빴고, 검은 헝겊으로 목을 감싸고 있었고 얼굴은 온통 여드름투성이였다. 손은 살집이 없는 데다가 빨갛고 손가락이 몹

시 길쭉했으며, 손톱은 여기저기 이로 물어뜯었는지 손가락 겉이
마치 실로 동여맨 것처럼 보일 정도였다. 그런데 그러한 것이 모두
내 눈에는 1등을 하는 이는 마땅히 그래야 할 것처럼 보였다. 그는
누구한테도 차별 없이 같은 태도로 대했다. 나까지도 그와는 가까
워진 정도였다. 그의 걸음걸이, 입술의 표정, 까만 눈동자의 움직
임, 그러한 모든 것에 어떤 자력이 숨겨져 있는 듯했다.

수학 시험은 여느 때보다도 빨리 끝났다. 나는 이 과목을 꽤 잘
했는데 대수에서는 내가 전혀 모르는 문제가 둘 있었다. 무슨 까닭
인지 나는 그 사실을 가정교사한테 숨기고 있었다. 지금도 기억하
는데, 그것은 결합의 정리와 뉴턴의 이항식 정리였다. 나는 뒤쪽의
좌석에 앉아 이 낯선 두 문제를 훑어보았다.

그런 떠들썩한 방에서는 공부한 적이 없는 데다가 시간이 모자
랄 것 같다는 걱정 때문에 문제의 내용을 차분히 파악할 수가 없었
다.

"아아, 동생은 저기 앉아 있다니까. 이리 오게나, 네플류도프
군!"

반가운 볼로쟈의 목소리가 뒤쪽에서 들렸다.

돌아다보니 과연 드미트리의 모습이 눈에 띄었다. 형도 함께 보
였다. 둘 다 제복 단추를 잠그지 않은 채 팔을 휘저으면서 좌석 사
이로 나를 찾아왔다. 대학을 내 집처럼 여기는 2학년 학생이라는
것이 누구의 눈에도 이내 드러났다. 제복 단추를 풀어 놓은 모습조
차 우리 수험생들에게 부러움과 존경심을 사기에 충분했다.

나는 2학년 학생을 두 사람씩이나 알고 있다는 사실이 금세 주위 수험생들에게 알려지는 것을 무척 자랑스럽게 여기면서 일어나 맞이했다.

볼로쟈는 자기의 우월감을 나타내지 않고는 견디지 못하겠다는 모양이었다.

"옳지, 딱하게도 진땀을 빼고 있군, 그래."

그는 이렇게 말했다.

"어때, 시험은 아직 끝나지 않았니?"

"안 끝났어."

"이봐, 그런 건 뭐 하러 읽는 거니? 준비가 아직도 덜 되었을 까닭은 없을 텐데 말이야?"

"아니야, 두 문제만은 아직 모르겠어. 두 문제 말이야. 암만해도 알 수가 있어야지……."

"어디? 이거냐?"

볼로쟈가 문제지를 받아 들었다. 그리고는 뉴턴의 이항식 정리를 내게 설명해 주기 시작했다. 그런데 몹시 말이 빠르고 또 분명하지 못한 설명이었다. 볼로쟈는 내 표정에서 그의 지식에 대한 불신의 기색을 보자 힐끗 드미트리의 얼굴을 돌아보았다. 그러더니 친구의 표정에서도 마찬가지의 기색을 보았는지 형은 얼굴이 빨개졌다. 그러면서도 역시 무엇인가 내게는 알아듣지도 못하는 내용을 계속 설명했다.

"아냐, 잠깐 볼로쟈 군, 내가 한번 설명해 보지. 만일 내 설명으로 성공하게 된다면 다행이지 않겠나?"

교수석 쪽을 슬쩍 바라보면서 드미트리는 내 곁에 앉았다.

나는 이 친구의 우월한 기분이 다분히 섞인 겸손한 표정을 이내 알아보았다. 이것은 그가 마음속으로 흐뭇해 할 때 언제나 나타나는 표정인데, 나는 그 표정이 늘 마음에 들었다. 그는 수학을 잘 했고 설명 방법도 알기 쉬워서, 지금도 분명하게 기억하고 있을 정도로 시원하게 설명해 주었다. 그런데 그가 겨우 설명을 끝낼 무렵에 생 제롬이 꽤 큰 소리로,

"니콜렌카 도련님 차례입니다."

라고 프랑스 어로 일러 주었다. 나는 모르는 또 한 문제의 설명을 들을 겨를도 없이 이코닌을 따라 좌석에서 일어났다.

내가 걸어가서 선 탁자 건너에는 두 사람의 교수가 앉아 있었다. 한 중학생이 그 곁의 칠판 앞에 서 있었다. 중학생은 칠판에 뚝뚝 분필을 부러뜨리는 소리를 내면서 어떤 공식을 풀고 있었다. 한 교수가,

"이제 그만 해요!"

하고 이르고는, 날더러 문제 카드를 골라잡으라고 했다. 그런데 그때까지도 중학생은 계속 칠판에 쓰고 있었다.

'자, 결합의 정리를 뽑는 날이면 큰일이다!'

조그맣게 자른 종이 조각의 부드러운 다발 속에서 떨리는 손끝으로 카드를 뽑으면서 나는 가슴이 조마조마했다. 이코닌은 저번과 마찬가지의 대담한 몸짓으로 온몸을 흔들면서 더듬지도 않고

맨 위에 놓인 과제표를 들었다. 얼른 보더니 그는 화가 나는 듯이 이마를 찌푸렸다.

"항상 이런 고약한 문제만 골라잡는단 말이야!"

그는 중얼거렸다.

나는 내 카드를 보았다.

이 어찌된 무서운 결과인가! 바로 그것은 결합의 정리가 아닌가!

"어떤 문제요, 당신 카드는?"

이코닌이 물었다.

나는 그에게 과제표를 보였다.

"그 문제라면 내가 알지."

"바꾸고 싶어요?"

"아니야, 마찬가지요. 나는 뭔지 속이 뒤집혀 죽겠으니 말이오."
하고 이코닌은 작은 소리로 대답했다. 그 순간 교수는 우리를 칠판 앞으로 불렀다.

'아아, 다 틀렸다.'
라는 생각뿐이었다.

'우수한 성적을 기대하고 왔었지만, 이제 영원히 씻을 길이 없는 치욕을 당하게 되었다. 이코닌보다도 더 초조해진다.'

그런데 이때 뜻밖에도 이코닌이 교수들이 보는 앞에서 휙 돌아서면서 잽싸게 내 손의 과제표를 뺏고 제 것을 대신 들려 주었다. 나는 그가 바꿔 준 과제표를 보았다. 그것은 뉴턴의 이항식 정리였다. 교수는 그다지 나이 먹지 않은 수재형의 인상에 좋은 표정을 가진 사람이었다. 아래 부분이 유달리 튀어나온 이마가 더욱이 그런 인상을 더해 주고 있었다.

"아니, 자네들, 왜 과제표를 바꾸는 건가?"

"아닙니다. 교환한 것이 아니고, 잠깐 저 학생 것을 구경했을 따름입니다, 선생님."

이코닌은 태연스럽게 대답했다. 하지만 이번에도 '선생님'이라는 이 말이 그 자리에서 마지막 한마디가 되고 말았다. 그는 이번에도 내 옆을 지나서 자리로 돌아갔는데, 도중에 교수들과 내 얼굴을 번갈아 바라보고는 히쭉 웃으면서,

'자넨 틀림없어. 안심해요!'

라고 속삭이는 듯한 표정으로 어깨를 움츠려 보였다. 나중에 알았는데, 이코닌이 대학 시험을 보러 온 것은 이번이 세 번째라고 했다.

나는 조금 전에 설명을 들어서 잘 아는 문제였기 때문에 아주 멋지게 대답할 수 있었다. 교수는 지나칠 정도로 잘했다고 나를 칭찬하고 만점을 주었다.

라틴 어 시험

라틴 어 시험이 있기 전까지는 모든 것이 참으로 순조로웠다. 목을 싸맨 중학생이 1등, 세묘노프가 2등, 내가 3등, 대개 이러한 성적 순위였다. 나는 차츰 마음이 들떠서 나이는 어리지만 보통내기는 아니다라는 자만심으로 우쭐해졌다.

이미 시험 첫날부터의 일이지만, 수험생들은 모두 라틴어 교수에 대해서는 여러 가지로 소문이 분분했고 또 여간 겁에 질려 있는 것이 아니었다. 이 교수는 젊은 수험생, 특히 자비생自費生들의 낙제를 고소해하는 고약한 성미를 지니고 있어서, 언제나 라틴 어 또는 그리스 어로만 질문한다는 것이었다.

내 라틴 어 선생 생 제롬은 염려할 것 없다고 장담해 주었고, 나 역시 사전 없이도 키케로는 물론 호라티우스의 시조차도 어느 정도까지는 번역할 실력이 있었으며 춤프트도 충분히 알고 있었으므로, 라틴 어 준비만큼은 누구에게도 뒤지지 않는다는 자신이 있었다. 그러나 사실은 이와 정반대였던 것이다.

이날은 오전 중 나보다 앞서 치른 수험생들이 대부분 실패했다는 소식으로 떠들썩했다. 누구는 5점을 받았다지만 누구는 1점밖에 얻지 못했다, 누구는 비참한 점수를 받았을 뿐 아니라 아주 심한 욕을 얻어 먹다 못해 밖으로 쫓겨날 뻔했다, 대개 이 모양으로 모두가 호되게 당했다고 했다. 그런데 세묘노프와 수석한 중학생만은 여느 때나 다름없이 태연하게 불려 나가더니 두 사람 다 거뜬하게 5점을 받아 가지고 왔다. 나는 이코닌과 함께 시험 테이블 앞으로 호출되었을 때, 이미 실패를 예감했다. 테이블 너머로 그 무서운 교수가 이쪽을 향해 혼자 앉아 있었다. 교수는 몸집이 작고 마른 누런 살갗의 사나이였다. 길게 넘긴 머리카락에는 포마드를 잔뜩 발랐고 몹시 우울한 표정을 띠고 있었다.

그는 이코닌한테 키케로의 연설집을 주고서 번역해 보라고 했다. 그런데 정말 놀랍게도 이코닌이 그 어려운 문장을 줄줄 내리 읽었을 뿐만 아니라 곁에서 몇 마디씩 거들어 주는 교수의 힌트를 받아 첫머리 몇 줄의 번역까지도 했다. 문제가 어구의 해부라는 대목에 이르자, 이코닌은 그의 전례대로 영원히 열리지 않는 철저한 침묵에 잠기고 말았다. 이 서글픈 경쟁자에 대한 우월감이 느껴져 나는 혼자 어딘가 멸시가 섞인 미소를 머금지 않을 수 없었다.

나는 언제나처럼 영리해 보이면서도 약간 경멸이 섞인 미소로 교수의 눈에도 돋보일 겸 호감을 사려고 했다. 그런데 실은 정반대의 결과가 나타났다.

"자네는 잘 알고 있단 말이지, 히죽히죽 웃는 꼴이?"

교수는 서툰 러시아 어로 이렇게 말했다.

"자, 그럼 자네가 대신 한번 해 보게. 어디 실력 좀 보겠네."

나중에 주위에서 말하는 얘기를 들어 보니, 이 라틴 어 교수는 이코닌의 보호자일 뿐만 아니라 지금 이코닌은 그 교수 집에 임시로 묵고 있었다. 내가 이코닌에게 주어졌던 문장론 문제를 그 자리에서 술술 풀었더니 교수는 씁쓸한 표정으로 그만 얼굴을 돌리고 말았다.

"자, 이제 자네 차례가 될 테니까, 얼마나 자네 실력이 대단한가를 내가 알아봐 주겠네."

그는 얼굴을 돌린 채 이렇게 말했다. 그리고 이코닌에게 자기가 낸 문제를 설명해 주었다.

한동안 설명한 끝에 그는,

"됐어, 돌아가."

하고 이코닌에게 말했다.

나는 그가 채점부에 이코닌 4점(5점이 만점이다.)이라고 기입하는 것을 보았다.

'오, 그렇구나!'

나는 혼자 생각으로 이 교수의 점수가 소문보다는 후하구나 싶었다.

이코닌이 자리로 돌아간 후, 교수는 한 5분 동안—이 5분간이 내게는 다섯 시간만큼이나 길었다.— 책이며 문제카드를 정리하기도 하고 코를 푸는가 하면, 안락의자의 여기저기를 손질하기도 하며 의자를 잔뜩 젖히고 앉아서는 시험장의 전후좌우를 둘러보곤 했다. 그러면서도 좀처럼 나한테는 시선을 주지 않았다. 그는 이런 밉살스러운 태도를 취하고도 부족했던지 이번에는 책을 펴놓고 읽는 시늉을 하기 시작했다. 마치 내 존재 따위는 전혀 모른다는 그런 행동이었다. 나는 앞으로 한 발짝 나서면서 기침을 했다.

"아, 그렇군! 아직 자네가 남아 있었군, 그래. 그럼 뭐 하나 번역해 봐야지."

그는 책 한 권을 내밀며 이렇게 말하더니,

"아니야 잠깐, 이 책이 좋겠는데."

하고 호라티우스 선집의 페이지를 뒤지다가 어느 누구도 절대로 번역하지 못할 만한 대목을 찾아서 내놓았다.

"저, 이것은 준비하지 못했습니다."

하고 나는 말했다.

"자네는 그럼, 자네가 암기한 것을 대답하려던 것이었군. 그거 아주 편리한 생각이야! 하지만 그건 곤란한 얘기야. 어디 여기를 한번 번역해 보게."

나는 어떻게 해서든 나한테 그렇게 대하는 교수의 속마음을 파악하려고 애썼다. 그런데 내가 의문의 시선을 보낼 때마다 교수는 고개를 가로젓고 한숨을 쉬면서 내뱉듯이 "틀렸어."라고만 대답할 따름이었다. 결국 그는 울화통이 터져서 사나운 표정으로 책을 탁 덮었다.

그가 너무도 갑자기 책을 덮는 바람에 책 사이에 손가락이 끼일 정도였다. 그는 골이 나서 손가락을 빼더니, 문법 문제를 적은 표를 내게 건네주고는 안락의자에 주저앉아 몹시 불길해 보이는 침묵에 잠겼다. 나는 대답을 하기 시작했다. 그러나 교수의 얼굴 표정이 내 혀를 꿰매 버렸는지, 무슨 말을 해도 모두 엉뚱한 대답이 되고 마는 것만 같았다.

"틀렸어, 틀렸다니까!"

교수는 갑자기 자세를 바꿔 탁자에 팔꿈치로 턱을 괴고는 왼손의 비쩍 마른 손가락에 두툼하게 끼여 있는 금반지를 만지작거리며, 그 너절한 음성으로 말을 시작했다.

"자네들, 적어도 최고 학부에 들어오려는 학생이 그런 식의 준비로는 안 된단 말이야. 자네들은 빳빳한 푸른 칼라가 달린 대학의 제복이 입고 싶어서 겉치레 흉내를 내고 있을 따름이지. 그리고는 벌써 대학생이 다 된 것처럼 자신하고 있거든. 가소로운 일이야. 자네들 그런 식으로는 될 까닭이 없어요. 좀더 근본적으로 공부하지 않고는……."

어설픈 러시아 어로 교수가 긴 넋두리를 늘어놓는 동안 나는 멍하니 자꾸만 마루 쪽으로 피하는 교수의 시선을 지켜보고 있었다. 처음 얼마 동안은 어제의 3등 성적에서 밀려나고 마는구나 하는 실망으로 괴로웠지만, 결국에는 이 때문에 시험에 낙제하는 것이 아닌가 하는 두려움으로 마음이 바뀌었고, 나중에는 불공평하다는 생각, 모욕 받은 자존심, 터무니없이 당한 굴욕의 의식, 이런 감정들이 한데 엉겼다. 더구나 이 교수가 단정한 인간이 아니라고 여겨지는 멸시—그의 짧고 단단한 동그란 손톱을 보았을 때 느꼈다.—가 한층 더 그러한 감정을 부채질해서 독기가 오른 감정을 북돋았다. 교수는 힐끔 나를 보고는 떨리는 입술이며 눈물이 글썽이는 것을 점수를 후하게 달라는 애원으로 해석했는지 이렇게 말했다. 마침 이때 가까이 다가온 어떤 교수가 보는 앞에서이기도 했다.

"좋아, 자네에게는 합격 점수를 주겠네(그것은 2점을 의미했다). 그만한 실력은 없지만 자네가 어리다는 점을 참작해서 그렇게 주지. 그리고 자네도 대학에 들어오고 나면, 다시는 그렇게 경망스럽지 않을 테니까 말이야!"

제삼자인 다른 교수 앞에서 나한테 주어진 이 마지막 말이 나를 완전히 혼란시켰다. 그 교수도,

'그렇지요. 아직 어리잖아!'

하며 맞장구치는 듯한 표정으로 내 얼굴을 한참 바라보았다. 그 순간 내 눈은 자욱한 안개에 싸이는 듯했다. 무서운 교수도, 그 탁자도 어디 먼 곳에 있는 것만 같았다.

'어떨까, 여기서 한번 속시원한 행동을 한다면? 그렇다면 도대체 어떤 결과가 나타날까?'

하는 나쁜 생각이 너무도 뚜렷하게 머리에 떠올랐다. 그러나 나는 무슨 이유에서인지 그런 행동은 하지 않았다. 아니, 도리어 그와는 정반대로, 나는 무의식중에 각별히 공손하게 두 교수들한테 인사를 하고 미소를 띠면서 그 탁자를 떠났다.

이코닌과 비슷한 그런 웃음이었던 모양이다.

이런 불공평한 처사가 나를 극도로 혼란시켰기 때문에, 만약 나 혼자의 생각대로였다면 나는 그 길로 시험을 집어치웠을 것이다. 나는 완전히 야심을 잃어버렸다. 3등을 한다는 것은 이미 어림도 없는 일이었다. 그래서 다음 시험부터는 별로 애쓸 것도 없었고 긴장감도 느끼지 않은 채 마치고 말았다. 하긴 평균이 4점 이상이기는 했으나, 이미 그런 데에는 관심이 가지 않았다. 1등이 되려고 노력한다는 따위가 실로 어리석어 보였고, 그런 것은 차라리 악취미라 할 만한 것으로 보였다. 볼로쟈처럼 너무 떨어지지도 말고 너무 앞서지도 않도록 하는 것이 현명하다고 혼자 마음속으로 결정했다. 그리고 이 결정은 나 자신에게 확실하게 증명했다. 나는 대학에 입학한 다음에도 이 방침을 지켜 나가기로 결심했다. 이 때문에 친구 드미트리와도 처음으로 의견이 갈라졌지만 이미 그런 것 따위는 문제도 아니었다.

나는 벌써 대학의 제복, 각모角帽, 전용 마차, 혼자 쓰는 방, 특히 나만의 자유, 이런 것에만 마음이 쏠리는 인간이 되어 있었다.

나도 이제는 어른이다

한편 이러한 내 처신에는 나름대로의 독자적인 매력이 있었다.

5월 8일, 마지막으로 신학 시험을 마치고 집으로 돌아와 보니, 낯이 익은 양복 직공이 이미 와 있었다. 로자노프 양복점의 직공인 그는 전에도 가봉할 제복과 반들반들 빛나는 프록코트를 가지고 와서 앞자락의 폭을 줄이도록 백묵으로 표를 해 가지고 돌아갔는데, 오늘은 눈부신 금빛 단추를 종이로 싼 완성된 제복을 가지고 왔다.

나는 이 교복을 입어 보았다. 생 제롬이 등 부분에 구김이 간다고 일러 주었으나, 그런 소리에는 상관없이 참으로 잘 맞는다는 느낌뿐이었다. 얼굴에 절로 번져 오르는 만족스러운 미소를 머금으면서 아래층으로 내려가 볼로쟈의 방으로 갔다. 복도나 대기실에서 남녀 하인들이 부러운 시선으로 내 모습만 바라보는 것을 느끼면서도 일부러 모르는 척했다. 집사인 가브릴로가 달려와 먼저 입학을 축하한 다음, 아버지의 심부름이라면서 백색 지폐(25루블)를 네 장 주었다. 그리고 또 아버지의 지시로 마부 쿠지마와 사륜마차한 대와 크라사프치크, 즉 미남이라는 이름의 밤색 말 한 필이 오늘부터 완전히 내 차지가 되었다는 사실을 알려 주었다. 나는 예상치 못했던 이 기쁨에 들떠서 암만해도 가브릴로 앞에서 태연할 수없었다. 나는 얼마간 더듬거리는 느낌으로 숨이 가쁘게,

"아, 크라사프치크는 정말 멋진 말이군요!"

하고 아무렇게나 머리에 떠오르는 대로 말을 했다. 대기실과 복도에서 기웃거리는 여러 사람을 보고 나는 더 이상 의젓하게 참을 용기가 없어서, 금빛 단추가 반짝거리는 새 교복을 입은 차림으로 홀을 가로질러 내달리고 말았다.

볼로쟈의 방 앞에 거의 다다랐을 때 등 뒤에서 두브코프와 드미트리의 목소리가 들렸다. 그들은 내 입학을 축하하면서 함께 식사라도 나누면서 샴페인을 한잔하자고 제의해 왔다. 드미트리가 말하기를 자기는 샴페인은 별로 즐기지 않지만 '너'라고 말을 놓는의식의 건배를 하기 위해 오늘은 동행한다고 했다. 두브코프는 또나를 붙들고, 왜 그런지는 모르겠지만 전체적인 인상이 대령쯤 되어 보인다고 말했다. 그런데 볼로쟈만은 축하한다는 말 한마디 없이, 모레는 우리가 함께 시골로 간다고 아주 덤덤한 표정으로 말했다.

그것은 마치 형이 내 입학을 기뻐해 주면서도 이제는 동생도 자기와 마찬가지로 어른이 되었음을 어딘가 언짢게 여기는 것같이

보였다. 이때 생 제롬이 우리에게 와서 몹시 거창한 어조로, 이제는 자기의 역할도 끝났다, 성과가 있었는지는 모르겠으나 어쨌든 자기로서는 최선을 다했으며 내일부터는 전부터 말해 둔 백작 댁으로 옮겨 가겠노라고 말했다. 여러 사람이 이렇게들 이야기하는 동안 내 얼굴에는 참으로 감미롭고 즐거운 행복감에 넘치는, 약간 어리석게까지 보일 만큼 만족스러운 미소가 절로 번져 나갔다. 또한 내 이 흐뭇해하는 미소가 함께 이야기를 나누는 모두에게도 번지는 것을 알 수 있었다.

마침내 이것으로 나는 가정교사의 감독권을 벗어나서 개인 전용의 마차를 가지는 신분이 되었다. 내 이름이 대학생 명부에 인쇄되고, 내 검대劍帶에는 장검이 채워지게 된 것이다. 때로는 근무 경관으로부터 경례를 받을 일도 생길 것이다. 이제는 나도 어른이다. 그래서인지 나는 행복하다는 느낌이 들었다.

우리는 4시쯤에 카페 야르에서 식사를 함께 하기로 했다. 그리고는 볼로쟈는 두브코프 집으로 갔고 드미트리는 역시 그의 버릇대로 식사 전에 잠깐 볼일이 있다 하면서 사라져 버렸으므로, 나는 두 시간이나 내 마음대로 시간을 보낼 수 있었다. 퍽 오랫동안 나는 여러 곳을 돌아다니면서 거울이라는 거울은 모두 들여다보았다. 단추를 다 채워 보기도 하고 모두 끌러 보기도 하고 또 맨 위의 단추 하나만 채워 보기도 했다. 그런데 그 모든 모습이 그저 멋지게만 보였다. 그리고 또 너무 우쭐해하는 꼴을 보이기가 쑥스러웠지만, 아무래도 가만 있을 수 없어서 마구간과 마차 창고에 가 보기도 했다. 크라사프치크와 마부인 쿠지마, 그리고 마차를 한 차례 둘러보고는 다시 돌아와서 거울을 보고, 또 주머니의 돈을 세어 보기도 하고, 내내 행복에 겨운 미소를 띠면서 방마다 돌아다니기도 했다. 그러나 한 시간도 못 되어 이런 영광스러운 신분이 된 나를 아무도 보아주지 않는다는 것이 적지 않게 시시한 것 같은 서운한 느낌이 들었고, 밖으로 나가고 싶어졌다. 그래서 나는 마차를 준비시켜 쿠즈네츠크 다리에 가서 쇼핑을 하기로 했다.

볼로쟈가 대학에 들어갔을 때 빅토르 아담의 말이 새겨진 판화와 담배, 그리고 파이프를 샀던 일이 생각나서, 나도 그런 것을 사야만 할 것 같았다.

사방에서 쏠리는 사람들의 시선을 받으며 단추와 기장記章과 장검을 햇빛에 번쩍이면서, 쿠즈네츠크 다리를 향하여 화상畵商 다치아로 점포 앞에서 마차를 세웠다. 나는 사방을 둘러보며 가게 안으로 들어갔다. 빅토르 아담의 말이 새겨진 판화, 그것은 차마 볼로쟈를 그대로 흉내내는 것이라고 얕잡힐 것 같아 사지 않았다. 그런데 상당히 친절한 점원한테 헛수고를 시키는 것이 멋쩍어서 무엇이든지 사야겠다고 서두른 결과, 얼른 쇼윈도에 내걸린 여자 얼굴 수채화를 택했다. 카운터에서 20루블의 대금을 치르며, 겨우 그만한 그림을 사면서 말쑥한 차림의 점원을 둘씩이나 수고를 끼친 것이 역시 좀 창피하게 여겨졌다. 그리고 점원이 내내 얕잡는 태도로 나를 보는 듯한 느낌도 들었기 때문에 더욱 그러했다. 나는 내가 어떤 사람인가를 알려 주고 싶은 생각이 들어, 유리 상자에 들어 있는 은 세공품에 시선을 돌렸다. 그것이 18루블이나 하는 연필 끼우개라는 것을 알고는 그것도 종이에 싸도록 했다. 나는 그 대금을 치르고는 다시 고급 파이프 담배가 옆 가게에 있다는 것을 물어서 확인한 다음, 두 점원에게도 무척 정중히 답례를 하면서 그림을 옆에 끼고 밖으로 나왔다. 흑인이 시가를 물고 있는 그림 간판이 걸린 옆 가게에서 역시 남 못지않은 행세를 하고 싶은 기분에서 주코프를 제쳐놓고 터키 담배와 또 스탐불의 파이프, 자색과 장미색의 긴 파이프를 두 개나 샀다.

가게를 나와서 마차로 돌아오는 도중에 나는 얼핏 세묘노프의 모습을 보았다. 보통의 프록코트를 입고 머리를 숙인 채 성큼성큼 인도를 걸어가고 있었다. 나는 그가 나를 보지 못한 것이 불만스러워서 퍽 큰 소리로 "마차를 대시오!"라고 말했다. 그리고는 마차에 곧 올라타자마자 세묘노프의 뒤를 따르게 했다.

"야아, 이거!"

나는 그를 불렀다.

"오, 잘 있었소?"

하고 그는 걸어가면서 대답했다.

"자네는 왜 교복을 입지 않나?"

하고 내가 물었다.

세묘노프는 발걸음을 멈추고 햇빛이 눈부시다는 듯이 눈살을 찌푸리며 흰 이를 드러내 보였다. 사실인즉 그것은 내 마차나 교복 따위에는 관심이 없다는 것을 과시하기 위한 행동이었다. 그는 말없이 내 얼굴을 보더니 이내 돌아서서 성큼성큼 걸어갔다.

나는 쿠즈네츠크 다리에서 트베르스코이 가街의 제과점으로 갔다. 처음에는 제과점에 마음이 끌리는 것이 그곳에 비치되어 있는 신문을 보는 재미 때문이라고 가장했지만 결국 참지 못하고 그만 케이크를 먹기 시작했다. 맛있는 케이크를 연거푸 먹다 보니까 신문을 펴 들고 읽던 어떤 신사가 호기심에 넘치는 눈빛으로 나를 바라보았다. 좀 부끄러웠다. 그래도 나는 이 가게에 있는 여덟 종류의 케이크를 모조리 먹어치웠다.

집에 돌아오니 약간 가슴속이 쓰린 느낌이었다. 그러나 그런 증세에는 조금도 개의치 않고 내가 사 온 물건들을 끌러 보기 시작했다. 그중에서 여자 그림은 도무지 마음에 들지 않았기 때문에 볼로쟈처럼 액자에 넣어서 방에 걸지 않았을 뿐만 아니라 누구의 눈에도 띄지 않도록 장 구석에 깊이 감추었다. 연필 끼우개도 가게에서 보던 때와는 달리 마음에 들지 않았다. 그렇지만 그것은 뭐니뭐니 해도 은제품이므로 그만한 가치가 있고, 더구나 학생에게 퍽 쓸모 있는 것이라 여기면서 테이블 서랍에 넣었다. 담배 도구는 곧 사용해 보기로 했다.

2.5킬로그램들이 담배 봉지의 한구석을 뜯고 주황색의 잘게 썬 터키 담배를 스탐불 파이프에 정성껏 담은 다음, 불이 붙은 화구를 그 위에 얹고는 장지와 검지 사이에 물부리를 끼워 들고―이것은 내가 무척 좋아하는 스타일이다. ― 뻑뻑 담배 연기를 빨아 마셨다.

담배 향기가 참으로 좋았는데, 입 안이 이상하게 맵고 숨이 막히는 것 같았다. 그래도 나는 꾹 참고 오랫동안 연기를 마시기도 하고 동그라미를 만드는 연습을 해 보기도 했다.

이윽고 방 안이 온통 희뿌연 담배 연기로 가득 찼고, 파이프에서 지글지글 타는 소리가 나면서 붉은 불덩어리가 된 담배가 재떨이 속으로 떨어졌다. 쓴맛이 더 강렬해지고 가벼운 현기증마저 생겼다. 이제는 그만 피워야겠다는 생각이 들었다. 하지만 그만두기 전에 파이프를 든 내 모습을 거울에 한번 비추어 보고 싶어졌다. 그런데 이상하게도 다리가 휘청거리고 방 안이 빙글빙글 돌기 시작했다. 간신히 거울 앞으로 가서 들여다보았더니 내 얼굴이 침대보처럼 하얗게 되어 있었다. 기운을 가다듬어서 긴 의자에 주저앉자 그 순간 심한 욕지기와 함께 몸에 이상이 느껴졌다. 그 파이프 담배가 나한테는 실로 살인적인 것이며, 이러다가는 이대로 죽고 말 것이라는 생각이 들었다. 나는 그만 당황해서 소리를 질러 의사를 불러오게 할 뻔했다.

그렇지만 이 공포감은 오래 계속되지 않았다. 이내 그 까닭을 깨달았으므로 나는 격심한 두통에 시달리며 녹초가 되어 의자에 누웠다. 그리고는 담배 포장지에 쓰여진 보스턴조글로의 상표며, 마루에 굴러 떨어진 파이프, 담뱃재, 먹다 남은 케이크 조각 따위를 흐리멍덩한 눈으로 오랫동안 바라보고 있었다. 나는 환멸을 느끼면서 서글픈 심정으로 생각해 보았다.

'남들처럼 담배를 피우지 못하는 것을 보니, 이것은 틀림없이 내가 아직 어른이 덜 된 증거일 것이다. 다른 사람들처럼 물부리를 검지와 장지 사이에 끼우고 깊이 마신 연기를 동그라미로 내뿜든지 하는 것은 암만해도 나로서는 안 되는 모양이다.'

4시경에 데리러 온 드미트리는 마침 이런 우울한 심정에 잠겨 있는 나를 발견했다. 그러나 물 한 컵을 마시고 나자 나는 거의 회복되어 그와 함께 나서 볼 생각이 들었다.

"공연한 호기심이 발동하고 있었군, 그래. 담배를 피우다니, 원!"
이라고 내 끽연 뒤끝을 바라보면서 그가 말했다.

"그런 것은 모두 어리석은 행위일 뿐만 아니라 우선 돈을 낭비하는 거야. 나는 절대로 담배 같은 것은 입에 대지 않기로 맹세했으니까⋯⋯. 그건 그렇고, 자 어서 나서 보세. 두브코프한테도 들러가야 하니까 말이야."

축 하

두브코프와 볼로쟈는 카페 야르의 사람이라면 누구의 이름이든 잘 알고 있었다. 그리고 현관의 안내원부터 주인까지 모두 이 두 사람에게는 대단한 경의를 표하고 있었다. 우리는 곧 별실로 안내되었다. 두브코프가 프랑스 어로 쓰여진 메뉴를 보고 선택한 음식이 차려져 들어왔다.

내가 될수록 태연하고 허심탄회하게 바라보려고 애쓴 차갑게 얼린 샴페인도 벌써 준비되어 있었다.

식사는 매우 유쾌하고 즐겁게 끝났다. 다만 두브코프가 평소의 버릇대로, 아주 어처구니없고 너절한 이야기를 실제로 있었던 일처럼 그럴듯하게 늘어놓은 것과—예컨대 그의 할머니가 세 명의 강도에게 추격당했을 때 권총으로 이들을 쏘아 죽였다는 따위의 얘기들이었다. 나는 그러한 이야기에 얼굴이 뜨거워져서 눈을 감은 채 얼굴을 돌리지 않고는 견딜 수가 없었다. — 내가 뭔가 말할

때마다 볼로쟈가 몹시 불안해한 일 등이 어느 정도 못마땅하기는
했으나 전체적으로 즐거웠다. 형은 내 발언에 대하여 몹시 떨었지
만 적어도 내가 기억하는 한에서는 무엇 하나 유별나게 못난 말을
한 것도 없었으니 전혀 쓸데없는 걱정일 뿐이었다.

　샴페인이 나오자 모두는 나를 위해 축배를 들어주었다. 나는 두
브코프와 드미트리의 팔을 끼고 맹우盟友의 건배를 교환했으며 또
서로 키스를 나누었다.

　나는 이 샴페인의 값을 누가 치르는 것인지를 몰랐으므로—나
중에 설명을 들었는데, 그것은 각자의 공동 부담이었다.— 내 돈
으로 친구들에게 한턱내고 싶은 생각이 간절했다. 그래서 나는 10
루블 지폐를 한 장 꺼내 종업원에게 주고는 조그만 소리로 샴페인
을 한 병 더 부탁한다고 말했다. 볼로쟈가 불덩어리처럼 얼굴이 빨
개져서 쩔쩔매면서 겁먹은 표정으로 살피는 바람에 나는 실수했구
나 하고 직감했다. 하지만 작은 병의 샴페인이 들어오자 우리는 아
주 유쾌하게 마셔 버렸다. 모두 한결같이 아주 즐거운 분위기였다.
두브코프는 계속해서 엉터리 이야기를 떠들어 대고, 볼로쟈도 여
러 가지 우스운 이야기를 들려주었다. 그런데 형의 이야기 솜씨는
다들 전혀 짐작하지 못할 정도로 틀이 잡혀 있었다.

　우리는 실컷 웃었다. 그들, 즉 볼로쟈와 두브코프의 만담 내용은
흔해 빠진 이야기의 모방과 각색에 지나지 않았다.

　"어때, 해외에 가 본 일이 있나?"
하고 한 사람이 건네면,

"아니야, 나는 외국에 가 본 일은 없어. 내 동생은 바이올린을 아주 잘 타거든."

하며 한쪽이 받아넘긴다.

대개 이런 식의 이야기들이 오갔다. 그들은 이런 종류의 속없는 말투의 잔재미를 살리는 점에 있어서는 그야말로 완전한 경지에 이르러 있었다. 말하자면 현대식의 만담을 할 경우에도 약간 비꼬아서,

"내 동생 역시 전혀 바이올린을 배운 적이 없는데 말이야."

하는 식으로 후렴 같은 주석을 달았다. 어떤 질문을 받으면 그때마다 그들은 서로 이런 투로 대답했다. 때로는 아무것도 묻지 않는 경우라도 뒤죽박죽인 두 가지 개념을 하나에 연결시키려고 애썼다. 더구나 그런 무의미하고 엉터리인 내용을 아주 점잖게 말했다. 그 결과 아주 우스운 효과가 나타났다. 나도 그 요령이 짐작되었으므로 무엇인가 비슷한 이야기를 해 보려고 했다. 그런데 내가 얘기하는 동안 다들 조마조마해 하는 표정이 되거나, 또는 애써 내 쪽을 보지 않으려고 시선을 피하기 때문에 내 만담은 결국 성공하지 못하고 말았다. 두브코프는,

"이봐 외교관, 슬슬 엉터리 멋을 부리기 시작하는구먼."

하고 말했다. 나는 샴페인의 취기와 연장자들과 자리를 같이하고 있다는 자랑스러운 생각에 몹시 즐거웠기 때문에 이런 쏘붙이는 말에 그다지 자존심이 상하지는 않았다. 오로지 드미트리만이 우리와 같은 분량의 샴페인을 마시고도 여전히 근엄한 표정으로 일

관하는 바람에 그것이 좌중의 들뜬 기분을 방해하곤 했다.

"그럼, 이제 어떤가, 제군."

하고 두브코프가 말했다.

"만찬 후에도 외교관 선생을 우리 당의 일원으로 만들어야만 하겠는데, 어때 한번 아줌마한테 가 보지 않겠나? 가서 말이야, 그곳에서 아주 완전한 세례를 받는 것이 좋겠어."

"그러나 네플류도프는 결코 가지 않을걸?"

볼로쟈가 말했다.

"따분한 샌님이로구먼! 이봐, 샌님! 샌님!"

두브코프는 그쪽으로 마주 앉으면서 떠들었다.

"함께 가 보자고. 아줌마가 얼마나 멋진 귀부인인가 보여 줄 테니까 말이야."

"내가 가지 않는 것도 물론이지만, 이 선생 역시 그런 데는 보내지 않겠네."

얼굴이 빨개지면서 드미트리는 대답했다.

"누구 말이지? 외교관 말인가? 하지만 이봐, 자네는 가 보고 싶은 거지, 응? 외교관, 잘 생각해 보라니까. 아줌마 얘기가 나오자 이 외교관의 눈이 별안간 빛나기 시작하지 않느냐 말이야."

"아니야, 보내 주지 않는다는 것은 아니지만……."

드미트리는 자리에서 일어나서 내 얼굴은 보지도 않은 채 주변을 어슬렁거리면서 말을 계속했다.

"이 선생을 그런 곳에 보내고 싶지 않아서 내가 충고하는데, 이 선생도 말이야, 이제는 어린아이가 아니니까 가고 싶으면 자네들이 동행하지 않더라도 혼자 갈 수 있단 말이지. 여보게나 두브코프 군, 자네는 부끄럽게 여겨야 할 것일세. 자신이 좋지 못한 짓을 하고 있으니까 남에게도 그런 짓을 시키려는 욕심이 생겨서……."

"대체 자네는 어떤 점을 나쁘다고 하는 것인가?"

두브코프는 볼로쟈에게 눈길을 보내면서 반문했다.

"나는 다만 자네들한테 아줌마 있는 데로 가서 차나 한 잔 마시자고 초대하고 있을 뿐일세. 흥, 자네는 가기 싫다면 마음대로 하게. 나는 볼로쟈와 함께 가겠어. 그렇지, 볼로쟈, 자네는 갈 테지?"

"음, 음."

볼로쟈는 긍정하는 태도로 말했다.

"함께 다녀옴세. 그러고 나서는 우리 집으로 가서 승부를 계속해야지 않나!"

"나 좀 봐. 자네는 어때, 함께 따라가고 싶은가 아닌가?"

내 곁으로 오면서 드미트리가 물었다.

"싫어!"

나는 내 곁에 자리를 만들어 주려고 몸을 한쪽으로 옮기면서 대답했다.

그는 내 곁에 앉았다.

"나는 막연하게나마 가고 싶지 않다는 심정이기도 한데, 자네가 가지 말라고 충고한다면 더구나 나는 절대로 가지 않을 거야. 아니야, 그런 것이 아니야!"

이렇게 나는 다시 덧붙여서 말했다.

"함께 가고 싶지 않다는 것은 거짓말이야. 그러나 나 자신이 가지 않는 것을 기쁘게 여기는 것은 사실이야."

"좋아! 자신의 의지에 따라서 생활하는 거야. 남의 장단에 춤을 추어서는 안 되네. 이것이 중요한 거야."

이 작은 논쟁은 우리의 감흥을 손상하지 않았을 뿐 아니라 도리어 더욱 고취시켰다. 드미트리는 갑자기 내가 제일 좋아하는 그 부드러운 기분으로 돌아왔다. 후에도 여러 번 보아서 안 일이지만 자기가 좋은 일을 했다는 의식은 언제나 그에게 이러한 작용을 했다. 그래서 그는 지금도 내 동정童貞을 지켰다는 의식으로 자기 자신에게 만족을 느끼고 있는 것이다.

그는 어이없을 만큼 들떠 그의 규칙에 어긋나는 일이었는데도 샴페인 큰 병을 새로 하나 주문하기도 하고, 우리의 방에 낯선 신사를 불러들여 자꾸만 술을 권하기도 하고, 청춘 찬가를 부르면서 다같이 함께 불러 달라고 조르기도 하고, 또 소콜리니키까지 마차로 달려 보자고 제의하기도 했다. 두브코프는 이것을 가리켜 너무나도 감상적인 일이라고 평했다.

"오늘 밤은 한번 실컷 흥에 취해 보자!"

하고 드미트리는 즐거운 표정으로 말했다.

"이 선생의 입학을 축하할 겸 내가 세상에 태어나서 처음으로 흠뻑 취하도록 마시겠어. 도저히 참을 수 없는 기분이야!"

이 흥에 겨운 들뜬 모양은 어딘지 좀 이상하리만큼 드미트리에게는 어울리지 않았다. 말하자면 자기 자식들에게 만족한 나머지 마음이 들뜬 마음 착한 아버지나 가정교사가 자식들을 즐겁게 해 주고, 또 더불어 착실하고 고상하게 흥에 취하는 방법도 있다는 것을 증명하려고 하는 그러한 느낌이었다. 하지만 그런 느낌이면서도 드미트리의 이 뜻밖의 흥겨운 기분은 내게도 다른 일행에게도 마찬가지로 강한 감염력으로 작용했다. 더구나 우리는 각기 샴페인을 거의 작은 병 하나 분량씩 마셨던 참이니 더욱 그러했다.

이러한 즐거운 기분에 들떠, 나는 두브코프로부터 받은 궐련에 불을 붙이려고 홀 쪽으로 향해 자리를 떴다.

처음 자리에서 일어났을 때는 머리가 좀 어지러운 듯이 느껴졌다. 정신을 가다듬어 손발에 주의를 기울이고 있을 때만 걸음이 옮겨지고, 자연스럽게 있을 경우에는 다리가 좌우로 엇갈리고 손은 무엇인가 묘한 모양을 허공에 그리는 형편이었다. 나는 내 손발에 정신을 모두 집중했다. 손에는 위로 올라가서 윗옷의 단추를 잠그고 머리를 매만져 단정하게 하라고 명령했더니 공연히 손은 팔꿈치만 높이 추켜세웠고, 발에는 문 쪽을 향해 걸어가라고 지시했다. 발은 내 지령에 따랐다. 하지만 바닥을 짚는 방식이 지나치게 강하거나 아니면 너무 부드러웠다. 특히 왼발이 자꾸만 발끝으로 디뎌졌다. 누군가 나한테 소리를 지르는 것이 들렸다.

"이봐, 어디로 가는 거야? 촛불을 가져올 테니 가만히 있어."

나는 그 목소리가 볼로쟈임을 짐작했다. 그와 동시에 내게 아직도 그만한 판단력이 남아 있다는 것이 대견스러웠다. 나는 대답 대

신 볼로쟈에게 가벼운 미소를 지어 보이고는 그냥 앞으로 걸어나
갔다.

논쟁

큰 홀에서는 붉은 수염을 기른 키가 크지 않고 다부진 문관으로 보이는 한 신사가 조그만 탁자에서 무엇인가를 먹고 있었다. 그 옆에 키가 크고 머리가 검은, 턱수염을 기르지 않은 사나이가 앉아 있었다. 두 사람은 프랑스 어로 이야기를 나누고 있었다. 그들과 시선을 마주치는 바람에 나는 잠깐 머뭇거렸다. 그래도 나는 두 사람 앞에 놓여 있는 촛불로 내 담배에 불을 붙이려고 마음먹었다. 그들의 시선과 마주치지 않도록 여기저기를 두리번거리면서 탁자로 다가가 내 담배에 불을 붙이기 시작했다. 담배 끝에 불이 막 댕겨지자 나는 더 이상 참을 수 없어서 식사하고 있는 신사의 얼굴을 힐끔 건너다 보았다. 그 신사의 회색 눈은 악의에 가득 찬 표정으로 찌를 듯이 나를 노려보고 있었다. 나는 얼른 얼굴을 돌리려고 했다. 그 순간 붉은 수염의 입이 움직이더니 프랑스 어로 이렇게 말했다.

"여보시오, 나는 식사 중에 내 앞에서 담배 피우는 걸 보는 것이 못마땅하단 말이오!"

그는 무엇인가 분명치 않은 말로 투덜거렸다.

"정말이오, 아주 싫소!"

하고 붉은 수염을 기른 사나이는 사나운 어조로 말하며, 턱수염이 없는 신사를 슬쩍 돌아다보았다. 이제 이 애송이를 혼내 줄 테니 구경해 주게, 마치 이렇게 알리는 것 같은 표정이었다.

"나는 그런 꼴이 제일 보기 싫단 말이오. 그리고 남의 코앞에서 대뜸 담뱃불을 붙이는 무례한 사람, 이런 사람 역시 아주 싫단 말이오."

'아하, 이 신사가 나를 슬슬 긇리려 드는구나.'

나는 이런 생각이 들었지만, 처음에는 내가 이 사나이에게 몹시 고약한 실례를 했다는 느낌이 앞섰다.

"뭐 그다지 실례가 될 줄은 몰랐습니다."

"오호, 자네는 자신을 무식쟁이로 여기지는 않았다는 것인가? 아, 정말 나는 그렇게 생각하는데 말이야!"

하고 신사는 큰 소리를 질렀다.

"대체 어떤 권리가 있어서 사람한테 소리를 지르는 것입니까?"

상대가 나를 모욕하려 드는 것을 알았기 때문에 나도 화가 치밀어서 이렇게 대들었다.

"아아, 있고 말고. 어떤 사람이라도 절대로 나한테 무례하게 행동하는 것을 용서하지 않을 권리가 있지. 자네같이 나이 어린 놈을 항상 가르쳐 줄 권리도 있는 거야. 대체 자네 이름이 뭐지? 그리고 집은 어디야?"

나는 극도로 화가 나서 입술이 부들부들 떨리고 숨이 막힐 지경이었다. 그것은 아마도 샴페인을 너무 많이 마신 탓이었겠지만 어쨌든 내 잘못이라고 느꼈기 때문에 상대방한테는 전혀 난폭한 언사를 쓰지 않았다. 도리어 내 입술은 무척 온순하게 내 주소, 성명을 일러 주었다.

"나는 콜피코프라는 사람이다. 앞으로는 자네도 좀 더 똑똑히 굴게나. 언제 다시 한 번 만나지."

하고 신사는 프랑스 어로 끝을 맺었다. 이 대화는 처음부터 전부 프랑스 어였다.

나는 내 목소리에 될 수 있는 한 또렷한 억양을 나타내려고 애쓰면서,

"이거 참으로 유쾌합니다."

이렇게 말하고는 휙 돌아서서 어느샌가 불이 꺼져 버린 담배를 든 채 우리 방으로 돌아왔다.

나는 내가 겪은 일을 형에게도, 친구한테도 전혀 알리지 않았다. 더구나 그들은 무엇인가 열심히 토론하고 있었으므로 나로서는 말을 꺼낼 기회도 없었다. 나는 혼자 덩그러니 한쪽 구석에 앉아서 조금 전의 기괴한 사건에 대해 판단해 보기 시작했다.

자네는 무식쟁이다 어쩌고 한 말이 다시 귓속에서 울려 자꾸만 내 분격憤激을 더해 주었다. 취기는 완전히 사라지고 말았다. 이 사

건에 대해 내가 어떤 태도를 취했는가를 되새겨 볼 때 나는 완전히 비겁한 사나이의 태도로 일관했다. 무서운 생각이 갑자기 나를 뒤흔들었다.

'도대체 무슨 권리가 있어서 그놈은 나한테 시비를 걸었던 것일까? 무슨 까닭으로 방해가 된다는 말만으로는 끝내지 않았을까? 그러고 보면 그놈이 나빴던 것이 아닌가? 그놈이 나를 무식쟁이라고 욕했을 때 나는 왜 그 욕설을 되돌려 주지 않았던 것일까? 그런 난폭한 언사를 쓰고도 태연하게 창피한 줄을 모르는 사람이야말로 염치를 모르는 무식쟁이라고 왜 욕해 주지 못했을까? 아니 그보다도 한마디로 "닥쳐!"라고 왜 소리지르지 못했을까? 왜 나는 그놈한테 결투를 신청하지 않았던가? 그랬더라면 멋있었을 텐데. 아아, 이제는 틀렸다! 그럴 수도 있었는데 나는 전혀 그렇게 해 보지도 못하고 비열한 겁쟁이 모양으로 눈만 껌벅이면서 모욕을 있는 대로 다 받아 통째로 삼켜 버렸지 않은가!'

'자네는 무식쟁이다.' 하는 말들이 계속해서 신경을 곤두세우는 느낌으로 귓속에서 울리고 있었다.

'그렇다, 이 일을 그냥 참고 견딜 수는 없다.'

나는 이렇게 생각한 끝에 단호한 결의로 일어섰다.

'새로이 그 신사한테 가서 어떤 험상스러운 욕설을 퍼붓자. 경우에 따라서는 촉대燭臺로 머리를 까 주어도 괜찮다.'

나는 이런 방법을 공상하면서 쾌감을 맛보았으나, 그와 동시에 심한 공포심도 느끼면서 다시금 큰 홀로 갔다. 그런데 다행히도 콜피코프는 이미 보이지 않았다. 홀에는 종업원이 탁자 위를 치우고 있을 뿐이었다. 나는 조금 전의 사건을 종업원한테 말하고 내가 조금도 잘못이 없음을 설명하려고 하다가, 왠지 생각이 달라져서 견디지 못하게 울적한 기분으로 우리 일행의 방으로 돌아왔다.

"우리의 친애하는 외교관은 도대체 어찌 된 셈인가?"

하고 두브코프가 말했다.

"아마도 그는 지금 유럽의 운명을 결정하려고 서두르는 모양인데?"

"아, 나 혼자 내버려 둬."

나는 독초라도 씹은 듯한 표정으로 휙 돌아서면서 이렇게 말했다. 그리고는 실내를 걸으며 어찌된 셈인지는 몰라도 두브코프는 절대로 좋은 사람이 아니다라는 식으로 생각하기 시작했다.

'왜 자꾸만 농담을 거는 것일까? 더구나 남한테 외교관이라는 별명을 붙이기나 하면서. 대체 그런 것이 무슨 애교가 된다는 것일까? 저놈은 돈내기로 볼로쟈의 돈을 빼앗아서는 아줌마인가 뭔가라는 수상한 여자한테로 놀러 가는 것밖에는 재주가 없는 놈이다. 더구나 어디 조금이라도 마음에 드는 장점 하나 없다. 저놈이 말하는 것은 엉터리 수작이든지 너절한 화제뿐이다. 그리고 항상 남을 조롱하려고 한다. 저놈은 분명히 덜된 사람이고, 또 고약한 악인이다. 나로서는 그렇게밖에 보여지지 않는다.'

이런 생각을 하는 동안에 약 5분쯤 지나고 말았다. 왜 그런지 나는 두브코프에 대하여 차츰 더 많은 적의가 느껴졌다. 그런데도 두브코프 자신은 마치 나 따위는 안중에도 없는 모양이었다. 이것이 나를 한층 더 화나게 했다. 나는 볼로쟈와 드미트리가 이 사나이와 함께 이야기를 하고 있다는 이유로 그들에게까지 화가 났다.

"자, 제군! 외교관 선생한테는 머리에 물을 퍼부어야겠는 걸!"

두브코프는 미소를 머금고 나를 바라보더니 느닷없이 이런 말을 했다. 이 미소가 내게는 비웃음으로 보였다. 아니 그뿐인가, 나를 배신하는 악마의 웃음으로까지 보였다.

"그렇지 않으면 이 선생은 아무래도 견디지 못하겠다는 모양이야. 정말 뭔가 잘못되었나 봐!"

"당신도 물 좀 뒤집어써야겠는데? 당신이야말로 머리가 흐리멍덩해서 뭔가 잘못된 것이 아닙니까?"

나는 미움에 뒤틀린 미소를 띠면서, 상대를 친구로 여기지 않는다는 듯이 남남 사이에 대하는 냉담한 투로 그에게 대꾸했다.

이 대답은 확실히 두브코프를 깜짝 놀라게 한 모양이었다. 그러나 그는 대수롭지 않은 듯 얼굴을 돌리고 볼로쟈와 드미트리를 상대로 이야기를 계속했다.

나도 그들의 대화에 끼어들려고 했다. 그런데 아무래도 자신을 속일 수는 없다는 느낌이 들어서 다시 구석으로 물러나서 그때부터 그곳에서 나올 때까지 줄곧 구석 자리에 혼자 고립되어 있었다.

계산을 마치고 모두 외투를 입기 시작할 무렵 두브코프는 드미트리를 향하여 말했다.

"그건 그렇고, 오레스테스와 필라데스(그리스 신화에서 아가멤논의 아들과 그의 친구. 서로 헤어질 수 없는 친구를 의미한다. : 역주) 두 사람은 어디로 간다지? 아마도 우정을 논하기 위해 집으로 돌아가 겠지. 그런데 우리는 반대로 귀여운 아줌마들을 방문하려고 하는 데 말이야. 자네들의 그 감미롭고도 엷은 우정 따위보다는 우리 쪽 이 훨씬 현명한 처사일 걸세.”

“정말 용케도 그 따위 말을 내뱉는군요. 어쩌면 그렇게도 우리를 비웃을 수 있는 것이지요?”

별안간 나는 두브코프한테 바싹 다가서면서 두 팔을 휘두르며 대들었다.

“무슨 배짱으로 당신은 자신이 이해하지 못하는 다른 사람의 감 정을 비웃을 수 있는 것이지요? 나는 절대로 그런 행동을 용서할 수 없단 말이오. 좀 닥치시지!”

하고 외쳤다. 그러나 그 다음은 어떤 말로 이어야 할지를 몰라서 흥분으로 씨근거리며 입을 다물고 말았다. 두브코프는 놀라 당황 하는 듯했다. 그러나 그는 곧 웃음을 띠면서 농담으로 돌리려다가, 그만 질려 버렸는지 참으로 뜻밖에도 어색하게 시선을 떨어뜨리고 말았다.

“나는 절대로 자네나 자네의 감정을 비웃은 일은 없어. 그저 가 벼운 농담을 해 본 것뿐일세.”

이렇게 그는 교활한 태도로 빠져나가려고 했다.

“아니오, 그렇지 않아요!”

하고 나는 외쳤다. 그런데 그 순간 내 자신이 부끄러운 느낌과 함께 두브코프가 가엾은 생각이 들었다. 그의 쩔쩔매는 새빨개진 얼굴은 마음속의 고통을 드러내고 있었다.

"뭐야, 왜 그래?"

볼로쟈와 드미트리가 거의 동시에 같은 말을 했다.

"아무도 자네를 모욕하지 않아."

"아니야, 저 사나이는 분명히 나를 모욕할 생각이었어."

"그거 참, 자네 동생님은 대단한 성미로군, 그래."

하고 두브코프는 말했다. 그는 그때 벌써 문 밖으로 나서는 참이었기 때문에 내가 뭐라고 해도 그에게는 들리지 않았을 것이다.

모르긴 해도 나는 그를 쫓아가서 더 심한 폭언을 흠뻑 퍼부었을 터였는데, 마침 그때 콜피코프와의 충돌 현장에 있던 종업원이 내 외투와 모자를 내주는 바람에 나는 이내 마음이 진정되었다. 너무 갑자기 진정되고 마는 것이 어색해서 드미트리 앞에서는 화가 풀리지 않은 척하면서도 실은 언제 그랬었나 싶을 정도로 마음이 가라앉았다.

다음날도 나는 볼로쟈의 방에서 두브코프와 가까이 마주 앉았지만, 전날의 충돌에 대해서는 얼굴에 나타내지 않았다. 그러나 둘 사이에서는 서먹서먹한 호칭만을 썼으며, 눈과 눈이 마주칠 때에 여태까지보다도 아주 더 많은 노력이 필요했다.

콜피코프는 다음날도, 그리고 그 후에도 자신의 소식을 보내 오지를 않았다. 하지만 그 사람과 논쟁한 기억은 오랫동안 내 마음을 여러 가지로 못 견디게 억누르며 남겨져 있었다. 나는 그로부터 5,

6년 동안은 이 씻을 길 없는 모욕이 생각날 때마다 몸을 뒤틀면서 소리를 질러 보곤 했다. 그런데 이와는 반대로 두브코프와의 사건에 대해서는 내 자신의 사내다움을 충분히 보여 준 것이 만족스러워서 스스로 흐뭇해했다.

그러나 내가 이 사건을 다른 각도로 보게 되어, 콜피코프와의 논쟁을 우스꽝스러운 만족감으로 기억하는 동시에 사랑할 만한 호남 두브코프에게 가한 부당한 모욕을 후회하게 된 것은 그 후 많은 세월이 흐른 다음이었다.

내가 그날 밤 콜피코프와의 충돌 사건을 들려주고 그의 모습을 자세히 말했더니 드미트리는 몹시 놀랐다.

"응, 그건 틀림없이 그놈이다!"

하고 그는 말했다.

"그 콜피코프라는 사람은 말이야, 이름난 건달이고 또 누구한테나 아양떨며 달라붙는가 하면 굉장한 겁쟁이이기도 하지. 남한테 얻어맞고도 결투의 신청에 응하지 않았기 때문에 동료로부터도 쫓겨난 놈이야. 그놈의 어디에서 그런 기운이 나왔는지 모를 일이군."

무척 호인다운 미소를 띠고 나를 보면서 그는 이렇게 덧붙였다.

"그런데 뭘까? 그놈은 무식쟁이라는 말밖에는 다른 무슨 욕은 하지 않았지?"

"그래!"

하고 나는 얼굴을 붉히면서 대답했다.

"떠올리고 싶지 않은 일이기는 하지만 뭐 그다지 대단한 화도 아니야!"

하고 드미트리는 나를 위로해 주었다.

이것은 훨씬 나중에 내가 여러 가지를 냉정히 살피고 나서 비로소 추리한 무척 진실에 가까운 상상인데, 즉 콜피코프는 오랜 세월 쓰라린 경험을 맛본 결과 이만한 상대라면 공격해도 괜찮겠다는 짐작을 하고서 그 턱수염이 없는 사나이가 보는 앞에서 그 옛날 다른 곳에서 얻어맞은 주먹에 대한 화풀이를 나한테 하게 된 것이었으리라. 그것은 마치 내가 그의 무식쟁이라는 욕설의 화풀이를 죄 없는 두브코프한테 돌려 댄 것과 마찬가지였다.

2장

친구와의 대화

방문 준비

　다음날 잠이 깨자 맨 먼저 떠오른 것은 콜피코프와의 충돌 사건이었다. 나는 신음 소리를 내며 방 안을 이리저리 돌아다녔다. 그러나 어떻게도 할 수 없었다. 더구나 오늘은 모스크바에서 보내는 마지막 하루였으므로 아버지가 시킨 대로 여러 곳을 방문하지 않으면 안 되었다. 아버지는 방문해야 할 곳을 종이쪽지에 적어 주었다. 나에 관한 아버지의 배려는 품행이나 교육보다도 오히려 사교적인 관계에 더 중점을 두었다. 그 쪽지에는 알아보기 힘든 글씨로 갈겨쓴 메모가 다음과 같았다.

　'① 이반 이바느이치 공작―필히 방문. ② 이반 씨네―꼭. ③ 미하일로 공작―필히 방문. ④ 네플류도바 공작 부인과 발라히나 댁―만일 시간이 되면.'

　그리고 또 후견인한테, 대학 총장한테, 교수들한테도 경의를 표하러 찾아가야 할 것은 말할 것도 없었다. 드미트리는 맨 끝에 열

거한 종류의 방문은 불필요할 뿐 아니라 도리어 실례가 될 수도 있
다면서 말렸다. 그러나 다른 방문은 오늘 중에 모두 마쳐야만 했
다. 그중에서도 특히 나를 겁나게 한 것은 '필히' 라고 적혀 있는
처음의 두 방문이었다. 이반 이바느이치 공작은 해군 대장으로 부
유한 독신 노인이었다. 따라서 불과 열여섯 살의 한갓 대학생인 내
가 그와 직접 교섭해야만 한다는 것이 내게는 달가운 일일 수 없음
을 직감으로도 알 만했다. 이반 댁도 마찬가지로 부자이고 그 아버
지가 훌륭한 관리이며, 할머니의 생존 중에도 꼭 한 번밖에 다녀간
일이 없었다. 할머니가 돌아가신 다음, 막내아들인 이반이 우리를
멀리하고 어딘가 거만한 티를 내기 시작한 것이 내 눈에는 빤했다.
그들의 맏이는 벌써 대학을 나와 페테르부르크에서 근무하고 있다
했고, 전에 내가 숭배하던 둘째 세료쟈도 역시 페테르부르크의 귀
족 유년 학교에 입학해서 뚱뚱하고 커다란 몸집의 유년 학교 생도
가 되었다는 소식이었다.

　청년 시대의 나는 이쪽 부류의 잘난 척 떠드는 사람들과는 교제
하기 싫었을 뿐 아니라 그러한 교제는 견딜 수 없는 고통이기도 했
다. 모욕을 당하지나 않을까 해서 늘 겁이 났고, 상대에게 내가 독
립적이고 자유로운 신분임을 증명하기 위해 온 정신력을 긴장시키
지 않으면 안 되었기 때문이다. 그러나 나는 아버지가 최후에 내린
명령을 지키지 않는다면 최초의 명령을 실행함으로써 대신 메워야
하는 처지였다.

　나는 의자 위에 펼쳐 놓은 교복이며 장검, 모자 등을 바라보면서

방 안을 거닐며 돌았다. 이제는 슬슬 나서려고 하는데, 마침 그라프 노인이 일렌카를 데리고 축하 인사를 하러 찾아 주었다. 아버지인 그라프는 러시아화한 독일인으로서 견딜 수 없을 만큼 달콤한 아첨만 늘어놓는 사람이었고 더군다나 대개는 술에 취해 있었다. 그가 우리 집에 오는 것은 언제나 무엇을 구걸할 때뿐이었다. 그래서 아버지는 가끔 당신 서재에 앉히는 경우는 있었으나 우리와 함께 식사를 나누게 하는 일은 절대로 없었다. 그의 그런 비굴한 태도와 구걸하는 버릇은 선량하게 보이려는 겉모양일 뿐인데 우리 집에 대한 친밀도와 완전히 융합되어, 그 결과 우리에 대한 그의 애착을 다들 여간 무던하게 여기는 것이 아니었다. 그러나 왜 그런지 나는 그가 싫었고 그와 얘기하고 있을 때면 언제나 창피한 느낌이 들었다.

나는 이런 종류의 방문이 몹시 언짢았고, 또 내 불만스러움을 감추려고도 하지 않았다. 나는 일렌카를 위에서 내려다보는 것이 버릇이 되어 있었으며, 일렌카도 우리가 그렇게 할 만한 권리나 가지고 있는 것처럼 별로 이상해하지도 않았다. 따라서 이 사나이도 나와 같은 대학생이라고 생각하면 나는 그만 따분한 기분이 될 지경이곤 했다. 그뿐이 아니다. 자신도 내게 대해서는 이 대등한 대접을 도리어 거북해하는 것처럼 보였다. 나는 냉담한 태도로 인사를 나누고는 새삼스레 내가 말하지 않더라도 저들이 자발적으로 앉으려니 하는 생각에서, 자리에 앉으라는 말도 하지 않은 채 하인더러 마차 준비를 하라고 지시했다. 일렌카는 마음이 밝고 아주 정직하며 무척 영리한 청년이었다. 그러면서도 어딘가 심술기가 있는 인간이었다. 그는 항상 극단에서 극단으로 기분이 변하곤 했다. 더구나 그 고양이의 눈빛처럼 노상 기분이 변하는 것이 어떤 까닭이 있어서인 것 같지도 않았던 것이다. 이상스럽게 마음이 연약해 보이는가 하면 공연히 우스워서 못 견뎌 하기도 하고, 또 어떤 경우에는 하찮은 일로 무섭게 골을 내기도 했다. 그는 지금 그 마지막 기분에 젖어 있는 것 같았다.

그는 아무 말도 하지 않은 채 증오의 눈길로 나와 자기 아버지를 번갈아 바라보았다. 그러면서 우리의 시선이 마주칠 때만은 어쩔 수 없이 태연함을 가장한 억지 웃음을 띠었다. 그는 오랜 경험으로 그 미소의 그늘 속에 자신의 여러 가지 착잡한 감정, 특히 우리 앞에서 느낄 수 밖에 없는 자기 아버지에 대한 굴욕감을 엄폐하는 데 익숙했다.

"아, 글쎄 말씀입니다요, 니콜렌카 도련님."

내가 옷을 갈아입는 동안 줄곧 내 뒤를 따라다니며 방 안을 빙빙 돈 노인은, 우리 할머니에게서 받은 은제 담배 케이스를 마디 굵은 손아귀 속에서 황송한 듯이 만지작거리며 내게 이렇게 말했다.

"도련님께서 당당히 시험에 합격하셨단 말씀을 자식에게서 듣고, ─도련님께서 영특하신 거야 세상이 다 아는 사실이 아닙니까요. ─ 이렇게 금방 달려왔습지요. 도련님, 정말 축하드립니다요. 도련님이 어렸을 때는 이 늙은 것이 곧잘 목말을 태워 드렸습지요. 네에, 그렇고말굽쇼. 도련님 형제분들을 제 친자식처럼, 아껴 드렸습지요. 그야 하느님께서도 내려다보시고 계십죠. 그리고 일렌카도 댁을 찾아뵈어야겠다, 늘 입버릇처럼 얘기하곤 했습지요. 제 자식놈도 도련님들을 깊이 생각하고 있습지요."

일렌카는 그때 창가에 묵묵히 앉아 내 사각모자를 건너다보고 있는 모양이었으나 거의 들리지 않을 정도로 무엇인가 중얼거리고 있었다.

"그리고 말씀입니다요, 니콜렌카 도련님. 한 가지 여쭈어 볼 일이 있는뎁쇼. 우리 일렌카 녀석도 시험에 붙었는지 모르겠습니다요. 그 녀석 얘기로는 저도 붙었다고 합니다만서도. 만약 도련님과 함께 공부하게 된다면 그때는 우리 집 녀석을 잘 좀 돌봐 주시기 부탁합니다요. 부디 제 자식놈의 거동을 감시하시고 충고해 주시길 부탁 드리겠습니다요."

"염려 마십시오, 아드님께서도 당당히 합격했으니까요."

나는 일렌카의 얼굴을 흘깃 바라보며 대답했다. 일렌카는 자기 얼굴에서 내 시선을 느끼고 낯을 붉혔다. 그리고 중얼거리던 것을 중지했다.

"자식놈이 오늘 하루 댁에 머물러도 괜찮을지 모르겠습니다요."

노인은 내 기색에 몹시 신경을 쓰며 비굴한 미소를 띠고 말했다. 그리고 노인은 내가 어디로 움직여도 그의 온몸에 밴 술과 담배 냄새를 느낄 수 있을 정도로 따라다녔다. 나는 나와 일렌카 사이를 이처럼 어색하게 만든 그가 몹시 밉살스러웠고, 더구나 그때 내게 있어서 극히 중대한 일인 옷을 갈아입는다는 일을 훼방하는 것도 몹시 화가 났다. 그러나 가장 견디기 어려웠던 것은 내 뒤를 줄곧 쫓아다니며 풍겨 주는 그 썩은 듯한 냄새가 내 기분을 망쳐 놓는다는 것이었다. 그래서 나는 그에게 오늘은 바쁜 일이 있어서 일렌카의 상대가 되어 줄 수 없다고 냉정한 태도로 대답해 주었다.

"참, 누님 댁을 방문한다고 하셨지요?"

일렌카는 내 얼굴은 바라보지도 않은 채 미소를 띠고 말했다.

"그리고 나도 볼일이 좀 있지요."

나는 한층 화가 나기도 했으나 너무한 게 아닌가 신경쓰였으므로 무뚝뚝한 표정을 얼마쯤 부드럽게 하고, 오늘 내가 볼일이 있다는 것은 이반 이바느이치 공작과 코르나코바 공작 부인, 지금은 출세한 이반 형제 가운데 한 사람을 방문한 다음, 네플류도바 공작 부인 댁에서 식사를 하게 될지 모르기 때문이라는 등 특히 그들의 신분에 악센트를 주어 설명했다. 내가 이러한 훌륭한 사람들을 방문해야 한다는 것을 알자 그들은 달리 부탁할 수도 없었던 것 같았다. 부자父子가 방문을 나설 때 나는 일렌카에게 다음에 다시 한 번 찾아와 달라고 했으나, 일렌카는 무엇인가 입 속으로 중얼거리며 억지로 띠는 듯한 미소만 보여 줄 뿐이었다. 그가 다시는 우리 집을 방문하지 않을 것임이 그의 태도에 역력히 드러나 보였다.

그들이 떠난 뒤 곧이어 나도 집을 나섰다.

나 혼자 가기에는 어쩐지 쑥스러워 아침부터 볼로쟈에게 함께 가 주길 부탁했으나, 형제가 한 마차에 타고 가는 것은 너무 감상적이라는 이유로 거절당했다.

발라히나 가의 사람들

    할 수 없이 나는 혼자 떠나게 되었다. 첫 번째 방문은 가장 가까운 곳인 시프체프 브라지크에 살고 있는 발라히나 공작 부인 댁이었다. 소네치카와는 만나지 못한 지가 그럭저럭 3년이나 되었으므로 그녀에 대한 사모는 벌써 오래 전에 잊어버렸으나, 마음 저편에는 어린이다운 감상적인 사랑의 추억이 아직도 생생히 남아 있었다. 내게는 3년 동안에 몇 번이고 그 첫사랑의 추억이 강렬하게 되살아났다. 그리고 그때마다 뜨거운 눈물이 내 뺨을 적시고, 지금 한창 사랑을 속삭이는 것 같은 생각에 사로잡혔다. 이러한 기분이 떠올랐다가는 곧 사라져 최근 얼마 동안은 잠잠했다.

    나는 소네치카가 어머니를 따라 외국으로 가서 2년 정도 살았다는 것을 알고 있다. 그리고 소문에 의하면 소네치카는 외국을 여행하는 동안에 마차에서 떨어져 깨진 유리 조각에 얼굴을 찔려 몹시 보기 흉한 상처를 입었다는 것이다. 나는 발라히나 가로 가는 도중에 예전의 소네치카 모습을 생생히 떠올리며, 잠시 후에 만나게 될 그녀가 어떤 모습을 하고 있을까 생각했다. 2년 동안이나 외국에서 생활했으니 키도 훨씬 자라고 허리도 몹시 잘룩해졌을 뿐 아니라 얌전하고 의젓한 모습이 되었을 것이며, 매력이 흘러넘치는 아가씨로 변했으리라. 나는 그녀의 모습을 이렇게 상상했다. 보기 싫고 상처 입은 그녀의 얼굴은 상상하기 싫었다. 아니 그뿐 아니라 애인의 얼굴이 천연두로 곰보가 된 뒤에도 전과 다름없이 애인을 위로하고 사랑한 어느 청년의 이야기와 같이 나도 소네치카를 변함없이 사랑하는 것이라 생각하고 싶었다. 즉 아무리 보기 흉한 상처가 남았더라도 전과 다름없이 그녀를 깊이 사랑하여 기사와 같은 영예를 얻고 싶었던 것이다. 발라히나 가를 향해 마차를 달리는 현재의 나는 소네치카와 사랑하는 사이는 아니었으나, 오랜 사랑의 추억을 마음속에서 떠올려 본 결과 사랑할 만한 마음의 준비는 충분히 되어 있었고 또 그것을 간절히 바라고도 있었다. 더구나 대개의 친구들이 사랑을 하고 있었으므로 나 혼자만이 외톨이로 남겨진 듯한 굴욕감에 사로잡혀 있었던 터이므로 더욱 그랬다.

발라히나 공작 부인은 아담하고 깨끗한 목조 건물에서 살고 있었다. 출입구가 안마당 쪽으로 나 있었으며, 당시의 모스크바에서는 극히 드문 편이었던 초인종이 달려 있었다. 그 초인종 소리를 듣고 문을 연 것은 산뜻한 옷차림의 몸집이 작은 소년이었다. 그런데 주인께서는 댁에 계시냐고 물어도 소년은 대답을 못했다. 아니 어쩌면 대답을 하기 싫었는지도 모른다. 그는 어두운 대기실에 나만을 남겨 놓고 더욱 어두운 복도로 뛰어갔다.

나는 상당히 오랫동안 그 어두컴컴한 방에 혼자 앉아 있었다. 그 방은 출입구와 복도로 통하는 문말고도 또 하나의 자물쇠로 잠긴 문이 있었다. 나는 이 집이 풍겨 주는 음울한 느낌에 약간 놀라면서도 외국에 다녀온 사람들은 모두 이러한 생활을 하나 보다 하고 생각하기도 했다. 5분쯤 지나자 그 소년이 넓은 방으로 통하는 문을 저편에서 열었다. 그리고 깨끗하기는 하나 몹시 검소한 응접실로 안내되었다. 내가 들어가자 곧 소네치카가 들어왔다.

그녀는 이미 열일곱 살이었다. 몹시 키가 작고 또 놀랍도록 말라 있었다. 그다지 건강하게 보이지 않는 얼굴이었다. 얼굴에 상처 같은 것은 전혀 없었고 약간 튀어나온 듯한 아름다운 눈과 티없이 맑은 선량한 미소는 내가 어릴 적부터 보아 왔고 사랑하기도 했던 그녀의 모습과 조금도 달라지지 않았다. 그녀가 이러한 모습일 줄이야 너무 뜻밖이었으므로 마차에 흔들리면서 준비했던 감정을 한꺼번에 표현하기가 나로서는 도저히 불가능했다.

그녀는 영국식으로 한 손을 내밀었다. 이것은 출입구에 매달린 초인종과 마찬가지로 당시로서는 진귀한 일이었다. 그녀는 어색하지 않게 내 손을 선뜻 잡고 자기와 함께 긴 의자에 앉았다.

"이렇게 당신을 뵙게 되어 얼마나 기쁜지 모르겠어요. 반가운 니콜렌카 님."

그녀는 내 얼굴을 자세히 들여다보며 말했다. 진심에서 우러나는 반가운 표정이었으므로 '반가운 니콜렌카' 란 말에도 보호자적인 억양이 아니었고 친구로서의 다정함을 느낄 수 있을 정도였다.

놀랍게도 그녀는 외국 여행을 한 이래 전보다 한층 단아해졌고 우아해졌으며 친근미가 넘쳐흘렀다. 나는 코 근처와 눈썹 위에서 작은 상처를 발견했으나, 멋지도록 아름다운 눈과 미소는 내 추억과 완전히 일치했으며 옛날 그대로의 아름다움을 발산하고 있었다.

"어머, 많이 변하셨네요! 아주 어른이 되셨군요. 저는 어때요? 저는 어떻게 생각되세요?"

"글쎄요. 길에서 우연히 마주친다면 당신인 것을 알아보지 못했을지도 모르겠는데요."

사실은 바로 그때 언제 어디서 불쑥 만나더라도 알아볼 수 있겠구나 하고 마음속으로 생각하고 있었던 터였으나 마음과는 달리 그런 대답이 튀어나와 버렸다. 나는 5년 전 할머님 댁 무도회에서 그녀와 그로스파테르를 추었을 때와 마찬가지로 즐겁고 명랑한 기분이 되살아남을 느꼈다.

"어때요? 저 굉장히 보기 싫어졌지요?"

그녀는 고개를 갸우뚱거리며 물었다.

"원 천만의 말씀을. 키가 조금 커지고 나이가 몇 살 더해졌을 뿐이지요. 그뿐 아니라… 전보다… 오히려……."

"어머, 어쩌면! 그러나저러나 마찬가지지요. 그건 그렇다 치고 그 일을 기억하고 계세요, 저와 함께 춤추셨던 일을? 여러 가지 놀이와 생 제롬 님이며 마담 도라 님을 기억하고 계세요?—나는 마담 도라란 부인을 전혀 기억하고 있지 못했다. 아마 그녀는 어릴 때의 여러 가지 추억을 즐기기에 열중하여 착각을 일으킨 듯 싶었다. ― 아아, 정말 멋있고 즐거웠어요, 그 시절은……."

그러자 내 기억 속에 소중히 간직되어 온 것과 같은 미소, 아니 그보다 더욱 아름다운 미소와 옛날 그대로의 아름다운 눈이 내 눈 앞에 별빛처럼 빛났다. 그녀가 말하는 동안 나는 현재의 이 절실한 자신의 심경을 돌이켜 보았다. 그리고 이 순간 나는 사랑하는 것이라고 혼자 정해 버리고 말았다. 그러나 이렇게 생각하자마자 지금까지의 행복하고 명랑했던 기분은 사라지고 안개와 같은 것이 눈 앞의 모든 것을 가려 버리고 그녀의 미소와 아름다운 눈까지도 감추어 버렸다. 나는 묘하게 어색해져서 얼굴이 붉어졌다. 이야기를 계속할 힘마저 잃어버리고 말았다.

"이제는 정말 시대가 바뀌어 버렸군요."

그녀는 한숨을 쉬고 눈썹을 치켜올리며 이렇게 말했다.

"하나부터 열까지 모두가 예전만 못해졌어요. 우리 역시 예전과 같은 즐거움을 잃었고요. 그렇게 생각하지 않으세요, 니콜렌카 님?"

나는 대답도 하지 못하고 말없이 그녀를 바라보기만 했다.

"그때의 이반 형제나 코르나코프 가의 여러분들은 지금은 어디 살고 계세요?"

나의 상기되고 주눅이 든 얼굴을 얼마쯤 호기심이 섞인 눈으로 바라보며 그녀는 말을 이었다.

"정말 그 시절은 멋있었어요."

나는 여전히 대답을 할 수 없었다. 이 괴로운 상태에서 잠시 동안 나를 구해 준 것은 마침 방 안으로 들어온 그녀의 어머니였다. 나는 일어나서 목례를 했고, 그 뒤부터 이야기를 계속할 힘이 생겼다. 그러나 그 대신 어머니의 출현과 함께 소네치카의 거동에 이상한 변화가 일어났다. 그녀의 들뜬 것 같았던, 그리고 스스럼없던 친근한 태도가 돌연 사라져 버리고 미소 짓는 얼굴까지도 조금 전과는 달라져 버렸다. 갑자기 그녀는 몸 자태를 비롯한 모든 점에서 내가 상상했던 바 그대로의 외국 여행에서 돌아온 부르주아 영양孃의 모습으로 변하고 말았다. 더구나 그러한 변화에는 이렇다 할 이유가 없어 보였다. 왜냐하면 부인은 예전과 다름없이 기분 좋게 생글생글 잘 웃었고 모든 동작이 옛날 그대로 단아함을 보여 주었기 때문이다. 발라히나 부인은 커다란 안락의자에 걸터앉으며 내게도 앉으라는 듯한 몸짓을 했다. 그리고 그녀는 딸에게 무엇인가 영어로 말했다. 그러자 소네치카는 방을 나가 버려 나는 훨씬 마음이 가벼워졌다. 발라히나 부인은 우리 집안 사람들의 일이며 아버지와 형의 일을 미주알고주알 묻고 나자, 이번에는 자신의 불행인 남편의 죽음에 대하여 이야기했다. 한참 얘기한 후 이제는 나를 상대로 말할 거리가 없어졌다고 느낀 모양인지 입을 다물고 나를 바라보았다.

'이제 그만 당신의 자리에서 일어나서 인사하고 돌아가 준다면 대단히 고맙겠는데…….'

마치 이렇게 중얼거리는 듯한 표정이었다.

그러나 그때 이상한 일이 일어났다. 소네치카가 뜨개질 거리를 들고 응접실로 돌아와 건너편 구석에 앉은 것이었다. 그 때문에 나는 등 뒤에서 그녀의 시선을 느꼈다. 발라히나 부인이 남편의 죽음을 이야기하는 동안 나는 다시 한 번 내 자신이 소네치카를 사랑하고 있음을 깨달았다. 동시에 그녀의 어머니도 그러한 사실을 눈치챘으리라 생각되어 나는 또다시 맹랑한 수치심에 얽매이게 되었다. 그래서 손가락 하나도 자연스럽게 움직일 수 없었다. 일어나 방을 나가려면 발걸음을 어떻게 옮겨야 되며 목이나 손은 어떻게 놀려야 할 것인가를 미리 잘 생각한 뒤에 행동하지 않으면 안 되었다. 마치 어제 샴페인 작은 병을 혼자 마셔 버렸을 때와 거의 같은 기분이어서 손발이 마음대로 움직여지지 않았다. 또 사실상 일어날 수도 없었다. 발라히나 부인은 주홍빛 나사螺絲와 같이 붉어진 내 얼굴과 화석이 된 것처럼 움직이지 못하는 내 몸가짐에 틀림없이 놀랐을 것이다. 그러나 볼썽사나운 동작으로 일어나 쭈뼛쭈뼛 물러가기보다는 이대로 바보처럼 앉아 있는 편이 오히려 나을 것이라고 판단했다. 그래서 나는 상당히 오랫동안 앉아 있었으며 무엇인가 예상 밖의 일이 발생해 궁지로부터 구원해 주길 기원하고 있었다. 그러자 간절히 기다리던 일이 궁상맞게 생긴 한 청년이 나타남으로써 이루어졌다. 그는 집안 사람다운 몸가짐으로 방에 들어와서 공손히 내게 인사를 했다. 발라히나 부인은 일어나서 집의 사무원과 할 얘기가 있어서 잠깐 실례해야겠다고 말한 뒤, '당신이 한평생 그러고 앉아 있어도 내쫓지야 않겠지만' 하고 말하고 싶은 듯한 이상하다는 눈초리로 내 얼굴을 바라보았다. 나는 실수를 하지 않으려고 굉장한 노력을 기울여 자리에서 일어났으나, 인사를 할 만한 힘도 없어 모녀에게서 동정의 눈길을 받으며 비틀 걸음으로 방을 나오려다가 걸상에 발이 걸리고 말았다. 그 의자는 통로에 놓여 있지도 않았는데, 바닥에 깔린 융단에 걸리지 않도록 온갖 주의력을 그곳에 집중한 까닭에 그렇게 되어 버린 것이다. 이러한 상태는 바깥의 맑은 공기를 쐰 후, 마부 쿠지마가 "왜 그러십니까?" 하고 몇 번이나 물을 정도로 끙끙거리며 몸을 뒤튼 다음에야 사라져 버렸다. 온몸의 긴장이 풀리고 마음이 가라앉자, 나는 소네치카에 대한 애정과 내 눈에 비친 그들 모녀 사이에 대해 여러 가지로 상상했다.

집으로 돌아와서 아버지에게 발라히나 모녀 사이가 그다지 원만하지 못한 것 같다는 이야기를 하자 아버지는 이렇게 말했다.

"그렇단다. 그 사람은 딱하게도 자기 딸을 구박하고 있단다. 그것도 딸의 장래를 몹시 염려해서란 듯이 말이다. 참으로 이상한 일이지."

아버지는 단순히 친척인 부인에 대한 것을 넘어선 어떤 강한 감정을 품고 덧붙였다.

"전에는 참으로 훌륭하고 애교가 있는 아름다운 부인이었는데 그녀가 어째서 그렇게 변했는지 도무지 짐작이 가지 않는다. 너 그댁에서 무슨 비서 같은 남자 못 만났니? 러시아의 귀부인이 비서를 고용하다니 참으로 기행이라 할 수밖에 없구나."

아버지는 내 곁을 떠나며 몹시 화가 난다는 듯이 말했다.

"만났습니다."

하고 나는 대답했다.

"어떻든? 적어도 시원스럽게 생기기는 했겠지?"

"아닙니다. 시원스럽기는커녕 궁상맞은 사람이었습니다."

"허허, 그것 참 알 수 없는 일이구나."

아버지는 이렇게 말하며 화가 난 듯이 한쪽 어깨를 추스르며 헛기침을 했다.

'드디어 나도 사랑에 빠져 버린 셈이구나.'

다음 방문처로 마차를 달리며 나는 이렇게 생각했다.

코르나코프 가의 사람들

두 번째 방문처는 길의 순서로 보아 코르나코프 공작 부인 댁이었다. 그녀들은 아르바트 가街에 있는 웅장한 건물 2층에서 살고 있었다. 정면의 계단은 매우 당당하면서도 더할 나위 없이 청순한 느낌을 주는 것이어서 호화롭다고는 할 수 없었다. 도처에 삼麻으로 짠 깔개가 있었고, 번쩍번쩍 광이 나는 놋쇠 막대로 고정되어 있었으나 꽃이나 거울과 같은 것들은 장식되어 있지 않았다. 나는 윤이 나도록 깨끗이 손질된 마루를 지나 응접실로 들어갔다. 그 방도 마찬가지로 차가운 느낌을 줄 정도로 엄숙했으며 깨끗이 정돈되어 모든 것이 윤기가 흘렀고, 그다지 새것은 아니었으나 튼튼해 보였다. 그러나 그림이나 커튼 등 어떠한 장식품도 보이지 않았다.

공작 댁의 따님들이 몇 사람 응접실에 앉아 있었다. 그녀들의 앉음새는 지나치게 단정했으며 심심해 보였으므로 손님이 없을 때는 이런 자세로 앉아 있지는 않으리라는 것을 대번에 알 수 있을 정도였다.

"엄마는 곧 나오실 거예요."

가장 나이가 위인 따님이 내게서 가장 가까운 자리에 앉으며 이렇게 말했다. 그로부터 약 15분 정도 이 아가씨는 지극히 자유롭고도 익숙하게 내 말벗이 되어 잠시도 입을 다물지 않았다. 그러나 나에 대한 인사치레에 지나지 않는다는 것이 너무나 분명히 드러났으므로 나는 이 아가씨가 마음에 들지 않았다.

그녀는 이 얘기 저 얘기 끝에 모두들 에티엔이라 부르는 그들의 오빠인 스테판에 대한 이야기를 드문드문 말해 주었다. 그는 2년쯤 전에 육군 사관 학교에 들어갔는데 벌써 임관되어 장교가 되었다는 것이다. 그녀는 오빠의 이야기, 특히 오빠가 어머니의 뜻을 어기고 경기병이 되었다는 얘기를 할 때는 겁을 먹은 듯한 표정이 되었다. 그러자 이제까지 잠자코 앉아 있던 동생들도 모두 겁을 먹은 듯한 표정을 했다. 할머니의 죽음을 이야기할 때 그녀가 슬픈 표정을 짓자 동생들도 역시 그녀를 따라 슬픈 표정을 했다. 내가 생 제롬을 때려서 끌려나갔던 추억을 이야기하자 그녀는 깔깔 웃으며 흰 이를 드러내 보였다. 그러자 동생들도 웃어 대면서 마찬가지로 흰 이를 드러냈다.

공작 부인이 들어왔다. 전과 다름없이 몸집이 작은 부인은 쉴 새 없이 눈동자를 이리저리 옮겼고, 누군가와 이야기를 하면서도 다른 사람을 힐끗힐끗 바라보는 버릇이 있었다. 공작 부인은 내 손을 잡고, '자, 키스를 하시오.' 하듯이 자기 손을 내 입에 가져다 대었다. 그래서 나는 별로 그럴 필요를 느끼지 않았으나 키스할 수밖에 없었다.

"정말 반갑습니다, 이렇게 만나 뵙게 되어……."

딸들을 돌아보며 전과 다름없이 수다스러운 말씨로 말을 꺼내기 시작했다.

"어쩌면 어머니를 그대로 닮으셨군요! 그렇지 않니, 리자?"

리자는 그렇다고 대답했다. 그러나 나는 내가 조금도 어머니를 닮지 않았다는 것을 잘 알고 있었다.

"이제 어른이 다 되었군, 그래! 우리 에티엔도……. 우리 에티엔을 기억하고 있지요? 그 아이와는 육촌이 아닌가? 아니지…… 육촌이 아니라, 그것을 무어라 하더라? 리자야, 내 어머니가 드미트리 니콜라예비치의 딸이고, 이 청년 할머니의 조카가 되는데."

"그러면 육촌이 맞아요, 엄마."

가장 위인 아가씨가 말했다.

"네 얘기는 언제나 그 얘기가 그 얘기 아니냐."

하고 부인은 화가 난 듯이 말했다.

"절대로 재종형제는 아니다. 사촌의 사촌이란다. 즉 너와 우리 에티엔은 그런 사이란다. 그 애는 벌써 장교가 되었단다. 알고 있겠지? 그 애는 다 좋은데 그저 제멋대로 구는 것이 흠이라면 흠이란 말이야. 너희 젊은 애들은 고삐를 꾹 잡고 있어야 한다. 이렇게 꾹 말이다, 알겠니! 나이 먹은 아주머니가 허물없이 하는 말에 절대로 화내서는 안 된다. 나는 에티엔을 몹시 엄하게 다루었단다.

나는 반드시 그래야 한다고 생각한다. 그럼, 정말 그렇고 말고. 우리는 모두 일가친척이 된단다."

그녀는 말을 계속했다.

"이반 이바느이치 공작은 내 친아저씨가 되고 동시에 네 어머니에게도 아저씨가 된다. 그러니까 나하고 네 어머니는 사촌이란 말이다. 아니 육촌……. 그래 육촌이다. 그건 그렇고, 너 이반 공작님을 찾아뵈었니?"

나는 아직 가 뵙지는 못했으나 오늘 중으로 가 뵐 예정이라고 대답했다.

"원 이런 일을 봤나, 그래서는 못 쓴다!"

이렇게 그녀는 외쳤다.

"그곳은 제일 먼저 찾아뵈어야 했을 곳인데, 너도 잘 알겠지만 이반 공작님은 너에게 있어 친아버님이나 다름없는 분이 아니냐. 그분은 아이가 없으시니 상속인이 될 사람은 너희들 형제와 우리 집 아이들뿐이란다. 너는 그분을 연세로 보나 사회적 지위로 보나 어느 모로든 존경하지 않으면 안 된다. 도대체 요즈음 젊은 애들은 친척 따위를 소중히 알지 않고 노인들을 싫어한단 말이야. 그렇다고는 하지만 이 나이 많은 아주머니가 하는 말을 잘 들어 두어요. 이것은 모두가 너를 사랑해서 하는 소리이니 말이다. 나는 네 어머니를 사랑해 왔다. 또 할머니도 마음으로부터 사랑했고 존경해 왔다. 그래서는 못쓴다. 만사를 제쳐놓고 우선 그곳부터 가 뵈어라."

나는 꼭 방문하겠다고 약속했다. 그리고 코르나코프 댁의 방문이 예정보다 얼마쯤 길어졌다고 생각되어 슬슬 일어나 물러나려고 했다. 그러나 부인이 나를 잡았다.

"안 된다, 잠깐만 기다려라. 리자야, 아버지는 어디 계시냐? 이리 모셔 오너라. 너를 보시면 그분도 무척 반가워하실 거다."

부인은 나를 바라보며 이렇게 말했다.

2분 가량 지나자 정말로 미하일로 공작이 들어왔다. 그는 별로 키가 크지 않은 뚱뚱한 신사였는데 옷차림이 몹시 단정치 못했을 뿐 아니라 얼굴에도 수염이 텁수룩하게 자랐고 넋이 나간 듯이 무표정한 얼굴이어서 어떻게 보면 바보처럼 보일 정도였다. 그는 나를 만난 것을 조금도 반가워하거나 기뻐하지 않았다. 적어도 그러한 감정이 얼굴에는 나타나 있지 않았다. 내가 보기에는 그는 부인을 몹시 두려워하는 모양이었다.

"네, 그렇지 않아요, 당신? 볼데마르―그녀는 내 이름을 잊어버렸음이 분명했다.―는 어머니를 판에 박은 듯이 닮았지요?"

이렇게 말하며 눈짓을 했으므로 공작도 그녀가 바라는 것이 무엇인가를 알아차린 모양으로, 내 곁으로 뚜벅뚜벅 걸어와서 몹시 마음이 내키지 않는다기보다는 오히려 불만스러운 표정으로 수염이 텁수룩한 얼굴을 내게 들이댔다. 따라서 나는 할 수 없이 그의 뺨에 키스를 할 수밖에 없었다.

"저런 당신, 아직도 옷을 갈아입지 않으셨군요. 곧 출발해야 하지 않으세요?"

키스가 끝나자 부인은 남편에게 이렇게 말했다. 골이 난 듯한 말투였으나, 이것은 가족에게 말을 할 때의 버릇인 모양이었다.

"또 여러 사람에게 욕을 먹고 싶으세요? 다른 사람이 당신을 나쁘게 생각해도 상관없으세요?"

"지금 바로 갈거요, 여보."

미하일로 공작은 이렇게 말하며 방을 나가 버렸다. 나도 그들에게 인사를 하고 밖으로 나왔다.

나는 비로소 우리가 이반 이바느이치 공작의 상속인이 된다는 것을 알았다. 그리고 이 정보는 내게 불쾌한 충격을 주었다.

이빈 가의 사람들

이 어쩔 수 없는 방문에 대해 생각하면 점점 더 가슴이 답답해 왔다. 그러나 공작 댁으로 문안을 드리기 전에 도중에 아무래도 이빈 댁에 들리지 않으면 안 되었다. 그들은 트베르스코이 거리의 크고 훌륭한 저택에 살고 있었다. 곤봉을 들고 있는 문지기가 버티고 선 정면의 대현관을 들어설 때, 어느 정도 기가 죽지 않을 수 없었다.

나는 현관에서 주인께서 댁에 계시냐고 물었다.

"글쎄요, 여쭤어 보아야 알겠습니다. 누구시라 전할까요?"

문지기는 그렇게 말하며 초인종을 눌렀다. 각반을 두른 시종의 두 다리가 계단 위에 모습을 드러냈다.

나는 무슨 까닭에서인지 몹시 주눅이 들어 장군에게 전갈하지 않아도 좋다, 우선 아드님 방으로 가겠다고 말했다.

나는 커다란 계단을 오르면서 몸이 몹시도 작게 오므라드는 듯한 착각에 사로잡혔다. 이것은 표현상의 비유가 아니라 참된 의미로서 그러했다. 마차를 이 대현관에 몰고 왔을 때도 마찬가지 느낌을 경험했다. 마차도 말도 모두가 작게 오므라드는 듯한 느낌을 가졌던 것이다.

영식休息 방에 들어서니 그는 책을 펼쳐 놓은 채 소파 위에 드러누워 잠을 자고 있었다. 여전히 이 가정의 가정교사로 있는 프로스트가 젊은이다운 발걸음으로─그의 걸음걸이는 언제나 그랬다.─내 뒤를 따라 방으로 들어와 자기의 제자를 깨웠다. 이빈은 나를 보고도 별로 기뻐하는 것 같지 않았다. 나와 얘기하는 동안에 그가 내 눈썹 근처로 눈길을 보내는 것을 느꼈다. 태도는 지극히 정중했으나 앞서 들른 공작 댁의 따님처럼 그저 의무적으로 대하는 것이라고밖에 생각되지 않았다. 특히 내게 마음이 끌리는 것 같지도 않았고 나와 교제할 필요성을 느끼는 것 같지도 않았다. 그에게는 그 자신의 친구와 서클이 있을 것임에 틀림없기 때문이다. 나는 이리한 여러 가지 상황을 상상했다. 그것은 예컨대 입에 올린다는 것 자체가 몹시 불쾌한 일이기는 하지만, 우리 할아버지 밑에 기거하고 있던 식객의 아들, 일렌카와의 관계와 거의 비슷했다. 나는 점점 초조해지고 화가 나기 시작했다. 이빈의 시선을 하나하나 공중에서 포착한 나는 그가 프로스트와 눈길이 마주쳤을 때의 그 눈빛을 '이 사나이는 무슨 일로 집에 온 것일까?' 라는 의문을 담은 것으로 해석했다.

이빈은 나와 얼마 동안 이야기를 나눈 뒤 아버지와 어머니도 집에 모두 계시니까 함께 아래층으로 내려가 뵙지 않겠느냐고 말했다.

"나도 곧 옷을 입고 내려갈게."

다음 방으로 들어가며 그는 이렇게 덧붙였다. 그러나 그가 그 방에 있을 때에 입고 있던 옷도 새 저고리와 흰 조끼를 입은 나무랄 데 없는 복장이었다. 2, 3분이 지나자 그는 단추를 모두 채운 군복 차림으로 나타났다. 우리는 함께 아래층으로 내려갔다. 우리는 몇 개의 응접실을 지나갔는데, 그곳은 모두 널찍하고 천장이 높은 방들이었으며, 호화로운 장식으로 꾸며져 있어 한눈에 보아도 주인의 풍류와 취미가 드러나 보였다. 그 방들에는 대리석 조각이 있는가 하면 황금에다 비단으로 싼 물품도 있었고 정교한 조각을 한 거울도 있었다. 이빈의 어머니는 우리가 방으로 들어간 것과 거의 동시에 다른 문을 통하여 응접실 다음의 작은 방으로 들어왔다. 그녀는 스스럼없이 극히 친근한 일가를 대하듯이 나를 맞아주었고 자기 옆 자리에 앉도록 권했다. 그리고 우리 가족들에 대하여 이것저것 상세히 묻기 시작했다.

이빈의 어머니는 전에 두 번 가량 아주 잠깐 보았을 뿐, 이처럼 가까이에서 자세히 보기는 이번이 처음이었다. 그런데 그녀는 몹시 마음에 들었다. 그녀는 키가 헌칠하게 크고 마른 편이며, 거기다가 눈부실 정도로 살빛이 희었고 피로한 듯 우울한 표정을 띠고 있었다. 그녀의 미소 짓는 얼굴은 슬퍼 보였으나 어디까지나 선량해 보였다. 그녀의 눈은 약간 사시斜視 기미가 있었지만 그것이 그녀의 슬픈 듯한, 동시에 그리워하는 듯한 표정을 만들어 주었다.

굳이 등이 굽었다고까지는 할 수 없으나 묘하게 상반신을 숙이듯이 하고 앉아 있었다. 그녀의 모든 동작도 힘이 들어 있지 않고 무너져 떨어지는 듯한 피동적인 느낌을 주었다. 말씨에도 긴장감이 없었는데, '루'와 '우' 발음이 분명하지 않은 것이 여간 듣기 좋은 것이 아니었다. 그녀는 마지못해 의무적으로 나와 대화하는 것이 아니었다. 가족들의 신상에 관한 내 이야기는 그녀를 슬프게 하는 것처럼 보였다. 마치 그녀는 내 이야기를 들으며 즐거웠던 옛날을 슬프게 회상하는 것처럼 보였다. 이빈은 어디로인지 가 버렸다. 그녀는 얼마 동안 나를 물끄러미 바라보더니 갑자기 흑흑 흐느껴 울기 시작했다. 나는 그녀 앞에 앉은 채, 그녀가 왜 그러는지 어떻게 위로하면 되는지 전혀 갈피를 잡을 수가 없었다. 그녀는 나를 외면한 채 울음을 계속했다. 처음에는 그녀가 가여웠다. 이어서,

'이분을 위로해 드려야겠구나. 어떻게 위로하면 좋을까?'

하고 생각했다. 그러나 곧 나를 이런 민망한 입장에 빠뜨린 그녀가 밉살스러워졌다.

'과연 내가 그다지도 초라한 모습을 하고 있단 말인가?'

이런 생각이 들기도 했다.

'그도 아니라면 이러한 입장에 처했을 때 내가 어떤 태도를 취하는가 시험하려고 일부러 이러는 것이 아닐까? 이러한 상황에서 물러가기도 쑥스럽다. 마치 울고 있는 사람을 팽개쳐 놓고 도망치는 것으로 여겨질 테니 말이다.'

신통한 방법이 없었으나 최소한 내가 여기 앉아 있다는 사실만

이라도 환기시키고자 나는 걸상 위에서 몸의 방향을 바꾸었다. 그러자,

"나 좀 보게. 나란 사람은 얼마나 못난 사람일까?"

내 얼굴을 바라보며 미소를 보이려고 애쓰며 그녀는 말했다.

"그저 툭하면 아무 이유도 없이 울고 싶어지는 날이 있다우."

그녀는 곁에 있는 소파 위를 더듬어 손수건을 찾으려 하다가는, 또 갑자기 앞서보다 더 심하게 울기 시작했다.

"아아, 어찌된 일일까? 참으로 이상하군요. 이렇게 훌쩍훌쩍 울고만 있다니……. 나는 당신의 어머니가 무척 좋았어요. 우리는 그야말로, 말로 다할 수 없이 다정했… 죠.…… 그리고……."

그녀는 손수건을 찾아 얼굴을 가리고는 계속 울었다. 어색하고 난처한 장면이 상당히 오래 계속되었다. 밉살맞기도 하고 화도 났으나 가엾은 생각이 한결 강했다.

그녀의 눈물은 진실인 것 같았다. 내 어머니를 생각하여 운다기보다는 오히려 그녀가 현재 행복하지 못한 나날을 보내고 있기 때문에 훨씬 더 즐거웠던 먼 옛날을 그리워하며 울고 있는 것이라 생각되었다. 이 민망하고 딱한 입장이 어떻게 풀릴 것인지 짐작이 가지 않았다. 그러나 다행스럽게도 아들인 이빈이 들어와 아버지가 그녀를 찾고 있다는 뜻을 전했다. 그리고 그녀가 일어서서 방을 나서려 했을 때 당사자인 남편이 방으로 들어왔다. 작은 몸집의 딱 벌어진 체격을 가진 신사였으며 눈썹이 짙고 검었다. 짧게 깎은 흰 머리와 굳게 다문 입가에는 몹시 엄격하고 굳은 의지가 엿보였다.

나는 의자에서 일어나 인사를 했다. 그러나 녹색 상의에 훈장을 세 개 늘어뜨린 집주인은 내 인사에는 답을 하지 않을 뿐만 아니라 거의 이쪽으로 눈을 돌리려 하지도 않았다. 그리하여 나는 문득 나 자신이 인간이 아니라 대수롭지 않은 물건, 예를 들면 의자나 유리창 따위에 지나지 않은 듯한 느낌을 갖게 되었다. 그렇지 않다면 설사 인간이라고 하더라도 의자나 유리창과 다름없는 싸구려 인간으로 전락해 버린 느낌이 들었다.

"당신은 아직 백작 부인에게 편지를 쓰지 않았더군. 이봐요, 응?"

그는 차갑고 딱딱한 표정으로 부인에게 프랑스 어로 이렇게 말했다.

"그럼 실례합니다. 이르테네프 씨."

부인은 갑자기 오만한 태도로 턱을 움직이고 그녀의 아들이 그랬듯이 내 눈썹께를 바라보며 말했다. 나는 다시 한 번 그녀와 그녀의 남편인 집주인에게 인사를 했다. 그러나 이번에도 역시 내 인사는 이 집주인에게 마치 창이 열리거나 닫히는 정도의 자극밖에는 주지 못했다. 대학생인 이 집 아들 이빈은 그래도 문 앞에까지 바래다 주었다. 그리고 문 앞까지 오는 동안 자기는 페테르부르크 대학으로 전학할 예정이라고 했다. 그 이유는 아버지가 거기서 새로운 지위를 얻었기 때문이라고 했다. 그는 무엇인가 굉장히 높은 자리를 말했다.

"그래, 이제 아무리 아버지가 원하셔도……."

나는 마차에 올라앉으며 입 속으로 중얼거렸다.

"사람을 업신여기는 이 따위 집에는 다시는 발을 들여놓지 않을 테다. 그 울보 어머니는 마치 내가 가련하기 짝이 없는 고아이기나 한 것처럼 남의 얼굴을 보며 훌쩍훌쩍 울지 않나, 주인이란 작자는 인사조차 받지 않으려 하다니……. 두고 보자!"

나는 그에게 어떤 보복을 하면 좋을지 전혀 생각이 나지 않았다. 분한 김에 나도 모르게 입에서 새어 나온 말이다. 그 뒤 나는 여러 차례 아버지의 훈계를 참고 듣지 않으면 안 되었다. 아버지는 내게 그 집안과의 교제는 더욱 적극적으로 해야 한다, 그와 같이 높은 지위에 있는 사람에게 너 따위 애송이를 상대해 달라는 것은 무리이다, 이렇게 말하며 타일렀으나, 나는 상당히 오랫동안 고집을 꺾지 않았다.

이반 이바느이치 공작

쿠지마에게 말했다.

"자, 드디어 이것으로 마지막 방문이다. 니키트스카야 가街로 가 줘."

마차는 니키트스카야의 이반 이바느이치 공작 댁으로 달리기 시작했다.

이미 몇 집째의 방문으로 호된 시련을 겪어 어느 정도 자신이 생겼으므로, 공작 댁이 점점 가까워 오건만 제법 태평스러울 수 있었다. 그러나 이때 문득 '너는 공작의 상속인이다.' 라는 코르나코바 부인의 말이 생각났을 뿐 아니라 현관의 주차장에서 두 대의 마차를 보았다. 그 때문에 도로 아까와 같은 위축감이 생겨 버렸다.

출입구 문을 열어 준 늙은 문지기도, 외투를 벗겨 준 하인도, 또 응접실에 앉아 있던 세 사람의 귀부인과 두 사람의 신사도, 특히 문관복을 입고 소파에 앉아 있던 이 집의 주인인 이반 이바느이치 공작은 더욱, 모두가 나를 상속인이라 생각하고 그 때문에 나를 악의에 찬 눈길로 힐끔힐끔 바라보는 듯한 기분이 들었다. 공작은 표면상으로는 내게 친절했고 키스를 해주고―즉 부드럽고 바싹 마른 차가운 입술을 내 뺨에 살짝 대기도 하고―, 내가 현재 하고 있는 일이나 장래의 계획에 대하여 묻기도 하고 농담을 하기도 했다. 그리고 언젠가 할머니의 명명일命名日에 낭독한 것과 같은 시를 지금도 쓰고 있느냐고 물은 끝에, 오늘은 정찬에 초대하겠으니 오라고까지 말해 주었다. 그러나 공작이 다정하게 대해 주면 줄수록 기분이 이상해져 견딜 수가 없었다. 이 양반이 내게 이처럼 친절하게 대하는 것은 나를 상속인이라 생각할 때마다 생기는 견딜 수 없이 싫은 기분을 내가 눈치채지 못하도록 하려는 데 지나지 않는다는 생각이 들었다. 그는 거의 전부 의치를 했기 때문에 무엇인가 말하려면 윗입술을 코 쪽으로 들어올리고 가볍게 콧물을 들이마시는 듯한 소리를 내면서 마치 그 입술을 콧구멍으로 들이마시는 것과 같은 모양을 하는 묘한 버릇이 있었다. 지금도 연신 그 묘한 입술 운동을 열심히 하고 있는데, 나는 그때마다 그가 입 속으로,

'이 애송이 코흘리개 녀석, 네가 알려 주지 않더라도 난 다 알고 있단 말이다. 넌 상속인이다. 암, 상속인이고말고!'

이렇게 중얼거리는 것처럼 생각되었다.

나는 어렸을 적에 이반 이바느이치 공작을 할아버지라고 불렀는데 지금은 내가 상속인이 되었으므로 할아버지라고 부르려 해도 혀가 말을 듣지 않았다. 그렇다고 해서 그 자리에 있던 한 신사처

럼 각하라 부르기에는 자신을 너무 비하하는 것이라 생각되었다. 그래서 이야기가 계속되는 동안 될 수 있으면 공작을 부르지 않도록 노력하려고 했다. 그러나 가장 나를 당황하게 한 것은 나와 같은 공작의 상속인이며 이 집에서 함께 살고 있는 공작의 나이 많은 따님이었다. 정찬 자리에서는 공작의 따님과 나란히 앉았는데, 그녀는 처음부터 끝까지 한마디도 내게 말을 하지 않았다. 그래서 '아하! 그렇구나. 이 여자는 내가 자기와 동등한 자격을 가진 상속인이므로 몹시 미운 것이로구나.' 나는 이렇게 생각했다. 또 공작도 내게 조금도 주의를 기울이지 않았으므로 그 역시 나와 공작의 따님이 모두 상속인이어서 두 사람 다 밉살스러워진 것임에 틀림없다고 비뚤어진 추측을 했다.

"정말 내가 얼마나 불쾌한 느낌을 가졌던가는 자네는 상상조차 하기 어려울 것일세."

나는 그날 밤 드미트리에게 자신이 유산의 상속인이라 생각되자 구역질이 나도록 혐오의 감정을 느꼈다는 것을 자랑하고 싶은 기분으로 그렇게 말했다. 내게는 그러한 것들이 대단히 훌륭한 것으로 여겨졌다.

"나는 오늘 꼭 두 시간 동안 공작 댁에 있었는데, 여간 불쾌한 느낌이 들지 않았네. 공작은 훌륭한 분이며 내게도 매우 친절히 대해 주기는 했지만."

내가 굳이 이런 설명을 하는 것은 결코 공작 앞에서 굴욕감을 느꼈기 때문이 아니라는 것을 친구가 믿어 주길 바랐기 때문이었다.

나는 말을 이었다.

"그러나 내가 공작의 따님과 똑같이 보여진다고 생각하니까, 즉 공작 댁에서 함께 살며 비굴한 태도를 보이는 공작의 따님과 같은 취급을 받는다 생각하니 등골이 오싹해지지 뭐야. 공작은 훌륭한 노인이어서 누구에게나 상냥하고 친절한 분인데, 따님에게 혹독하게 대하는 것이란 차마 볼 수 없을 지경이었네. 그 저주받을 돈이란 물건이 모든 관계조차 해치고 있단 말이야! 어떤가 자네, 내 생각으로는 공작과 솔직히 털어놓고 이야기하는 편이 나을 것같이 생각되는데."

나는 잠시 침묵하다가 이야기를 계속했다.

"공작에게 이렇게 말하려 하네. '나는 당신을 인간적으로 존경하고 있지만 유산 따위는 꿈에도 생각하고 있지 않으니, 부디 내게는 아무것도 남기지 말아 주십시오. 그렇게 해주셔야만 저는 공작님 댁에 출입하겠습니다.' 라고 말일세."

내가 이렇게 말해도 드미트리는 별로 웃지도 않았다. 아니 그뿐 아니라 그와는 정반대로 진지하게 생각했다. 그리고 얼마 동안 잠자코 있더니 내게 이렇게 말했다.

"여보게, 자네 생각은 잘못된 것일세. 세상 사람들이 자네를 그 공작 따님과 같은 존재로 생각하다니, 그 따위 어리석은 망상은 집어치우게. 만약 그러한 상상을 하려 한다면 보다 앞날 일까지 심각하게 생각하고 염려하지 않으면 안 될 것이네. 즉 세상 사람들이 자네를 그렇게 생각할지도 모른다는 것을 인정한다면, 그와 동시에 자네 자신에게는 그러한 생각이 털끝만큼도 없고 자네는 그러한 것들을 바탕으로는 아무것도 하지 않는다는 식으로 말일세. 아니면 이렇게 생각하면 되지 않는가. 자네가 상속에 얽매이지 않고 싶다는 것을 세상 사람들도 알고 있을 것이다. 이렇게 생각하면 되는 것일세. 그러나 이것은 한마디로 말해서······."

자신의 판단과 논리에 혼란이 있다는 것을 느끼며 그는 이렇게 덧붙였다.

"그런 것들을 아예 생각하지 않는 편이 실은 가장 좋은 걸세."

친구의 말은 참으로 지당한 것이었다. 실생활의 경험에 의하면, 얼른 보아 지극히 고상한 듯이 보이는데도 불구하고 영원히 자기 가슴속에만 간직하고 남에게는 숨겨야 할 것들이 많이 있다. 이것을 끄집어내어 이리저리 재 본다는 것은 해로운 것이며, 입에 올려 이러쿵저러쿵하는 것은 더한층 해로운 것일 뿐 아니라 고상한 행위와도 일치하지 않는다는 것을 확신하기에 이른 것은 그로부터 훨씬 후의 일이었다. 그런데 나는 이러한 것을 더욱 확신했다. 그것은 훌륭한 의도라고 할지라도 그것을 입 밖으로 내어서 그 실현이 어려워질 뿐 아니라 불가능해지기까지 하는 경우가 많다는 확신이다. 그러나 청년 시대의 때묻지 않은 자만심과 자신에 넘친 충동을 어찌 표명하지 않고 견딜 수 있을 것인가! 다만 많은 세월이 지난 후 그 시절을 회상했을 때, 활짝 필 날을 기다리기가 역겨워 봉오리일 때 꺾어 버린 꽃이 시들어 진흙길에 밟히는 것을 뒷날 발견했을 때와 같은 애처로움과 후회를 비로소 느끼는 것이다.

금전이란 것은 인간의 상호 관계를 해치고 멀어지게 한다라고 친구인 드미트리에게 말한 혀끝이 미처 마르기도 전에 나는 벌써 그 이튿날 시골로 출발하기에 앞서 쓸데없는 그림이나 파이프 따위를 사서 용돈을 전부 써 버리고는, 생각 없이 드미트리에게 여비로 25루블이란 돈을 빌렸고 그 후 오랫동안 갚지 않은 채로 있었다.

친구와의 격의 없는 대화

우리는 이 대화를 쿤체보로 향하여 달리는 마차 안에서 했다. 드미트리는 그날 아침 내가 그의 어머니를 방문하러 가겠다는 것을 말리고 저녁 식사가 끝난 뒤 나를 데리러 왔다. 그의 가족들이 살고 있는 별장에서 하루 저녁 논 다음 천천히 하룻밤을 자고 오리라는 심산이었다. 지저분하고 복잡한 거리가 시원하게 트인 들판의 경치로 바뀌고, 견딜 수 없도록 소란한 차도의 소음과 먼지가 교외를 달리는 부드러운 바퀴 소리로 바뀌고, 향기로운 봄의 대기와 광활한 분위기가 나를 감쌌을 때야 비로소 이틀 동안 나를 완전히 얽매였던 여러 가지 잡다한 새로운 인상이나 어떤 의식으로부터 얼마간 풀려나서 자신을 되찾은 기분이 들었다. 드미트리는 나와는 아주 친숙해져서 서먹서먹한 기가 없어졌으므로, 고개를 이리저리 갸웃거리며 넥타이를 고치거나 눈을 신경질적으로 깜박이거나 가늘게 뜨지 않았다. 나는 그에게 터놓고 밝힌 이반 이바느이치 공작에 대한 것, 그 고상한 감정으로 인하여 득의에 차 있었다. 그처럼 고상한 감정의 고백을 듣고 났으니, 그도 콜피코프와의 창피한 사건을 용서해 줄 뿐 아니라 그 사건에 관해 나를 경멸하지는 않을 것이라 생각했다. 그래서 우리는 보통 상황이라면 도저히 이야기할 수 없는 가슴속 비밀까지 서로 다정하게 털어놓았다. 드미트리는 내가 아직 모르는 식구들인 어머니, 이모, 누이동생, 그리고 그의 연인이라 생각하여 두브코프가 붉은 머리의 여자란 별명을 붙인 그 부인에 대하여 차근차근히 들려주었다. 어머니에 대하여는 어느 정도 허식이 가미된 찬미하는 어조로 이야기했다. 어머니의 문제에 관한 모든 항의를 미리 막으려는 것으로 생각되었다. 이모에 관해서는 기쁨과 즐거움으로 충만한 어조로 이야기했는데, 어느 정도 허풍이 섞인 것 같기도 했다. 누이동생에 관해서는 별로 이야기하지도 않았을 뿐 아니라 오히려 이야기하기를 부끄럽게 여기는 듯한 눈치조차 보였다. 그러나 붉은 머리의 여자 이야기를 할 때만은 목소리에 활기를 띠기 시작했다. 그녀는 본명이 류보피 세르게예브나이고, 어떤 가정상의 관계에서 네플류도프 가家에 신세를 지고 있는, 벌써 상당한 연배에 이른 처녀였다.

"아아, 그녀는 기특한 아가씨야!"

부끄러운 듯이 얼굴을 붉히면서도 더욱 대담하게 내 눈을 바라보며 그는 말했다.

"이제는 결코 젊다고는 할 수 없어. 오히려 늙은 편이지. 생김생김도 잘난 편이 못 되고. 그러나 미인을 사랑하는 일이란 참으로 어리석고 무의미한 일이니……. 내게는 도저히 이해할 수 없는 너무나 어리석은 일이니까(그는 이처럼 마치 새롭고 신기한 진리를 방금 발견하기나 한 것처럼 이야기했다.). 하여튼 그녀는 무어라 말할 수 없이 아름다운 영혼과 마음씨, 또한 건전하고 분명한 주장을 가진 사람이란 말일세. 나는 그것을 굳게 믿어. 요즘 같은 세상에 그런 아가씨는 그녀 말고는 달리 있을 수 없어."

누구에게서 물려받은 것인지는 몰라도 무엇이든지 좋은 것이 있으면 지금 세상에는 흔하지 않다고 하는 것이 그의 입버릇이었다. 그는 즐겨 이 표현을 되풀이했고, 이상하게도 그 말이 그에게는 잘 어울렸다.

"다만 내가 불안하게 생각하는 것은……."

마치 조금 전에 그가 결정적으로 논증한바, 미인을 사랑하는 어리석음을 행하는 자들을 완전히 설복한 것 같은 몸짓으로 제법 의젓하게 말했다.

"내가 불안하게 생각하는 것은, 자네가 즉시 그녀를 이해하고 그녀의 참된 가치를 이해하지 못하리란 점일세. 그녀는 겸손하고 내성적일 뿐 아니라 오히려 자신을 감추고 드러내지 않는 성격이어서 놀랄 만한 가치가 있는 자신의 아름다운 성격을 드러내기 싫어한단 말일세. 우리 어머니만 하더라도 이제 곧 만나면 알겠지만 착하고 훌륭한 분이시지만, 그녀와 함께 산 지가 2, 3년이나 되건만 아직도 그녀를 이해하고 있지 못하단 말일세. 아니 이해하려 하지 않는 거지. 나는 바로 어제도…, 그렇지 자네가 내게 물었을 때, 어째서 내가 기분이 좋지 않았던가 그 이유를 밝히기로 하지. 사실은 그저께 류보피 세르게예브나가 나와 함께 이반 야코블레비치에게 가자고 했네. 자네는 이반 야코블레비치에 관하여 들은 적이 있을 걸세. 그는 마치 미치광이 같은 사람이지만 알고 보면 훌륭한 사람이네. 류보피 세르게예브나는, 미리 자네에게 이야기해 두지만 대단히 신앙심이 깊은 여자여서, 그녀만은 이반 야코블레비치를 완전하게 이해하고 있단 말일세. 그녀는 가끔 이반 야코블레비치를 찾아가서 여러 가지 얘기를 나눈 뒤, 가난한 사람들에게 나누어 주라고 그동안 번 돈을 전부 내놓는단 말일세. 참으로 놀랄 만한 아가씨지. 자네도 곧 알겠지만, 그때까지 나는 그녀와 여러 차례 이반 야코블레비치를 방문했고, 그 훌륭한 인물과 만날 수 있게 된 것을 마음으로부터 그녀에게 감사하고 있는 터야. 그런데 우리 어머니는 이것을 조금도 이해해 주려 하지 않고 미신으로 돌리려 한단 말일세. 그래서 어제는 생전 처음 어머니와 말다툼을 했지. 그것도 몹시 심하게 말일세."

말다툼 때 맛본 감정을 되새기기나 하는 것처럼 목덜미를 경련하듯 꿈틀거리며 말을 마쳤다.

"응, 그렇게 되었군. 그런데 자네는 대체 어떤 생각을 갖고 있나? 즉 말하자면 어떤 결말을 맺으리라 생각하나? 자네들의 사랑, 혹은 우정이 어떻게 발전하여 어떤 결말을 보여 줄 것인지 자네는 그 점에 대해 그녀와 이야기한 적이 있나?"

나는 친구의 마음을 불쾌한 추억으로부터 전환하려고 이렇게 질문했다.

"그녀와 결혼할 생각이냐고 묻는 건가?"

하고 그는 다시 얼굴을 붉히면서도 용감하게 돌아보며 내 얼굴에 눈길을 모으며 반문했다.

'뭐 그렇게 신경을 쓸 것이야 없지. 대단한 얘기도 아닌데. 우리 두 사람은 모두 어른이고 친구 사이가 아닌가. 그 두 사람이 마차를 타고 달리며 자신들의 미래에 대해 서로 논의하는 거잖아. 옆에서 누가 보거나 듣는다 해도 오히려 기분이 좋을 거야.'

나는 스스로를 진정시키며 이렇게 속으로 생각했다.

"왜 없겠나?"

그는 이렇게 말하고 나서 내가 아무렴 그래야지 하는 식으로 고개를 끄덕이는 것을 보자 이야기를 계속했다.

"왜냐하면 내 목적 역시 이성 있는 모든 사람들과 마찬가지로 될 수 있는 한 행복하고 좋은 인간이 되는 것이니까 말일세. 그러니 내가 완전하게 자립하게 되고, 그녀가 원한다면 나는 그녀와 결혼할 것이야. 그러는 편이 세계 제일의 미인과 함께 사는 것보다도 나를 행복하고 훌륭한 인간으로 만들 것임에 틀림없으니 말이야."

이런 이야기에 몰두한 나머지 우리는 쿤체보가 가까워 온 것도, 하늘이 차츰 흐려져서 빗방울까지 떨어지기 시작한 것도 깨닫지 못했다. 우리가 별장으로 가는 자작나무 가로수 쪽으로 말머리를 돌렸을 무렵, 빗방울이 후두두 떨어지기 시작했다. 그러나 옷이 젖을 정도는 아니었다. 몇 방울의 빗물이 콧등과 손끝에 닿은 것과 자작나무의 끈끈한 잎사귀가 톡톡 소리를 내, 비로소 비가 내리고 있다는 것을 깨달을 정도였다.

자작나무는 풍성한 가지를 늘인 채 맑고 깨끗한 빗방울을 아주 기쁜 듯이 받아들이고 있었고, 그 기쁨은 가로수 길에 가득한 강렬한 향훈에 의해 잘도 표현되고 있었다.

우리는 조금이라도 빨리 정원을 가로질러 집 안으로 달려가려고 생각했으므로 허둥지둥 마차에서 내리고 말았다. 그런데 바로 집 입구 근처에서 네 사람의 여인들과 마주쳤다. 그 가운데 두 사람은 뜨개질거리를 들고 있었으며 한 사람은 책을 들고 있었고, 나머지 한 사람은 개를 데리고 잰걸음으로 옆쪽 길에서 나왔다. 드미트리는 그 자리에서 어머니와 동생, 이모와 류보피 세르게예브나를 내게 소개했다. 그녀들은 잠시 발을 멈추었지만 비가 점점 더 많이 쏟아지기 시작했다.

"얘야, 집으로 들어가서 이분을 다시 한 번 더 소개해 다오."
하고 드미트리의 어머니인 듯한 부인이 말했다. 그래서 우리는 네 명의 여인들과 함께 계단을 올랐다.

네플류도프 가의 사람들

　이 네 사람의 여인 가운데 제일 먼저 내 관심을 끈 것은 류보피 세르게예브나였다. 그녀는 개를 안고 끈으로 묶은 두툼한 부츠를 신고 맨 뒤에서 계단을 오르고 있었는데, 도중에 두어 번 멈추어 주의 깊게 내 쪽을 돌아보고는 개에게 입을 맞추었다.

　그녀는 정말 못생겼다. 붉은 머리털에 마른 데다가 키가 작고 등이 약간 굽기까지 했다. 그녀의 곱지 못한 용모를 한층 보기 흉하게 하는 것은 옆으로 붙여 가르마를 탄 괴상한 머리 모양이었다. 이것은 머리가 벗겨진 여자가 흔히 하는 특수한 머리 모양이다.

　나는 친구를 만족시키려고 몹시 애를 썼으나 그녀의 몸 어느 곳에서도 아름다움을 발견하지 못했다. 그 다갈색의 눈까지도 선량한 표정을 띠고 있기는 했으나 너무나도 작고 흐릿했기 때문에 도저히 아름답다고는 할 수 없었다. 손은 인간의 성격을 나타내는 극히 중요한 부분인데, 그 손조차 그다지 크지도 않고 보기 흉한 것도 아니었지만 붉은 기가 돌면서 까칠해 보였다.

내가 그들 뒤를 따라 발코니에 오르자, 그들은 다시 자기 일을 시작하기 전에 각자가 내게 한두 마디씩 말을 건넸다. 다만 드미트리의 동생인 바렌카만은 예외여서 그녀는 커다란 회색 눈으로 조용히 바라볼 뿐이었다. 얼마 뒤 바렌카는 손가락 하나를 갈피에 끼워 무릎 위에 놓았던 책을 펴들고 소리 높여 낭독하기 시작했다.

공작 부인 마리야 이바노브나는 마흔 정도의 나이에 키가 크고 균형 잡힌 몸매의 부인이었다. 실내 모자 밑으로 굳이 감추려 하지 않고 내보이는 반백의 머릿결로 보아서는 좀 더 나이가 들어 보였으나, 거의 주름이 없는 싱싱하고 고운 얼굴, 특히 부리부리하고 큰 눈의 쾌활한 광채로 본다면 훨씬 젊어 보였다. 그녀의 눈은 다갈색이었고 한없이 솔직하고 감춤이 없는 표정을 짓고 있었다. 입술은 지나치게 얇아서 좀 엄격해 보일 정도였다. 코는 단정했으나 약간 왼쪽으로 비뚤어진 느낌이었다. 반지도 끼지 않은 손은 큼직한 것이 남자 손 같았으나 갸름한 손가락은 아름다웠다. 깃 달린 하늘색 옷을 입고 아직도 처녀다운 균형이 잡힌 허리께를 꽉 졸라매고 있었다. 그 날씬한 허리가 그녀의 자랑인 모양이었다. 그녀는 단정하고 멋진 자세로 앉아 무엇인가 바느질을 하고 있었다. 내가 발코니에 들어서자 그녀는 내 손을 잡고 좀 더 가까이에서 자세히 보려는 듯이 바싹 끌어당겨 아들에게 향한 것과 마찬가지의 다소 차가운 느낌이 드는 스스럼없고 솔직한 눈길로 내 얼굴을 바라보았다. 그리고 아들에게서 이야기는 많이 들어 왔으나 좀 더 친숙해지고 싶어 하룻밤이나마 편히 쉬어 가도록 초대했다는 뜻의 말을 했다.

"부디 우리에게 신경 쓰지 말고 무엇이든 하고 싶은 대로 하시오. 우리도 학생에게 신경 쓰지 않을 테니까. 산책을 하든 독서를 하든 우리와 함께 얘기를 하든 마음대로 해요. 만약 고단하다면 쉬어도 상관없어요."

그녀는 이렇게 덧붙였다.

소피야 이바노브나는 공작 부인의 동생이 되는 노처녀인데 겉으로 봐서는 오히려 언니처럼 보였다. 그녀는 터질 듯이 팽팽한 체격을 가졌는데, 언제나 코르셋을 하고 있는 키가 작고 지나치게 뚱뚱한 노처녀들에게서 흔히 볼 수 있을 만한 몸매였다. 어찌 보면 그녀의 터질 듯한 건강이 맹렬한 기세로 위로 치솟아 당장이라도 숨이 막혀 버리지나 않을까 하여 위험한 느낌을 줄 정도였다.

짧고 굵직한 팔은 몹시 솟아오른 가슴 앞으로 팔짱을 낄 수 없으며, 팽팽하게 벌어진 윗도리의 아랫자락은 작은 동산만큼이나 부른 배에 가려 보이지 않을 정도였다.

공작 부인은 반백이지만 검은 머리와 검은 눈동자를 가졌는데, 소피야 이바노브나는 금발이고 생기가 돌며 침착한 느낌을 주는 — 흔히 볼 수 없는 현상이다. — 물빛 눈동자를 가졌다. 그러나 두 자매 사이에는 한 핏줄임을 드러내는 아주 닮은 점이 있었다. 두 사람은 표정도 비슷했고 코와 입술은 판에 박은 듯했다. 다만 소피야 이바노브나는 코도 입술도 약간 두툼한 편이었으며 웃으면 오른쪽으로 굽었는데, 공작 부인은 왼쪽으로 구부러졌다. 소피야 이바노브나 쪽은 옷차림이나 머리 모양으로 보아 젊게 보이려고 애쓰는 티가 역력해서 가령 흰머리가 있다고 하더라도 언니처럼 아무렇게나 드러내지는 않았을 것이다.

소피야 이바노브나의 눈초리와 나에 대한 응대가 처음에는 몹시 오만해 보여 나를 당황하게 했다. 그러나 공작 부인은 정반대여서 그녀를 마주하면 마치 해방된 느낌을 가질 수가 있었다. 어쩌면 동생의 경우는 그 뚱뚱한 체격이 예카테리나 여제의 초상과 약간 비슷하다는 점에서— 너무 비슷해서 깜짝 놀랐다.— 오만한 인상을 받았는지도 모른다. 그건 그렇고 그녀가 내 얼굴을 뚫어지게 바라보며,

"우리 친구의 친구 역시 우리의 친구입니다."

하고 말했을 때 나는 완전히 위축되어 버렸다. 그리고 그녀가 이 말을 마친 뒤 잠시 입을 다물고 있다가 가쁜 숨을 몰아쉬었을 때에야 비로소 마음을 놓을 수 있었다. 그와 동시에 나는 그녀에 대한 인식을 달리했다. 그녀는 너무나 뚱뚱하여 몇 마디 말을 한 뒤에는 입을 반쯤 열고 커다란 물빛 눈을 위로 치켜뜨고 깊은 숨을 몰아쉬는 버릇이 생겼음에 틀림없었다. 왜 그런지 그녀의 이 버릇에서 더 없이 다정스럽고 선량한 느낌을 받았으므로, 나는 그녀의 가쁜 숨소리를 듣고 나서 그녀에 대한 공포심을 버릴 수 있었고, 오히려 이 여인이 몹시 정답게 느껴지기까지 했다. 그녀의 눈은 매력으로 가득 찼고 목소리도 명랑해서 기분이 좋았다. 아니 그뿐 아니라 통

통한 손발의 선조차도 젊은 시절의 내 눈에는 어떤 아름다움을 띠고 있는 것처럼 느껴졌다.

류보피 세르게예브나는 내 친구의 친구였으므로, 내게 무엇인가 친근하고 격의 없는 말을 건네올 것임에 틀림없으리란 느낌이 들었다. 또 실제로 그녀는 상당히 오랫동안 망설이는 듯한 표정으로 말없이 나를 바라보기까지 했다. 자신이 말하려는 것이 지나치게 경솔한 것이 아닐까 하여 망설이는 것처럼 느껴졌던 것이다. 그러나 그녀는 나에게 어느 학부에 적을 두고 있느냐는 질문으로 침묵을 깨뜨렸을 뿐이었다. 그러고 나서 상당히 오랫동안 이 친근하고 스스럼없는 말을 계속해야 할지 아니면 중지해야 할지 결정을 내리기 어려운 모양으로 내 얼굴을 바라보고만 있었다. 나는 그녀의 망설임을 눈치 챘으므로 제발 말해 달라는 표정을 지었다. 그러나 그녀는 이렇게 말할 뿐이었다.

"요즈음은 대학에서도 그다지 학문에 신경 쓰지 않는다고 하던데요."

그런 다음 슈제트카라고 불리는 개를 손짓하여 불렀다. 그날 밤 류보피 세르게예브나는 대개의 경우 어이없고도 앞뒤가 맞지 않는 이야기만 했다.

그러나 나는 드미트리를 깊이 믿고 있었으며, 게다가 그가 이날 밤 계속 근심스러운 표정으로 나와 그녀의 얼굴을 번갈아 바라보며 '어찌 된 일이야?' 하고 물으려는 듯한 눈초리를 하고 있었기 때문에, 실상 나는 류보피 세르게예브나가 이렇다 할 장점을 갖고 있지 않다는 것을 잘 알고 있으면서도 비록 마음속에서나마 이와 같은 견해를 드미트리에게 표명할 생각은 전혀 없었다.

그건 그렇다치고, 남은 것은 이들 가족 가운데 마지막 한 사람인 바렌카인데, 그녀는 통통하게 살이 찐 열여섯, 열일곱 살 정도의 소녀였다.

그녀의 좋은 면이라면 명랑함과 침착하고 주의 깊은 것을 조화시킨 점과, 그녀의 이모와 흡사하게 닮은 어두운 잿빛의 부리부리한 눈과 뛰어나게 화사한 아름다운 손, 숱이 많은 아마색의 머리 정도였다.

"그렇지요, 니콜렌카 학생. 중간부터 낭독을 들으시면 심심하시겠죠."

소피야 이바노브나는 꿰매고 있던 옷의 형겊을 뒤집으며 그 선량해 보이는 가쁜 숨을 몰아쉬며 이렇게 말했다.

"그렇지만 당신은 이미 《로브 로이》를 읽으셨을 게 틀림없지요?"

그 무렵의 나는 그다지 친숙하지 못한 사람에게서 물음을 받았을 경우 대학의 교복을 입은 값을 해서라도 반드시 센스 있고 독창적인 대답을 해야 한다는 것이 내 의무라고 생각하고 있었으므로, 아무리 간단한 질문이라 할지라도 네, 아니오라든가 흥미없다, 재미있다와 같이 간단한 대답을 하는 것을 몹시 부끄럽게 생각하고 있었다. 그래서 나는 내가 입고 있는 새로운 유행의 양복과 반짝반짝 빛나는 프록코트의 단추를 흘깃 보고 나서, 아직 《로브 로이》는 읽은 적이 없으나 대단히 재미있게 들었다, 그리고 나는 어떤 책의 낭독이든 처음부터 듣기보다는 중간부터 듣기를 좋아한다고 대답했다.

"왜냐하면 재미가 곱절이 되기 때문이지요. 앞 이야기는 어떠했는가, 뒷 이야기는 어떻게 전개될 것인가, 이 두 가지가 상상되기 때문이지요."

나는 이렇게 덧붙이며 득의의 미소를 지었다.

공작 부인은 어쩐지 자연스럽지 못한 웃음을 지었다. 그런데 나중에야 안 일이지만, 그녀는 이렇게 밖에는 웃을 줄을 몰랐다.

"그게 정말이신가요?"

그녀가 말했다.

"그건 그렇다치고, 니콜렌카 학생, 이곳에 오래 머물 거예요? 내가 당신을 부를 때 무슈(씨)를 붙이지 않는다고 화내지 말아요. 그렇게 부르면 어쩐지 서먹서먹해지는 것이 친근한 맛이 없어진다우. 언제 돌아갈 건가요?"

"네, 아직 결정하지는 못했습니다만 아마 내일 작별하게 될 것 같습니다. 그러나 어쩌면 좀 더 오래 신세지게 될지도 모르겠어요."

우리 두 사람은 아무래도 내일은 떠나야 할 형편이었지만 왜 그런지 나는 그렇게 대답했다.

"될 수 있으면 오래 머물러 주었으면 좋겠어요. 우리를 위해서, 또 드미트리를 위해서도."

어딘가 먼 곳을 바라보며 부인은 말했다.

"당신들만한 때의 우정이란 참으로 아름다운 것이지요."

모두가 내 얼굴을 바라보며 무슨 말을 하려는가 하고 기대하는 듯이 느껴졌다. 다만 바렌카만은 이모의 바느질하는 모습을 바라보는 체하고 나를 바라보지는 않았다. 어떤 의미에서는 시험을 치르는 듯한 느낌이 들어 될 수 있는 한 유리하게 나를 표현해야 되겠다고 생각했다.

"그렇습니다."

하고 나는 말했다.

"내게 있어 드미트리 군의 우정은 참으로 보람 있고 유익합니다. 그러나 나는 드미트리 군에게 있어 유감스럽게도 별로 유익한 인간이 못 됩니다. 워낙 드미트리 군은 나와는 비교가 안 될 정도로 뛰어난 사람이기 때문이지요."

친구가 자리에 없었으므로 내가 말한 것을 들을 염려는 없었다. 그렇지 않았다면 나는 자신의 말에 진실성이 결여되었다는 것을 그가 즉각 느끼지나 않을까 해서 몹시 걱정했을 것임에 틀림없었다.

공작 부인은 부자연스러운, 그러나 그녀에게 있어서는 지극히 자연스러운 그 웃음을 다시 지었다.

"그래요, 그렇지만 그 애의 말을 들으면……."

이라고 공작 부인은 말했다.

"당신은 기적적으로 완전무결한 분이라 하던데요?"

'기적적으로 완전무결이라, 이것 참으로 멋있는 말인데, 외어 두어야겠군.'

나는 생각했다.

"하여튼 당신 이야기는 별도로 하더라도 아들은 그러한 점에서는 아주 대가大家랍니다."

그녀는 목소리를 낮추어 류보피 세르게예브나를 눈짓으로 가리키며 말을 이었다.

"우리 아이는 저희 집에 머무는 가엾은 아줌마 속에서—류보피 세르게예브나는 그들 사이에서 이렇게 불리고 있었다.—그러한 완전무결한 미덕을 굉장히 많이 발견했다우. 그 아줌마에 대해서는 슈제트카를 비롯해 20년 동안이나 알고 지내왔기 때문에 아주 속속들이 이해하고 있다고 생각하는 나까지 꿈에도 생각하지 못했던 여러 가지 미덕을……. 아아, 목이 마르구나. 바렌카야, 물 좀 가져다 주려무나."

그녀는 또 먼 곳을 바라보며 이렇게 덧붙였다. 나와 같은 손님에게 집안 이야기를 속속들이 하기에는 이르다거나 그럴 필요가 전혀 없다고 생각했음에 틀림없었다.

"아니다, 네가 가기보다는 이 양반에게 부탁하는 편이 나을 것이다. 이분은 아무것도 하고 있지 않으니. 너는 책이나 계속해서 읽어라. 학생, 그 문을 나서서 똑바로 열댓 걸음 옮긴 뒤 그곳에서, '표트르, 마님께 물 한 컵 갖다 드려라.' 하고 큰 소리로 말해 주겠어요?"

그녀는 내게 이렇게 말한 뒤 그 부자연스러운 웃음으로 미소 지었다.

'틀림없이 이 부인은 나에 대해 이야기 하고 싶은 것이로구나. 그녀는 말하고 싶은 게 틀림없다. 그녀는 내가 아주 현명한 사람이란 것을 잘 알고 있다고.'

나는 방을 나서며 이렇게 생각했다.

내가 채 열댓 걸음을 옮기기도 전에 뚱뚱한 소피야 이바노브나가 숨을 헐떡이며, 그러나 경쾌한 발걸음으로 내 뒤를 쫓아왔다.

"고마워요. 내가 그리로 가는 길이니, 내가 대신 일러 드리지요."

하고 그녀는 말했다.

사 랑

뒷날 알게 된 바에 의하면, 소피야 이바노브나는 운명적으로 소박한 가정 생활의 행복을 거부한 그리 많지 않은 노처녀 중의 한 사람이었다. 이러한 종류의 여자에게는 그러한 운명의 거역에 봉착한 나머지 원래라면 자식들과 남편에게 바쳐졌어야 할, 오랫동안 가슴속에 자리잡고 성장하여 온 축적된 사랑을 누군가에게 기울이고 싶은 충동이 갑자기 일어나게 마련이다. 이러한 노처녀가 갖는 사랑의 축적은 깊이를 알 수 없도록 한없이 큰 것이어서 사랑을 기울이려는 대상이 아무리 많다 해도 결코 모자람이 없다. 그리하여 그녀들은 자기가 일생 동안 만나는 모든 사람에게 악인이든 선인이든 가리지 않고 이 사랑을 기울이게 된다.

사랑에는 세 가지 종류가 있다.

첫째, 미적인 사랑.

둘째, 헌신적인 사랑.

셋째, 능동적인 사랑.

이상과 같은 것들인데, 젊은 남녀간의 애정에 대해서는 논하지 않겠다. 나는 그런 달착지근한 감정을 두려워하는 자이며, 또 불행하게도 이제까지 그러한 종류의 사랑에서 진실하게 타오르는 불꽃을 한 번도 본 적이 없었다. 내가 본 것은 거짓뿐이며, 성욕·부부관계·금전·자기 자신의 속박 또는 해방코자 하는 욕망 따위가 참사랑의 감정을 열 겹, 스무 겹으로 둘러싸서 무엇이 무엇인지 도무지 분간하지 못할 결과를 가져오곤 했기 때문이다. 따라서 여기에서 내가 이야기하려는 것은 만인애를 가리킨다. 즉 정신력의 크기에 따라 한 사람 내지 몇 사람에게 집중될 수도 있고 더 많은 사람에게 부어질 수도 있는 사랑, 즉 부모·형제·자식·동료·친구·동포에게 부어질 수 있는 사랑, 모든 인류에게 바쳐지는 그런 사랑이다.

미적인 사랑은 감정 그 자체와 표현의 미에 대한 사랑이다. 그러한 사랑을 하는 사람들에게 있어서 사랑의 대상은 쾌감을 자극하는 데 한해서만 좋은 것으로 생각된다. 그리고 그들은 이 감정의 의식이 쾌감에 아무런 영향도 미치지 못하는 단지 하나의 조건에 지나지 않는다고 생각한다. 그들은 자주 사랑의 대상을 바꾼다. 왜냐하면 그들의 주요한 목표는 사랑의 쾌감이 끊임없이 자극되는 일 가운데에만 존재하기 때문이다. 그리하여 이 쾌감을 유지하기 위해 그들은 쉴 새 없이 극히 우아한 표현으로, 단지 사랑의 대상에 대해서만이 아니고 그러한 사랑에 아무런 흥미도 관계도 없는 사람들에게까지 자기의 사랑을 선전한다. 우리의 조국 러시아에 있어서 미적인 사랑에 골몰하는 특정 계급의 사람들은 자기의 사랑을 온갖 사람들에게 선전할 뿐 아니라 그것을 반드시 프랑스 어로 이야기한다. 이렇게 말하면 참으로 우습고 기괴하기도 하지만, 만약 프랑스 어로 표현하기를 금지한다면 그 순간 친구나 남편, 또는 자식들에게 향한 사랑이 사라져 버릴 것 같은 사람들이 특정한 사회, 특히 부인들 사이에 수없이 존재해 왔고 현재도 존재하고 있다는 것을 나는 믿어 의심하지 않는다.

두 번째, 헌신적인 사랑의 요점은 사랑하는 대상을 위해 자기를 희생시키는 과정에 있다. 그들은 그러한 희생으로 인하여 사랑의 대상이 난처해하건 기뻐하건 그러한 일에는 도무지 관심이 없다.

'자신의 헌신적인 사랑을 온 세상과 그이 혹은 그녀에게 입증시키기 위해서라면 어떠한 불쾌하고 괴로운 일이라도 달게 받을 결심이다.'

이것이 이러한 종류의 사랑에 있어서의 공식이다. 이런 사랑에 도취한 사람들은 절대로 인간의 상호성을 믿지 않으므로 상대방으로부터 같은 사랑으로써 보답 받는다는 것을 불신한다. 왜냐하면 자신을 이해해 주지 않는 사람을 위해 자기를 희생하는 편이 더욱 훌륭한 일이라고 생각하기 때문이다. 그들은 항상 병적이며, 더구나 그 병적인 것까지가 희생의 가치를 높여 준다. 또 그들은 대개 기분이 한결같아서 변할 줄 모른다. 왜냐하면 그들은 자기가 사랑의 대상에게 바친 희생의 공적을 잃는 것을 애석하게 생각하기 때문이다. 그들은 자신의 헌신적인 마음을 그나 그녀에게 입증하기 위해 언제고 죽을 수도 있다는 각오를 보이지만, 그러한 자기 희생을 필요로 하지 않는 아주 사소한 일상 생활에서의 사랑의 증명은 소홀히 한다. 상대가 흐뭇한 마음으로 식사를 했는가, 편안히 잠을 잤는가, 기분이 언짢지 않는가, 건강은 어떤가, 그러한 일들은 아무래도 좋으므로 하고자 마음만 먹으면 쉽게 얻을 수 있는 일에는 조그만 노력도 기울이지 않는다. 그러면서도 총알이 비 오듯이 날아드는 위험 속으로는 물불을 가리지 않고 몸을 던진다. 대체로 사랑으로 인해 몸을 수척하게 하는 그런 종류의 일에는 언제나 기꺼이 돌진한다. 그뿐 아니라 이런 경향의 사람들은 항상 자기의 사랑을 자랑으로 여기고 남에게는 준엄하고 질투심이 강하고 쉽사리 믿으려 하지 않는다. 게다가 이렇게 말하면 이상하게 들릴지 모르지만, 자기의 사랑의 대상물에 어떤 위험이 닥쳐오길 바라고 있다. 그 대상을 불행 속에서 구출한 뒤 슬픔을 위로하기 위해서이다. 아니 그뿐만 아니라 자기의 선도가 필요하도록 하기 위해 상대방이 악의 구렁텅이에 빠지기조차 바란다.

가령 어떤 사람이 헌신적인 사랑을 바치는 아내와 함께 부부만이 오붓하고 단출하게 시골에서 살고 있다고 하자. 그는 건강하고 편안하게 자기가 하고 싶은 일에 종사하고 있다. 그런데 그의 사랑하는 아내는 몹시 허약해서 도저히 가사를 돌볼 수 없기 때문에 일을 전부 남편에게 맡겼을 뿐 아니라, 그 밖의 자기가 좋아하는 일에조차 손을 대려 하지 않는다. 짐작하건대 남편 외에 그 누구도 사랑하지 않기 때문이다. 그녀는 병이 들었음에 틀림없건만 남편을 슬프게 하지 않으려고 그 사실을 남편에게 알리지 않는다. 그녀는 분명히 권태로울 것이지만 남편을 위해서는 한평생 권태로움을 달게 견딜 각오인 것이다. 분명히 그녀는 남편이 지나치게 자기 일에 골몰하는 것을 괴로워하고―설사 그것이 사냥이건, 독서건, 농업 경영이건, 근무건―이 몰두로 인해 남편이 쓰러질 것임을 잘 간파하고 있다. 그러나 묵묵히 견디고만 있다. 한마디 충고도 없이. 이윽고 남편이 병이 났다고 하자. 그러면 그의 사랑하는 아내는 자신의 병을 잊고 쓸데없이 자신의 건강을 해치지 말라고 입이 닳도록 거듭 부탁하는 남편의 충고도 아랑곳하지 않고 잠시도 병상을 떠나지 않고 시중을 든다. 그 때문에 남편은 어떤 때이건 동정으로 가득 찬 아내의 시선을 느끼는 것이다.

"그것 보세요. 그러기에 제가 뭐라고 했어요. 하지만 내게는 아무래도 마찬가지예요. 어차피 당신 곁을 떠나지는 않을 것이니까요."

하고 그녀의 눈빛은 속삭인다. 다음날 아침이 되자 남편은 얼마쯤 몸이 회복되었으므로 살짝 일어나 옆방으로 가 본다. 그러나 그 방에는 난로도 피워져 있지 않을 뿐 아니라 방 안도 어지럽혀진 채 정돈되어 있지 않다. 지금 그에게 허락된 오직 하나의 음식인 수프조차 요리사에게 만들라 이르지 않았고, 의사에게 약을 가지러 보내지도 않은 형편이다. 그러나 밤새워 시중을 드느라고 몹시 지친 아내는 여전히 연민으로 가득 찬 눈길로 남편을 바라보며 조용히 발끝으로 일어나 걸으며 익숙하지 않고 분명하지 못한 명령을 소 곤소곤 하녀와 하인에게 내리고 있다. 남편이 책을 읽고 싶다고 하 면 아내는 한숨을 쉬며 이렇게 대답한다.

"당신이 내 말을 듣지 않으시고 도리어 화내실 줄은 잘 알지만 그래도 그런 것에는 익숙해졌으니까 상관없이 말씀드리겠는데, 책 은 읽지 않으시는 것이 좋으실 거예요."

남편이 방 안을 한 바퀴 서성거리고 싶다고 해도 그것 역시 하지 않는 것이 좋다고 말한다. 찾아온 친구와 이야기하고 싶어 해도 얘 기 같은 것은 몸에 해롭다고 타이른다.

밤이 되면 또 열이 오른다. 환자는 차라리 모든 것을 잊어버리고 싶어 한다. 그러나 몹시 야위고 창백한 얼굴을 한 아내는 가끔 한 숨을 쉬며 어두운 등잔불 아래 환자와 마주 앉아 작은 몸짓이나 소 리를 내어 환자에게 견디기 어려운 고통과 지루함을 안겨 준다. 그 의 집에는 자신의 손발처럼 익숙하게 움직일 수 있는 하인이 있으 며, 이 하인은 낮에 푹 쉬었을 뿐 아니라 노동에 대하여 보수도 받 는 터이므로 시키기만 한다면 기꺼이 그리고 솜씨 있게 무슨 일이 고 할 것이다. 그럼에도 불구하고 그의 아내는 하인에게 남편의 병 구완을 시키려 하지 않는다. 그녀는 자기의 가냘프고 모든 일에 익 숙지 못한 손으로 여러 가지 일을 해치우려 한다. 그러니 환자는 아내의 가냘프고 흰 손이 병마개를 따려고 애를 쓰거나 촛불을 끄 고, 약을 엎지르고, 짜증스러운 표정으로 자기 몸에 손을 대거나 할 때에 끓어오르는 울화를 참고 손가락의 움직임을 바라보지 않을 수 없다. 만약 이 남편이 성질이 급하고 화를 잘 내는 사람이어서 아내에게 방에서 나가 달라고 부탁한다면 그는 문 밖에서 들리는 아내의 한숨 소리나 훌쩍훌쩍 우는 소리, 하인에게 공연한 짜증을 부리는 소리를 초조하고 병적으로 예민해진 귀로 듣게 될 것이다. 이런 북새를 치르고도 다행히 환자의 병이 나았다고 하자. 그러면 남편이 앓고 있던 스무 날 동안 계속 밤을 새우다시피 한 아내—그녀는 그 사실을 쉴 새 없이 남편에게 되풀이해서 말한다.—는 남편과 교대하다시피 자리에 눕게 된다. 점점 더 야위어 가고 괴로워하며 전보다 한층 더 무능력자가 되며, 남편이 정상적인 상태에 있을 때 순한 아기처럼 누워만 있고, 자기 희생의 사랑을 표현하는 데만 여념이 없다. 결국 이 견디기 힘든 권태는 남편을 비롯한 주위 사람들까지 권태에 빠지게 할 뿐이다.

세 번째, 능동적인 사랑은 사랑하는 사람의 모든 요구, 모든 희망과 막연한 욕망뿐 아니라 한걸음 더 나아가 여러 가지 악덕까지도 만족시키려고 노력하는 마음이다. 이러한 사랑을 하는 사람들은 일생을 통하여 끊임없이 사랑하는 사람들이다. 왜냐하면 그들은 사랑하면 할수록 점점 더 깊이 사랑의 대상을 이해할 수 있으며, 그 결과 그들에게 있어서 사랑한다는 일, 즉 대상물의 희망을 만족시키는 일이 점점 용이해지기 때문이다. 그들에게 사랑이 말로써 표현되는 일이란 거의 없다. 어쩌다 표현된다고 해도 자랑스럽게 여기거나 미화하는 일은 절대로 없다. 오히려 부끄러운 듯 쑥스러운 듯한 태도밖에는 갖지 않는다. 왜냐하면 그들은 언제나 자신의 사랑이 모자라고 변변치 못한 것이 아닐까 염려하기 때문이다. 이러한 사람들은 사랑하는 대상의 결점까지도 열렬히 사랑한다. 왜냐하면 그러한 결점이 또 다른 새로운 여러 가지 욕망을 만족시킬 가능성을 가져다 주기 때문이다. 그들은 상호성을 갖기를 원하며 상대방으로부터도 같은 사랑으로 보상 받기를 원한다. 그뿐 아니라 기꺼이 자신을 속이며 상대방의 사랑을 억지로라도 믿으려 하는 경우도 드물지 않다. 그리고 이것을 획득한 경우에 행복을 느끼는 것이다. 그러나 그와는 정반대의 경우라 할지라도 그들은 역시 전과 다름없는 한결같은 사랑을 기울이면서 사랑하는 대상의 행복을 빌 뿐 아니라, 정신적·물질적으로 온갖 힘을 다해 사랑하는 이에게 행복을 안겨 주려고 한다.

실로 이러한 능동적인 사랑이 조카들이나 언니, 류보피 세르게예브나 등에 대하여 뿐 아니라, 드미트리를 사랑하고 있다는 이유에서 내게까지도 소피야 이바노브나의 두 눈, 한두 마디 말, 모든 행동에 빛나고 있었다.

내가 완전히 소피야 이바노브나의 가치를 알게 된 것은 훨씬 뒤의 일이었지만, 그 당시에도 이러한 의문이 떠올랐다. 드미트리는 젊은 사람들의 일반적인 정의와는 전혀 다른 사랑의 정의를 내리려고 애쓸 뿐 아니라, 이처럼 사랑으로 가득 찬 소피야 이바노브나와 항상 같이 지내면서도 어찌하여 이해하기 어려운 류보피 세르게예브나 따위의 여자를 그처럼 열렬하게 사랑하며, 소피야 이바노브나에 대해서는 이모에게도 좋은 점은 있다는 정도로 대수롭지 않게 여기는 것일까? 그것을 보면 '예언자는 고향에서 환영받지 못한다.'는 격언은 진리인 모양이다. 모든 사람들은 장점보다는 단점을 더 많이 가졌기 때문일까? 혹은 인간은 선보다는 악에 대하여 감수성이 강한 존재이기 때문인가? 이 두 가지 가운데 어느 하나일 것이다. 더구나 드미트리의 경우로 말하면 류보피 세르게예브나 쪽은 안 지 얼마 되지 않지만 이모의 사랑은 태어나면서부터 계속되어 온 것이니 더욱 그렇다.

친근해지다

　내가 테라스로 돌아오자 예상했던 대로 나에 관한 화제는 쑥 들어가 버리고, 바렌카는 책 읽기를 그만두고 책을 옆으로 밀어 놓은 채 화가 머리끝까지 치민 상태로 드미트리와 열띤 논쟁을 벌이고 있었다.

　드미트리는 그가 난처할 때면 언제나 하는 버릇인 목을 갸우뚱거리며 넥타이를 고쳐 매는 시늉으로 눈을 가늘게 뜨는 동작을 하며 방 안을 왔다갔다 했다. '이반 야코블레비치와 미신'이 논쟁의 제목인 모양이었다. 그러나 지나치게 열을 띠고 있는 어조로써 살펴건대, 논쟁 뒤에 숨은 참된 내용은 집안 식구 모두와 관련된 어떤 다른 문제인 것 같았다. 공작 부인 마리야 이바노브나와 류보피 세르게예브나는 논쟁의 내용을 자세히 들으며 말없이 앉아 있었다. 그녀들은 때때로 논쟁에 끼어들고 싶은 욕망이 이는 것 같았으나 그것을 꾹 참고 젊은 두 사람에게 대변시켰다. 공작 부인의 대변자는 바렌카, 류보피 세르게예브나의 대변자는 드미트리였다.

내가 테라스로 나가자 바렌카는 흘깃 이쪽을 보았다. 그러나 그 눈길은 몹시도 냉담한 표정을 띠고 있었다. 살펴보건대 논쟁에 열중한 나머지 자신이 이야기하는 것을 내가 듣건 말건 상관이 없다는 투였다. 바렌카 편을 들고 있음이 분명한 공작 부인의 눈길도 같은 표정을 띠고 있었다. 그러나 그와는 반대로 드미트리는 내 모습을 보자 더욱 열이 올라 논박했다.

류보피 세르게예브나는 내가 온 것에 몹시 놀란 모양으로 특히 누구를 지적하지 않은 채,

"'젊은이에게는 지혜가, 늙은이에게는 힘이 있다면' 이라는 옛말이 있지만 정말 그래요."

이렇게 말했다.

그러나 이 격언은 논쟁을 중단시킬 만한 힘은 갖고 있지 못했으며, 다만 류보피 세르게예브나와 드미트리가 잘못되었다는 생각을 내게 안겨 주었을 뿐이었다. 나는 이 집안의 작은 불화를 목격한 것이 다소는 민망스럽게 생각되었지만, 한편으로는 이 논쟁으로 인하여 드러난 가족 관계의 참된 모습을 보고 내가 그 자리에 있다는 사실이 아무런 방해가 되지 않는다는 것을 느끼는 것이 유쾌하기도 했다.

오랜 세월 동안 드나들던 가정이라 할지라도 항상 예의범절이라는 허위의 장막에 가려져 가족들의 참된 관계는 언제까지나 비밀에 싸여 있다. 아니 그뿐 아니라 내가 관찰한 바에 의하면 이 막이

두꺼우면 두꺼울수록, 아름다우면 아름다울수록 감추어진 진상은 더욱 추악한 경우를 흔히 보아왔다. 그러나 이러한 집안에서도 어쩌다 우연히 비단 레이스의 옷감이 어떻게 되었다든가 누군가 방문했다든가 남편이 무슨 말을 했다든가 등의 겉으로 보아 대수롭지 않은 문제가 일어나면, 그 순간 그럴 만한 아무런 이유가 없음에도 논쟁은 열을 띠기 시작하고 아름답게 장식된 허위의 장막에 싸여 해결이 나지 않을 듯하다. 그러다가 어느 순간 모든 추악한 진상은 논쟁의 당사자를 전율하게 할 뿐 아니라 곁에 있는 사람까지 놀라게 하면서 백일하에 드러나게 된다. 허위의 장막은 아무것도 감추지 못한 채 다투는 사람들 눈앞에서 지루한 듯이 펄럭이며 얼마나 오랫동안 이 막으로 인해 당신들이 속아 왔는가를 알려 줄 것이다. 눈에서 불이 번쩍할 정도로 몹시 세게 머리를 부딪혔을 때보다 오래된 상처를 슬쩍 건드리는 편이 때로는 더욱 아픈 법이다. 그러나 이처럼 오래된 상처는 거의 어느 가정이나 가지고 있기 마련이다.

네플류도프 집안에서의 이러한 상처는 바로 류보피 세르게예브나에 대한 드미트리의 기괴한 형태의 연애였다. 그것은 그의 어머니와 누이동생의 마음에 질투라고까지는 할 수 없어도 적어도 가정의 존엄을 손상했고 가족들 사이에 불필요한 마음의 장벽을 만들었다는 느낌을 준 것만은 사실이었다. 따라서 이반 야코블레비치와 미신에 관한 논쟁도 그들에게는 깊은 뜻을 갖고 있었다.

"오빠는 항상 다른 사람이 경멸하고 비웃는 것 가운데에서……."

바렌카는 단어 하나하나를 분명하게 발음하며 낭랑한 목소리로 말했다.

"그러한 모든 것 가운데서 오빠는 무엇인가 월등하게 뛰어난 것을 찾아내려 한단 말이에요."

"첫째, 이반 야코블레비치와 같은 훌륭한 인물에 대하여 보잘것없다느니 신통하지 않다느니 하는 사람이야말로 몹시 경박한 사람이 아닐 수 없단 말이다."

누이동생의 반대 방향으로 고개를 돌리고 끄덕이면서 드미트리는 대답했다.

"둘째, 사실은 정반대일 뿐만 아니라 그렇게 말하는 너야말로 바로 눈앞에 보이는 훌륭한 존재를 고의로 무시하려고 한단 말이다."

소피야 이바노브나는 우리가 있는 곳으로 돌아오자, 두 조카와 나를 겁에 질린 듯한 눈으로 몇 번이고 번갈아 바라보면서 입 속으로 무엇인가를 중얼거렸다. 그렇게 두 번인가 입을 열고는 깊은 한숨을 토해 냈다.

"바렌카야, 어서 책을 읽어라."

그녀는 조카에게 책을 집어 주며 가볍게 손등을 두드렸다. 그리고 독촉했다.

"그 사나이가 그 여자를 찾아냈는지 찾아내지 못했는지 몹시 궁금하구나(바렌카가 읽던 소설 속에서는 누가 누구를 찾아다닌다는 대목이 전혀 없었던 것으로 생각되었지만). 그리고 미챠(드미트리 네플류도프의 애칭), 너는 얼굴에 찜질을 해야 하지 않겠니? 날씨가 꽤 차져서 이가 또 쑤시겠다."

자신의 말이 중단되어 불만스러운 듯, 못마땅해하는 듯한 눈치에도 개의치 않고 그녀는 조카에게 이렇게 말했고, 낭독은 다시 시작되었다.

이 작은 논쟁은 부인들의 그룹을 둘러싸는 가족적인 평안과 조화를 조금도 혼란시키지 않았다.

공작 부인 마리야 이바노브나에 의하여 방향과 특색이 지어지는 듯한 이 그룹은 내게 있어 몹시 새롭고도 매력에 넘친 격조를 느끼게 했다. 그것은 논리적일 뿐 아니라 단순하고 우아한 품격을 느끼게 했다. 이 격조는 내가 보건대 초인종, 서적의 장정, 안락의자, 탁자와 같은 것들의 아름답고 청순하고 튼튼해 보이는 듯한 느낌에도 잘 드러나 있고, 코르셋으로 몸매를 가다듬은 아름다운 자태의 공작 부인 태도에도, 반백의 머리를 감추려 하지 않고 자연스럽게 보이는 취향에도, 초면인 나를 '니콜렌카'라든가 '어떤 사람' 등과 같이 흉허물 없이 친근한 호칭으로 부르는 태도에도, 또한 그녀들의 바느질이나 소설을 낭독하는 데에도, 여자들의 유달리 흰 손에도 잘 드러나 있었다. 그녀들의 손은 손바닥의 부드러운 살이 핑크빛을 띠어 한 줄의 선으로 흰빛의 손등과 분명히 구별되는 데에 혈통적인 특징이 있었다. 그러나 이러한 특색이 가장 잘 드러나는 부분은 그들 세 사람의 말씨였다. 러시아 어로 이야기할 때나 프랑스 어를 사용할 때나, 그녀들은 한마디 한마디를 분명하게 발음하며 한 구절 한 구절을 현학적이고 지나칠 정도로 정확하게 끝맺었다. 이러한 여러 가지 특징 외에도 또 하나 들지 않을 수 없는 것은 그 자리에 있던 모든 사람들이 나를 완전한 성인으로 대접하고 자신들의 생각을 솔직하게 말하며 내 의견을 성실하게 들어주는 점이었다. 나는 이러한 대접에는 익숙하지 않았으므로 번쩍번쩍 빛나는 금단추와 하늘빛 단이 달린 제복을 입고 있으면서도 지금이라도 당장 내게 '우리가 정말로 너를 제대로 대접하는 줄 아니? 자, 어서 저리 가서 공부나 하도록 해라.' 하고 말할 것 같은 환상에 몸이 짜릿짜릿했다. 하여튼 그러한 여러 가지 점이 종합되어 나는 그녀들 틈에 끼여 주눅이 들거나 겸연쩍은 생각을 조금도 느끼지 않았다. 나는 일어섰다가는 다른 자리로 옮겨 앉기도 하는 등 아주 자연스럽고 대담하게 이야기를 나누었다. 다만 바렌카만은 예외여서 그녀와는 어쩐지 서먹서먹하기만 하고 말을 건네기가 거북했다.

낭독이 계속되는 동안 나는 그녀의 기분 좋게 울리는 목소리를 들으며, 그녀의 얼굴과 비가 개어 여기저기 검은 얼룩이 생긴 화단의 자갈길과 보리수를 비교하듯 바라보고 있었다. 우리의 머리 위를 덮고 있던 비구름은 파랗게 트인 끝 쪽으로부터 여전히 후드득 빗방울을 떨어뜨려 보리수 잎을 툭툭 건드렸다. 나는 바렌카 쪽으로 시선을 던졌다가는 비에 젖은 자작나무의 울창한 고목을 비추는 저녁노을의 붉은 무늬로 옮겼다가 다시 바렌카 쪽으로 눈을 돌렸다. 그리고 나서 처음에 느꼈던 바와는 달리 아름다운 아가씨라고 생각했다.

'애석한 일이구나. 내가 벌써 사랑을 하고 있다니! 바렌카가 소네치카라면 얼마나 좋을까? 내가 이 사람들과 한집안 식구가 된다면 얼마나 좋을까? 그렇다면 내게는 장모님과 이모와 아내가 생길 텐데.'

이런 생각을 하면서 나는 낭독하는 바렌카의 얼굴을 바라보았다. 그리고는 이쪽의 시선을 느껴서 그녀도 이쪽을 틀림없이 돌아보리라 생각했다. 과연 바렌카도 눈길을 돌려 나를 흘깃 바라보았다. 그리고 내 눈길과 부딪치자 얼른 고개를 돌려 버리고 말았다.

"아직도 비가 오고 있군요."

그녀는 이렇게 말했다.

문득 나는 이상한 감정에 사로잡혔다. 지금 내가 경험하는 모든 것이 언젠가 과거에 경험했던 일의 반복에 지나지 않는다는 생각이 들었다. 그때 역시 가랑비가 내리고 저녁 해가 자작나무 그늘로 가라앉으려 하고 있었다.

나는 그녀를 바라보고 있었다. 그녀는 책을 읽고 있었다. 그리고 내 자력은 그녀에게 통해 그녀는 나를 돌아보았다. 아니 그뿐 아니라 그때 역시 이와 같은 일이 전에 있었던 것 같다고 생각했다.

'과연 이 아가씨가… 그녀일까? 과연 그 일이 지금 시작되는 것일까?'

나는 생각했다.

그러나 나는 이 아가씨는 그녀가 아니며 지금 시작되고 있지도 않다고 단정하고 말았다.

'첫째, 이 아가씨는 예쁘지가 않다. 그리고 또 이 아가씨는 어디에나 있는 평범한 아가씨일 뿐 아니라 지극히 평범한 방법으로 알게 되었다. 그러나 내 진정한 그녀는 남달리 비범한 여성이며 어딘가 평범하지 않은 장소에서 만나지 않으면 안 된다. 그리고 또 이 집안이 이처럼 마음에 드는 까닭은 내가 세상 물정을 잘 모르기 때문이다.'

나는 이렇게 해석했다.

'이런 일들은 어디든 있는 평범한 것들이어서 앞으로도 얼마든지 경험할 수 있을 것이다.'

자기 소개는 유리한 방법으로

차를 마시는 동안 소설 낭독은 중지되고, 부인들은 내가 알지 못하는 여러 인물들에 대하여 자신들끼리 이야기하기 시작했다. 그래서 나는 그것이 따뜻하고 흉허물 없는 대접이기는 하지만, 역시 내게 연령상으로나 사회적인 지위로 보아 피차간에 존재하는 차이를 느끼게 하려는 것 외에 아무것도 아니라고 생각되었다. 그러나 어쩌다 말참견을 할 수 있는 일반적인 주제가 되면, 나는 이제까지의 침묵을 되찾기 위해 자신의 비범한 두뇌와 독창력을 드러내려고 애썼다. 특히 대학의 제복을 보아서도 그럴 만한 의무가 있다고 생각했던 것이다. 화제가 별장 문제로 옮겨지자 나는 무의식 중에 이런 화제를 꺼냈다. 이반 이바느이치 공작은 모스크바 교외에 별장을 갖고 있는데 3만 8000루블이나 들인 울타리가 쳐진 그 별장은 런던이나 파리에서 일부러 보러 올 정도로 훌륭한 것이다. 이반 이바느이치 공작은 내 아주 가까운 친척이며, 오늘도 그 댁에서 점심 초대를 받았다. 공작은 부디 별장에서 한여름을 나자고 권했으나 나는 사양했다. 왜냐하면 그 별장에는 여러 번 갔었기 때문에 속속들이 잘 알아, 그런 울타리나 다리 따위에는 조금도 흥미가 없을 뿐 아니라 사치스러움, 특히 시골의 사치를 본다는 것이 몹시 싫었기 때문이다. 나는 순수한 시골다운 풍경을 좋아한다. 이런 식의 잘 짜여진 엄청난 거짓말을 하고는 나는 얼굴이 새빨개졌다.

따라서 모두들 내 거짓말을 간파했을 것임에 틀림없었다. 바로 그때 찻잔을 건네고 있던 바렌카도, 내가 이야기를 하고 있는 동안 나를 바라보고 있던 소피야 이바노브나도, 모두가 내게서 얼굴을 돌리고 어떤 특별한 표정으로 다른 이야기를 시작했다. 나중에 가끔 경험하여 깨달은 바에 의하면 이것은 철없는 젊은이가 속이 빤히 들여다보이는 거짓말을 꺼냈을 때 선량한 사람들이 가지는 표정이며 '나는 이 사람이 거짓말을 하고 있다는 것을 잘 알고 있다. 어째서 그런 거짓말을 한단 말인가, 딱하기도 하군.' 이라는 의미였다.

이반 이바느이치 공작이 훌륭한 별장을 가지고 있다는 이야기를 꺼낸 것은 이반 이바느이치 공작과의 친척 관계나 오늘 공작 저택으로 점심 초대를 받았다는 것을 이야기할 적당한 구실이 달리 없었기 때문이었다.

그러나 3만 8000루블의 비용이 든 울타리라든가 아직까지 한 번도 가 보지 못한 주제에 자주 드나드는 듯이 이야기한 데에 이르러서는 어디에 그 목적이 있었는지 나 스스로도 참으로 이해하기 어려웠다. 공작은 모스크바나 나폴리 외에는 살았던 곳이 없으며, 따라서 그 별장에 자주 드나들었다는 일은 도저히 있을 수 없을 뿐 아니라 그 점은 네플류도프 가의 사람들도 잘 알고 있었다.

나는 유년 시대에나 소년 시대에나 좀 더 자라서나 거짓말을 하는 따위의 나쁜 버릇은 갖고 있지 않았다. 아니 그뿐 아니라 그와는 정반대로 지나치게 정직하고 노골적인 데가 있는 나였다. 그런데 청년 시대 초기에는 그럴 만한 이유도 없이 터무니없고 두려운 거짓말을 하려 하는 기괴한 욕망이 가끔 나를 사로잡았다. 나는 이것을 굳이 터무니없는 두려운 거짓말이라고 한다. 왜냐하면 곧 들통이 날, 속이 들여다보이는 거짓말의 연속이었기 때문이다. 자신을 실제와는 전혀 다른 뛰어난 인간으로 보이려는 허영에 찬 욕망과 현실적으로 실현될 수 없는 희망의 결합이 교묘한 거짓말이라는 이 불가사의한 행동의 주요한 원인이었던 모양이다.

차를 마시고 나자 비가 멎고 저녁노을 진 하늘이 조용히 드러나기 시작했다. 공작 부인은 정원을 산책하기 위해 아래로 내려가며 자신이 즐기는 자리에서 저녁 경치를 보지 않겠느냐고 제의했다. 나는 항상 독창적이어야 한다는 좌우명을 따르는 한편 나나 공작 부인같이 현명한 사람은 인사치레 따위는 초월해야 한다는 생각에서, 목적도 없이 산책을 한다는 것은 달갑지 않다, 산책하려면 혼자 하는 편이 낫다고 대답했다. 이 대답이 예의에 어긋난다고는 전혀 생각하지 않았다. 그 무렵의 나는 입에 바른 칭찬처럼 수치스러운 일은 다시없을 뿐 아니라 예의에는 어긋나더라도 솔직한 것처럼 독창적이고 소중한 것은 없다고 굳게 믿고 있었다. 내 대답에 썩 만족하기는 했지만 나는 모두와 함께 산책에 나섰다.

공작 부인이 즐기는 장소라는 곳은 정원 안의 가장 한적한 곳에 있는 좁은 연못에 걸린 다리 위였다. 극히 제한된 전망이기는 했으나 대단히 명상적이고 우아했다.

우리는 자연과 예술을 혼동하는 습관이 생긴 탓으로 이제까지 그림으로는 한 번도 본 적이 없는 자연 현상은 몹시 부자연스럽게 생각되고, 또 그 반대로 회화에서 너무나 자주 반복된 자연 현상은 우리 눈에 평범하고 무미하며 진부하게 비치는 수가 종종 있다. 동시에 실제로 볼 수 있는 어떤 풍경이 하나의 관념, 하나의 감정에 지나치게 침투할 때에 허식적虛飾的이고 형식적인 느낌을 갖기가 보통이다. 공작 부인이 즐기는 장소에서 본 경치도 그런 종류의 것이었다.

둘레에 풀이 무성한 작은 연못과 바로 맞은편에 솟은 경사가 가파른 산, 그 산을 덮은 갖가지 푸른빛을 만들고 있는 거대한 노목과 키 작은 나무들, 산기슭에서 연못 위로 튀어나온 자작나무의 고목 등이 보였다. 이 자작나무 고목은 커다란 뿌리의 일부가 축축한 연못가에 매달리고 키가 훤칠하게 큰 미루나무에 그 꼭대기를 기대, 풍성한 가지를 고요한 연못 위로 늘이고 있었다. 연못은 그 늘어진 가지와 주변의 푸르름을 그림처럼 싱싱하게 비치고 있었다.

"오오, 얼마나 아름다운 경치인가!"

공작 부인은 고개를 저으며 혼잣말처럼 말했다.

"정말 멋집니다. 그러나 어쩐지 연극 무대의 배경 같은 느낌이 드는군요."

모든 일에 일가견이 있음을 드러내고 싶어 나는 이렇게 말했다.

공작 부인은 마치 내 말이 귀에 들리지 않는 듯이 경치에서 눈을 떼지 않고 바라보고 있었다.

그리고 동생과 류보피 세르게예브나에게 세부적인 부분들을 가리켰다. 구불구불 튀어나온 가지와 물에 비친 그 그림자가 그녀에게는 특히 마음에 들은 모양이었다. 이 근처는 그야말로 절경이어서 언니는 언제나 이곳에서 몇 시간이고 보낸다고 소피야 이바노브나가 설명했다. 그러나 그것은 언니인 공작 부인을 기쁘게 해주려는 것으로 보였다.

내가 관찰한 바에 의하면 능동적인 사랑의 힘을 타고난 사람들은 자연에 대한 감수성이 그다지 발달하지 않은 것 같다. 류보피 세르게예브나도 마찬가지로 감탄해 마지않았으나 그 감탄사 사이에,

"저 자작나무는 왜 저렇게 버티고 있을까요? 언제까지 저렇게 서 있을까요?"

라고 질문하며 쉴 새 없이 애견 슈제트카를 바라보았다. 개는 털이 복슬복슬한 꼬리를 흔들어 마치 생전 처음 밖에 나와 본 것처럼 몹시 분주하게 다리 위를 이리저리 뛰어다녔다.

드미트리는 시계視界가 한정되어 절대로 경치가 아름다울 리가 없다는 몹시 이론적인 반론으로 어머니를 반박했다. 바렌카는 의

견을 전혀 말하지 않았다. 돌아보니까 그녀는 다리의 난간에 몸을 걸치고 앞쪽을 골똘히 바라보고 있었다. 그녀는 무엇인가 깊이 생각하고 있어서 어떤 감동에 사로잡힌 모양이었다. 왜냐하면 황홀한 듯 자기 자신의 일이나 남이 자기를 바라보는 것을 전혀 깨닫지 못하는 것처럼 보였기 때문이다.

그녀의 커다란 두 눈에는 한 곳에 집중된 주의력과 밝고 침착한 상념이 드러나, 작은 키에도 불구하고 그 모습 전체에 몹시 여유가 있어 보였고 당당하기까지 한 느낌이 들었다. 한편 나는 또다시 그녀에 관한 추억 비슷한 것에 마음이 사로잡혀 이렇게 자문했다.

'또 시작되는 것이 아닐까, 바렌카에 대한 사랑이?'

그리고 나는 대답했다.

'나는 이미 소네치카를 사랑하고 있다. 바렌카는 그저 잘 아는 아가씨이며 친구의 누이동생에 지나지 않는다.'

그러나 나는 그 순간 그녀가 다시 마음에 들었으므로 반사적으로 무엇인가 그녀가 불쾌하게 생각할 행동이나 말을 들려주고 싶은 막연한 희열을 느꼈다.

"여보게, 드미트리 군!"

나는 내가 말하는 것이 바렌카에게 잘 들리도록 그녀 곁으로 다가서면서 다정한 친구에게 말을 건넸다.

"이곳에 모기떼가 없다고 하더라도 별로 좋을 것이 없겠는데, 더구나 이거야, 원!"

내 이마를 찰싹 때려 정말로 모기를 한 마리 죽이면서 나는 덧붙였다.

"좋은 데라고는 하나도 없는 것 같은데……."

"당신은 자연의 경치를 좋아하지 않으시는 모양이죠?"

바렌카는 고개를 돌리지 않은 채 내게 말했다.

"네, 그렇고 말고요. 이런 자연을 감상하는 따위는 아무 짝에도 쓸모가 없는 할 일 없는 사람들이나 할 노릇이라고 생각됩니다." 하고 대답했다. 의도대로 그녀에게 따끔하고도 독창적인 심술을 부릴 수 있었다는 것이 내게는 몹시 만족스러웠다. 바렌카는 불쌍하다는 표정으로 잠깐 상을 찌푸린 다음, 또다시 여유 있는 태도로 돌아가 똑바로 앞을 바라보기 시작했다.

나는 그러한 그녀가 약간 얄밉기까지 했다. 그러나 그녀가 몸을 의지하는 칠이 다 벗겨진 난간과 어두운 연못 위를 들여다보듯이 가지를 늘이고 있는 자작나무, 그 늘어진 가지와 엉키는 듯이 보이는 물 속의 그림자, 연못 물의 냄새, 내 손바닥에 맞아 납작해진 채 이마에 붙어 있는 모기의 감각, 그녀의 주의 깊은 눈길과 그 장중한 포즈, 이런 것들은 그 뒤로도 가끔 뜻밖인 때에 내 상상 속에 떠오르곤 했다.

친구 드미트리

산책을 마치고 집으로 돌아오자, 바렌카는 매일 밤 버릇처럼 부르던 노래를 오늘은 굳이 부르지 않겠다고 했다. 몹시 자만심이 강한 나는 그것을 나 때문이라고 생각하고 산책할 때 다리 위에서 내가 한 짓궂은 말이 원인이라고 상상했다. 원래 드미트리의 집에서는 야식은 먹지 않고 각자의 방으로 돌아가는 것이 습관이었다. 그날 밤은 소피야 이바노브나의 말대로 드미트리가 치통으로 괴로워하기 시작했으므로 우리는 보통보다도 일찍 그의 방으로 돌아갔다. 나는 제복인 푸른 깃과 금단추가 요구하는 모든 임무를 무사히 끝내고 여러 사람들 마음에 잘 보였을 것이라고 생각되어 몹시 유쾌하고 만족스러운 기분에 젖어 있었다. 그러나 드미트리는 정반대여서 논쟁과 치통 때문에 우울한 침묵에 빠져 있었다. 그는 테이블 앞에 앉아 노트를 두 권 꺼내어—한 권은 일기, 다른 한 권은 매일 밤 자신의 미래와 과거의 일을 적어 넣는 비망록이었다.—

쉴 새 없이 얼굴을 찡그리며 한 손으로 뺨을 누르고 상당히 오랫동안 적고 있었다.

"아아, 글쎄 걱정하지 말란 말이야!"

그는 하인에게 외치듯이 말했다. 이 하인은 소피야 이바노브나의 심부름으로 치통이 좀 멎었는지 찜질을 해볼 생각은 없는지를 물으러 온 것이었다. 드미트리는 하인에게 호통을 친 다음, 내게 잠자리 준비는 바로 될 것이며 자기도 곧 돌아오겠다는 말을 한 뒤 류보피 세르게예브나의 방으로 갔다.

'참으로 유감스러운 일이구나. 바렌카가 조금만 더 아름다웠다면 좋았을 걸. 그보다도 그녀가 소네치카가 아닌 것이 더욱 안되었단 말이야.'

방에 혼자 남겨진 나는 이런 공상을 했다.

'대학을 졸업하면 곧 이 집에 찾아와 그녀에게 구혼의 손길을 내밀 수 있다면 얼마나 좋을까? 나는 이렇게 말을 꺼낼 것이다. "아가씨, 나는 이제 철부지가 아니므로 열렬한 사랑을 할 수는 없겠지만, 언제까지고 변함없이 사랑스러운 누이동생으로서 당신을 사랑하겠습니다." 그리고 그녀의 어머니에게는 이렇게 말할 것이다. "저는 당신을 마음으로부터 존경합니다. 그리고 소피야 아주머니, 꼭 믿어 주세요. 저는 당신을 진심으로 존경합니다." 자, 그러면 "아가씨, 간단하고 솔직히 말해 주세요. 제 아내가 되어 주실 생각은 없으신지요?" "네." 그녀는 이렇게 대답하며 손을 내민다. 나는 그 손을 잡고 다시 말한다. "나의 사랑은 혀끝이 아니라 실생활을

통하여 보여 드릴 것입니다." 그러나, 가만 있자.'

이런 생각이 문득 떠올랐다.

'드미트리가 류보치카를 사랑하게 된다면 어떻게 될까? 류보치카는 실제로 드미트리를 사모하고 있으니 만약 그가 류보치카와 결혼하려 한다면 그때는 별 수 없이 두 사람 가운데 어느 편이든 처남 매부가 되므로 한 사람은 결혼할 수 없게 된다. 아니 그렇게 되기만 한다면야 더욱 멋지지만 말이다. 그런 경우는 이렇게 하자. 나는 곧 그것을 간파하고 드미트리에게 이렇게 말한다. "여보게, 우리는 서로 숨기고 있지만 그것은 이롭지 못한 짓이야. 자네도 잘 알고 있듯이 자네의 누이동생에 대한 내 사랑은 내 생명이 끝나지 않는 한 절대로 끝나지 않아. 나는 전후 사정을 알고 있는데, 자네는 내 가장 소중한 희망을 빼앗고 나를 불행한 사나이로 만들어 버렸네. 니콜렌카 이르테니예프가 자기 일생의 불행에 대하여 어떻게 보복하는가를 자세히 봐 주게. 자, 그러면 자네에게 내 누이를 주겠네. 바로 이것이 내 보복일세!" 이렇게 말하며 그에게 류보치카의 손을 잡게 한다. 그러면 그는 "안 되네, 안 돼, 절대로 안 되네!" 이렇게 말하리라. 나는 다시 말을 잇는다. "네플류도프 공작! 자네는 니콜렌카 이르테니예프보다 관용해지려고 하지만 그것은 안 되네. 나보다도 더 너그러운 인간은 이 세상에는 한 사람도 없네." 나는 이렇게 말하며 인사를 하고 방을 나온다. 드미트리와 류보치카는 울면서 내 뒤를 쫓아와 부디 두 사람의 희생을 받아들여 달라고 애원한다. 나는 그것을 승낙하고 다시 이 행복한 사람이 되

어도 좋으련만. 만약 내가 바렌카에게 사랑을 느끼기만 한다면 말이야.'

이러한 공상은 무척이나 즐거운 것이었으므로 나는 그것을 친구에게 말하고 싶어졌다. 그와 나는 무슨 일이고 숨김없이 터놓고 지내자고 맹세를 한 바 있었지만, 그 이야기만은 도저히 입에 올리기 어려웠다.

드미트리는 류보피 세르게예브나에게서 치통약을 얻어 가지고 왔으나 오히려 더 아파했고, 그 때문에 더욱 우울한 얼굴이 되었다. 내 잠자리는 아직 마련되지 않았다. 드미트리의 심부름을 하고 있는 하인이 나를 어디서 자게 할 것인지 물으러 왔다.

"시끄러워, 저리 가!"

드미트리는 발을 구르며 소리 질렀다.

"바시카! 바시카! 이봐, 바시카!"

그는 한 번 부를 때마다 더 소리를 높여 외쳤다.

"바시카, 내 이불은 마루에 깔란 말이야!"

"아니 내가 마루에서 자지. 그 편이 오히려 편하네."

하고 나는 말했다.

"그건 아무래도 좋지만, 하여튼 빨리 깔란 말이야!"

그는 여전히 화가 난 목소리로 외쳤다.

"바시카! 왜 이불을 펴지 않지?"

그러나 바시카는 어떻게 해야 좋을지 주인의 의향을 알 수 없다는 듯 꼼짝도 하지 않고 버티고 서 있었다.

"이보라고, 어떻게 된 거야? 깔라면 빨리 깔지 않고, 바시카! 어이, 바시카!"

갑자기 실성이나 한 듯이 드미트리는 외쳤다.

그러나 바시카는 여전히 이해가 가지 않아 겁을 먹은 채 꼼짝도 하지 않고 서 있었다.

"네놈이 나를 죽일 셈이냐? 미치광이로 만들 셈이냐?"

말이 끝나자마자 드미트리는 의자에서 벌떡 일어나 하인 곁으로 다가가서 온갖 힘을 다해 그의 머리를 서너 번 쥐어박았다. 하인은 그만 도망갔다. 드미트리는 문턱에 멈춰 서서 내가 있는 쪽을 돌아보았다. 그러자 그 순간 지금까지 그의 얼굴을 어지럽혔던 분노와 잔인성의 표정이 무어라 말할 수 없이 온순하고 부끄러워하며 애정이 가득 찬 아이들 같은 표정으로 바뀌고 말았다. 그래서 나는 그가 갑자기 가엾게 느껴져 그를 외면하려고 했으나 도저히 그렇게는 안 되었다. 그는 내게 아무 말도 하지 않았으나 내게 용서를 청하는 듯한 표정을 한 채 가끔 나를 바라보며 방 안을 거닐었다. 이윽고 그는 탁자 서랍을 열고 수첩을 꺼내어 무엇인가 적더니 저고리를 벗어 얌전히 개어 성상이 걸려 있는 구석으로 갔다. 그리고 희고 커다란 손을 가슴에 얹고 기도하기 시작했다. 그는 오랫동안 기도했다. 그 사이에 바시카는 이불을 가지고 와서, 내가 소곤소곤 일러 준 대로 마룻바닥에 깔았다. 나는 옷을 벗고 마룻바닥에 편 잠자리에 누웠다. 드미트리는 오랫동안 기도를 계속했다. 그가 이마를 마룻바닥에 댈 때마다 몹시도 경건한 느낌을 주었고, 고양이

등처럼 둥글게 등을 구부려 가지런히 놓인 구두의 밑창을 보는 동안 그가 한결 더 정답게 느껴졌다.

'조금 전에 내가 우리의 누이들에 관하여 공상한 내용을 말해 버릴까, 말하지 않는 편이 나을까?'

나는 이런 생각에 잠겼다. 기도가 끝나자 드미트리는 내 이불 속으로 들어와서 한 팔로 턱을 받친 채 언제나 하는 대로 몹시 부끄러워 견딜 수가 없다는 듯한 부드러운 시선으로 오랫동안 나를 바라보고 있었다. 그러한 동작이 그에게는 견딜 수 없이 괴로웠겠지만 자신을 벌한다는 의미에서 굳이 그러는 것으로 보였다. 나는 친구의 얼굴을 바라보며 빙긋이 웃었다.

친구도 미소를 지었다.

"자네는 왜 솔직히 말하지 않는가?"

그는 이렇게 말했다.

"내 행위가 참으로 추악했다는 것을 말일세. 자네는 바로 지금 그러한 생각을 하고 있었던 것이 아닌가?"

"그렇군."

나는 이렇게 대답했다. 나는 다른 일을 생각했으나 어쩐지 그것을 생각하고 있었던 것같이 여겨졌다.

"그래 사실 그것은 좋지 않았어. 자네가 그런 난폭한 짓을 하다니 정말 뜻밖이었네. 그런데 치통은 어떤가?"

나는 이렇게 덧붙였다.

"벌써 나았어. 정다운 니콜렌카 군!"

그는 다정하고 진정이 담긴 소리로 말했다. 빛나며 생기가 도는 눈에는 눈물조차 어린 듯이 보였다.

"나는 나 자신이 몹시 나쁜 인간이라는 것을 알고 있고 느끼고도 있네. 또 하느님께 나를 좋은 인간으로 만들어 주십사 하고 열심히 기구하고 있다는 건 하느님 당신께서 잘 아실 것일세. 그러나 내 성격이란 것이 한심하고 저주스러우니 어쩔 수 없지 않은가. 나는 어떻게 하면 좋을까? 자신을 억제하자 시정하자 하고 노력은 하지만 그것이 갑자기 될 수야 없지. 더구나 혼자의 힘으로는 더욱 그렇네. 누군가가 내게 힘이 되어 주고 도움을 주어야만 한단 말일세. 그런데 류보피 세르게예브나는 나를 이해하고, 여러 가지 면에서 나를 도와주었단 말일세. 다정한 니콜렌카야!"

여느 때의 그답지 않은 몹시도 섬세한 애정을 기울여 자신의 미운 한 단면을 고백한 결과 마음이 한결 가라앉은 듯 그는 말을 이었다.

"그녀와 같은 여인의 감화는 참으로 많은 의의를 가지고 있단 말일세! 아아, 그녀같이 참된 친구와 함께 평생 지낼 수 있다면 얼마나 좋을까! 그녀와 함께 있을 때 나는 아주 딴 사람이 되어 버린다네."

이어서 드미트리는 결혼과 전원 생활과 자기 시정의 부단한 노력에 관하여 여러 가지 계획을 자세히 말하기 시작했다.

"내가 시골에 살게 된다 해도 자네는 찾아 주겠지? 그리고 어쩌면 자네도 소네치카와 결혼하게 될지도 모르지. 그리고 우리의 아이들이 서로 다정하게 놀겠지. 어떻게 생각하면 이런 일들이란 우스꽝스럽고 어리석은 것처럼 생각되지만 실현될지도 모르는 일 아닌가."

"그야 물론이지. 아니 당연히 그렇게 될 것일세."

나는 미소를 띠고 만약 그의 누이동생과 결혼할 수만 있다면 더욱 좋을 것이라 생각하며 그렇게 대답했다.

"그러나 이런 말을 해서 어떨지 모르겠네만, 자네는 소네치카 단 한 사람을 사랑하는 것만 생각하고 있으나 내가 보건대 그것은 실로 어이없는 감상일 뿐이고, 자네는 아직 진정한 사랑의 감정이 어떤 것인지 모르는 것 같네."

나의 생각도 그의 생각과 거의 같았으므로 아무런 항의도 하지 않았다. 얼마 동안 두 사람은 잠자코 있었다.

"자네도 틀림없이 눈치를 챘겠지만, 나는 오늘도 대단하지 않은 일로 누이동생과 말다툼을 하고 말았네. 나는 그 뒤 몹시 기분이 나쁘네. 더구나 자네가 보는 앞에서 싸웠으니 더욱 그렇지. 누이동생은 여러 가지 점에서 온당하지 못한 사고 방식을 가지고 있지. 그러나 내 입으로 말하기는 뭣하지만 좋은 점도 많이 가진 신통한 아이일세. 자네도 곧 그 애의 성격을 좀 더 자세히 알게 되리라 생각하네."

내가 참된 의미에서의 사랑을 하고 있지 않다는 단정으로부터 자기 누이동생의 예찬으로 화제가 전환된 것은 나를 몹시 기쁘게 했고 동시에 얼굴을 붉히게 했다. 그러나 나는 그의 누이동생에 관해서는 입도 떼지 않고 다른 문제만을 이야기했다.

이렇게 해서 우리는 두 번째 닭이 울 때까지 이야기했다. 그리고 뿌연 새벽이 창을 기웃거릴 때가 되어서야 드미트리는 자기 침대로 돌아가 촛불을 껐다.

"자, 이제는 자자."

그는 이렇게 말했다.

"그래 자자."

나는 대답했다.

"그러나 한마디만 더."

"말해 보라고."

"멋지지 않은가? 이 세상을 이렇게 살아간다는 것이!"

하고 나는 말했다.

"음 그렇고 말고, 이 세상에서 이렇게 살아간다는 일은 참으로 멋진 일이지!"

하고 그도 응수했다. 어둠 속에서 기쁨에 빛나는 부드러운 그의 눈빛과 아이들 같은 미소가 생생히 보이는 듯한 목소리였다.

전원에서

　다음날 나는 볼로쟈와 함께 역마차를 타고 시골로 떠났다. 가는 도중 모스크바에서의 여러 가지 추억을 머릿속에 펼쳐보는 가운데, 발라히나 가의 딸 소네치카가 생각났다. 그러나 그것은 다섯 개나 정거장을 지나고 저녁 무렵이 된 뒤의 일이었다.

　'참으로 이상한 일이로구나. 사랑하고 있으면서 이처럼 깨끗이 잊고 있었다니⋯⋯.'

　그래서 나는 그녀에 대해 생각하기 시작했다. 여행 중에 흔히 있는 허황한 생각이기는 했지만 생기를 띠고 있었다. 너무 골똘히 생각한 나머지 시골에 도착한 뒤에도 이틀 정도는 집안 식구, 특히 카텐카 앞에서는 침울하고 또 생각에 잠긴 듯한 모습을 보여 줄 필요가 있다고 생각했을 정도였다. 나는 카텐카를 이런 따위의 일들에 대해서는 상당히 민감한 성격을 가진 아이라 생각하고 있었으므로 그녀에게는 어느 정도까지는 마음의 상태를 고백했다. 그러나 그 밖의 사람과 나 자신에 대해서는 사랑으로 침울한 체 가장하려고 했다. 사랑하는 사람들에게서 볼 수 있는 여러 가지 외부적인 변화를 흉내내려 애쓰기까지 했다. 그런데도 불과 이틀 동안, 그것도 계속적인 것이 아니라 주로 저녁 무렵에만 자신이 사랑을 하고 있다는 것을 생각한 데 지나지 않았다. 전원 생활이나 새로 시작되는 생활 속에 젖어 들자 소네치카에 대한 사랑 따위는 깨끗이 잊어버리고 말았다.

페트로프스코예에 도착한 것은 밤이 늦어서였다. 나는 잠이 깊이 들어 버려 집도 자작나무 가로수도 하인들도 아무것도 보지 못했다. 하인들이야 이미 밤이 늦었으므로 모두들 자기 방으로 돌아가 잠이 든 지 오래였지만, 허리가 굽은 늙은 하인 포카가 마누라 것으로 보이는 이상하게 생긴 솜을 넣은 저고리를 걸치고 촛불을 들고 나와 문을 열어 주었다. 우리의 얼굴을 보자 그는 기쁨으로 몸을 떨며 두 사람 어깨에 키스를 한 다음, 황급히 요 대신 깔아 놓은 담요를 치우고 옷을 갈아입기 시작했다. 현관과 계단을 지날 무렵에도 나는 반은 잠이 든 상태였다. 대기실 문의 자물쇠, 빗장, 아래로 처진 마룻바닥, 커다란 궤짝, 옛날과 다름없이 촛농이 흘러붙은 낡은 촛대, 방금 불을 켠 구부러진 차가운 양초의 검은 그림자, 정원의 나무, 한 번도 떼어 낸 적이 없는 이중창……. 이러한 모든 것들이 견딜 수 없도록 정답게 느껴지고 그것들은 또한 추억으로 가득 차 있었다. 그래서 마치 하나의 상념으로 연결된 것처럼 서로 잘 융화되어 있었다. 나는 이 정답고 오래된 저택이 내게 베

푸는 사랑과도 같은 것을 깊이깊이 느낄 수 있었다. 무슨 까닭으로 우리—나와 이 저택—는 그다지도 오랫동안을 떨어져 살아온 것일까? 이러한 의문이 저절로 떠올랐다. 그리하여 나는 다른 방들도 모두 옛날과 다름없는가를 확인하려고 달려갔다.

어느 것이고 변한 것은 없었다. 다만 모든 사물의 크기는 줄어든 것 같은데 나 자신만은 커지고, 무거워지고, 거칠어진 것같이 생각되었을 뿐이었다. 그러나 집은 나를 꾸밈없는 그대로의 모습으로 반갑게 감싸 주었다. 그리고 마룻바닥의 널빤지 한 장 한 장, 유리창 한 장 한 장, 계단의 한 층 한 층, 문을 열 때 마루를 걸을 때 나는 여러 가지 소리들에 의하여 이제는 돌아갈 수 없는 행복한 과거의 영상과 감정, 사건들이 수없이 되살아났다.

나는 유년 시대의 침실로 가보았다. 갖가지 어린아이다운 공포가 여전히 방 안 구석구석에, 문 뒤의 그늘 속에 숨어 있었다. 응접실을 지나자 그 조용하고 다정했던 어머니의 사랑이 지금도 방 안에 놓여 있는 모든 사물에 젖어 있었다. 우리는 다시 넓은 방을 지났다. 그곳에는 떠들썩하고 어려울 것이 없었던 아이들다운 기운이 그대로 남아 있었다. 마치 누군가가 또다시 그러한 분위기를 만들어 주길 기다리고 있는 것 같았다. 포카가 우리를 소파가 있는 방으로 안내하여 그곳에 잠자리를 펴 주었다. 그 방 안에는 여러가지 것들이 거울, 칸막이, 낡은 목각의 성상, 흰 종이를 바른 울퉁불퉁한 벽 등 모두 고뇌에 대하여, 죽음에 대하여, 또다시 돌아가지 못할 과거에 대하여 많은 이야기를 해주었다.

우리는 잠자리에 들었다. 포카는 편히 쉬라는 인사를 한 뒤 물러갔다.

"엄마가 돌아가신 것은 이 방에서였지?"

볼로쟈가 말했다.

나는 대답하지 않고 잠이 든 체했다. 무슨 말이고 시작하면 울음이 터질 것 같았기 때문이었다. 다음날 아침 내가 눈을 뜨자, 아직 옷을 갈아입지 않은 채 부드러운 장화를 신고 헐렁한 잠옷을 입은 아버지가 시가를 태우면서 볼로쟈의 침대에 앉아 그와 이야기하고 있었다. 아버지는 쾌활하게 몸을 날려 볼로쟈의 곁에서 내게로 다가왔다. 커다란 손으로 내 어깨를 철썩 때리고는 뺨을 내밀어 내 입술에 갖다 댔다.

"참 잘했어. 고맙다, 외교관 나으리."

아버지는 반짝이는 작은 눈으로 나를 바라보며 언제나 그랬듯이 애정을 담은 농담을 보내며 말했다.

"볼로쟈가 그러더구나. 네가 아주 좋은 성적으로 합격했다고 말이다. 아아, 훌륭해. 참 잘했어. 가끔 바보 같은 생각만 하지 않는다면 너도 자랑스런 녀석이다. 야야, 참 고맙다. 이제 아버지는 한시름 놓았다. 어쩌면 겨울에 페테르부르크로 이사하게 될지 모른다. 그건 그렇고, 사냥 시기가 끝난 것이 몹시 서운하구나. 그렇지만 않다면 너희에게 아주 재미있는 것을 보여 줄 수 있었는데. 그건 그렇고 볼로쟈, 너 총 쏠 줄 아니? 새라면 아직도 얼마든지 있으니 이제라도 널 데리고 한번 나서 볼까? 그런데 말이다 얘들아, 겨울이 되면 형편을 봐서 페테르부르크로 이사할 생각인데 그때는 세상을 잘 살펴보고 사회에 나갈 길잡이를 찾아내야 한다. 너희도 이제는 당당한 청년들이 되었으니 말이다. 방금도 볼로쟈에게 말했지만 너희는 이제 세상으로 나가는 문턱에 섰단 말이다. 내가 할 일은 비로소 끝난 것이지. 이미 너희는 혼자 걸어갈 수 있게 되었다. 물론 무엇이고 의논할 일이 있으면 언제고 물어도 좋다. 그러나 나는 이제 너희를 돌보는 보호자로서가 아니라 친구이자 동료로서 의논 상대가 되어 줄 생각이다. 그저 그뿐이다. 그런데 네 철학으로 보면 어떠냐, 어떻게 생각하니, 니콜렌카야? 좋은 일이냐, 나쁜 일이냐?"

나는 물론 좋은 일이라고 대답했다. 또 정말 그렇게 생각되었다. 아버지는 이날 하루 종일 매력 있고 쾌활하며 몹시 행복한 표정을 하고 있었다. 그리고 우리를 친구와 같이 대접하려는 새로운 태도가 한결 더 애모의 정을 불러 일으켜 주었다.

"그건 그렇고, 너희 친척 댁에는 전부 찾아뵈었니? 이빈 가에 갔니? 그 댁 어른들은 뵈었니? 어른들께서는 널 보시고 무어라고 말씀하시던?"

이라고 아버지는 내게 질문을 계속했다.

"이반 이바느이치 공작 댁에도 갔니?"

우리는 옷도 갈아입지 않은 채 너무 오랫동안 이야기했으므로 벌써 아침 햇살은 소파가 있는 방으로부터 사라지려 하고 있었다. 야코프―그는 예전과 다름없는 노인이었고 예전과 다름없이 손가락을 등 뒤에서 빙글빙글 돌렸고 '무어라 말씀하셔도'를 연발하는 버릇도 여전했다. —가 방으로 들어와서 마차 준비가 완료되었다는 뜻을 전했다.

"어디 가십니까?"

내가 물었다.

"오오라, 하마터면 잊어버릴 뻔했다."

아버지는 화가 난 듯이 몸을 꼬고 헛기침을 하며 이렇게 말했다.

"오늘은 예피파노바 댁을 방문하기로 약속이 되어 있단다. 예피파노바 댁 따님을 기억하고 있니? 너희 엄마가 살아 있었을 때는 잘 놀러 왔지. 그 집 식구들은 모두 좋은 사람들이다."

아버지는 이렇게 말하며 쑥스러운 듯— 내게는 그렇게 생각되었다. — 어깨를 움츠리며 방을 나섰다.

류보치카는 우리가 얘기하는 동안 여러 차례 문 밖에 와서,

"들어가도 좋나요?"

하고 물었다. 그러나 아버지는 그때마다 문도 열지 않은 채,

"절대로 안 된다. 우리는 아직 옷을 갈아입지 않았단 말이다."

하고 소리질렀다.

"그러면 어때요! 아버지 잠옷 입으신 모습을 한두 번 보았나요?"

"볼로쟈와 니콜렌카가 바지를 입지 않아서 들어와서는 안 된단 말이다."

아버지는 이렇게 다시 외쳤다.

"이제 곧 한 사람씩 문을 두드려서 신호할 테니 그때 들어오도록

해라. 너희는 어서 옷을 입고 노크를 해주어라. 볼로쟈와 니콜렌카도 아무리 류보치카와 친하다 해도 그런 모습으로야 이야기할 수가 없지."

"어머, 한심한 양반들이군요? 그렇다면 빨리 옷을 갈아입고 응접실로 나오도록 하세요. 미미 아가씨가 아까부터 와서 기다리고 있으니까요."

하고 류보치카가 문 밖에서 외쳤다.

아버지가 나가시자마자 나는 대학생 제복으로 갈아입고 응접실로 나갔다. 그러나 볼로쟈는 나와는 정반대로 여유 있게 버티고 앉아 야코프를 상대로 대단하지 않은 잡담을 늘어놓으며 오랫동안 2층에 머물러 있었다. 앞서도 말했듯이 볼로쟈는 아버지나 동생들을 상대로 그가 말하는바 '달콤한 것, 무의미한 것' 들을 이야기하거나 행동하는 것을 이 세상의 어떠한 것들보다도 두려워하고 멀리하려고 해. 모든 감정 표현을 피하고 극단적인 반대의 행동이나 냉담한 태도를 취하는 경우가 많았으므로, 그 까닭을 모르는 사람에게는 심한 모욕을 느끼게 하는 경우가 종종 있었다. 나는 대기실에서 아버지와 마주쳤다. 아버지는 몹시 바쁜 듯 허둥거리며 마차에 오르려고 대기실 밖으로 나서는 길이었다. 모스크바 양복점에서 새로 맞춘 프록코트를 입고 향수 냄새를 몹시 풍기고 있었다. 내 모습을 보자 아버지는 유쾌한 모습으로 고개를 끄떡여 보였다. 그것은 마치 '어때, 잘 어울리지?' 하는 듯이 보였다. 그와 동시에 아침에 일어났을 때도 느낀 바지만 아버지의 행복에 넘치는 표정은 새삼스럽게 나를 놀라게 했다.

응접실도 옛날이나 다름없이 천장이 높고 밝았다. 구석에는 노랗게 칠한 영국제 피아노가 놓여져 있었으며 커다란 창들이 열려 있었고, 창 너머로 푸른 나무들과 붉은 기가 도는 노란색을 한 정원의 오솔길이 보였다. 미미와 류보치카와 키스를 나누고 나서는 나는 카텐카 곁으로 가려고 했으나 그 순간 이제는 그녀와 키스하는 일이 전처럼 자연스러운 일이 못 된다는 것을 깨달아 얼굴이 붉어져 그 자리에 멈추어 서고 말았다. 그러나 카텐카는 조금도 쑥스러워하지 않고 하얀 손을 내밀며 대학으로 진학한 데 대한 축하의 말을 했다. 얼마 뒤 볼로쟈도 응접실로 내려왔다. 그 역시 카텐카와 얼굴이 마주치자 내 경우와 같은 현상이 일어났다. 사실 어렸을 때부터 함께 자라고 매일 얼굴을 마주하던 사람들이 처음으로 서로 떨어져 지내다가 오랜만에 다시 만났을 때 어떻게 대해야 할지 쉽사리 생각이 나지 않는 법이다. 카텐카의 얼굴이 붉어졌다. 마치 활활 타오르는 것 같았다. 볼로쟈는 조금도 어색하거나 쑥스러워하지 않고 그녀에게 가볍게 목례를 하고 류보치카에게로 갔다. 그리고 류보치카와도 가벼운 대화를 잠깐 나눈 뒤 곧 어디론가 혼자서 산책을 가버렸다.

내가 할 일

    나는 이 한여름 동안에 지난 수년간보다도 카텐카나 류보치카와 더 친밀해졌다. 봄이 되어 우리 집에 이웃 마을에 살고 있는 한 청년이 찾아왔다. 그는 객실에 들어서자마자 바로 피아노가 있는 쪽을 바라보았다. 그리고 미미나 카텐카와 세상일을 이야기하면서 조용히 눈에 띄지 않게 피아노 쪽으로 의자를 끌어갔다. 그는 교묘하게 피아노 조율사, 음악, 피아노 등의 분야로 화제를 돌렸다.

    그리고 바로 자신도 기가 죽는다면서 결국 왈츠를 세 번 정도 연주했다. 류보치카나 미미나 카텐카는 피아노 곁에 멈춰 서 묵묵히 그의 손길을 주시했다. 그 청년은 그 후 한 번도 오지 않았으나 그의 연주가 견딜 수 없이 내 마음을 끌었다. 피아노를 향해 앉은 자세, 장발을 흔드는 동작, 특히 왼손으로 옥타브를 취하는 솜씨가 마음에 들었다. 그는 새끼손가락과 엄지손가락을 슬쩍 옥타브의 폭만큼 벌렸는가 하면, 곧 천천히 본 모양을 갖추고는 또다시 손가락을 얼른 벌렸다. 이러한 뛰어난 솜씨, 자유로운 자세, 머리 동작, 여성들의 눈길이 그의 수완에 쏠린 것 등 모든 것이 하나가 되어 나도 피아노를 치고 싶어졌다. 그 결과 내게도 음악적인 재능이 있다는 확신에 도달하여 이 방면에 대한 공부를 시작했다. 이 점에 있어서도 또 몇 백만의 남성, 여성의 음악 지망생들과 같은 잘못을 저질렀다.

결국 나도 훌륭한 스승과 진실한 사명을 저버리고, 예술이 무엇인가를 깨닫거나 빛나는 성과를 얻으려고 한다면 어떤 자세로 임해야 한다는 문제에 대해 추호도 이해하지 못했던 것이다. 내게 있어 음악―이라고 하는 것보다 오히려 피아노의 연주―은 온갖 자신의 감정을 발산해 젊은 여성을 매혹시키는 하나의 수단에 지나지 않았다. 카텐카의 도움으로 악보를 익히고 투박한 손가락을 다소 움직여 소리를 울릴 수 있게 되자, 나는 두 달 동안이나 비상한 노력을 들였다. 식사 때에는 무릎 위에서, 잠자리에 들어가서는 베갯머리에서 말을 듣지 않는 손가락을 열심히 놀렸다. 곧 나는 곡을 연주하기 시작했다.

그리고 물론 정력과 끈기를 온통 기울여 '아배크암(일심불란)'에 심취했다. 이 점은 카텐카도 인정해 주었으나, 그 분위기를 만들어 내지 못하고 다리를 절룩거리며 달리는 말과 같이 불안했다.

곡목 선택 방법도 대개 정해져 있는 듯했는데 왈츠, 로망스, 어레인지 등으로, 조금이라도 건전한 취미를 갖고 있는 사람이 악보점에 진열되어 있는 명작 속에서 한 뭉치 빼내려 할 때, '이런 것을 연주하면 안 됩니다. 이 이상 무취미하고 무의미하며 열등한 것은 예전부터 오선지에 옮겨진 예가 없으니까요.'라고 말하며 밀어젖힐 것 같은 애교 있는 작곡가의 것뿐이었다. 그러나 이러한 종류가 우리 러시아에서는 모든 아가씨들의 피아노 위에 올려져 있다.

사실 우리 집에는 이 세상의 일반 아가씨들에 의해 불행하게도 영원히 불구 취급을 받는 그 베토벤의 〈비창 소나타〉나 류보치카가 어머니를 생각하며 종종 치곤 했던 같은 작곡가의 〈올림다단조의 소나타〉 등이 주로 울려 퍼졌다. 그 밖에도 모스크바의 음악 교사가 숙제로 그녀에게 맡긴 많은 뛰어난 곡들과 이 교사 작곡의 행진곡이나 왈츠도 류보치카는 곧잘 쳤다. 하지만 나도 카텐카도 딱딱한 곡보다는 〈광녀〉나 〈독수리〉 같은 것을 즐겨 했다. 특히 〈독수리〉는 카텐카의 십팔번으로 손가락이 보이지 않을 정도로 익숙하게 쳤다. 그리고 나도 제법 익숙하게 칠 수 있었다.

나는 그 청년의 몸짓 손짓을 완전히 모방해 버렸는데, 내 연주 태도를 다른 사람들에게 보여 주지 못한 것이 애석하게 생각될 때도 있을 정도였다. 그러나 리스트나 칼크브레너의 곡이 내게는 힘겹다는 사실과 카텐카를 따라갈 수 없음을 알았다. 그 결과 나는 고전 음악이 오히려 쉬울 것이라고 멋대로 단정짓고 동시에 다소 진기한 것을 자랑하는 기분도 들어, 갑자기 학구적인 독일 음악이 마음에 든다고 해 버렸다. 사실인즉 〈비창 소나타〉 같은 곡은 견딜 수 없이 싫었는데, 카텐카가 이 곡을 치는 것을 듣는 동안 점차 흥분해서인지 나 자신도 베토벤 곡을 치기 시작했고 베토벤을 좋아한다고 말해 버리기까지 했다.

이제 와서 지난 일을 추억하면 이러한 혼란과 진지함 가운데서도 재능 비슷한 점이 있었던 것 같다. 왜냐하면 눈물이 쏟아질 정도로 강렬한 감정을 음악에서 받는 일이 때때로 있었으며, 또 내가 즐기는 곡목이라면 악보 없이도 피아노를 찾아 어떻게라도 칠 수 있었기 때문이다. 따라서 만일 그 누구라도 이 기회에 음악이라는 것은 이미 그 자체가 목적이며 독립된 쾌락이므로 악기를 다루는 사람의 연주 속도나 감상이 젊은 여성을 유혹하는 수단 따위가 될 수 없다는 바른 견해를 가르쳐 주었더라면, 나도 아마 상당한 음악가가 되었을 것이다.

그리고 볼로쟈가 한껏 사들인 프랑스 소설을 읽는 것은 이 한여름 동안의 두 번째 일이었다. 《몽테크리스토 백작》이라든가 갖가지의 이른바 '신비 소설'이 나오기 시작했을 때로 나는 슈Eugene Sue나 뒤마나 폴 드 콕Paul de Kock 등의 작품을 탐내듯이 탐독했다. 극히 부자연스러운 인물이나 사건이 내게는 현실과 같이 약동하는 듯이 보였다.

나는 작자가 거짓을 쓰지나 않았나 하는 등의 의혹을 갖지 않으려고 아예 생각하는 것을 피했으므로, 살아 있는 진짜 인물과 사물만이 활자 사이에서 나타났다. 나는 이러한 소설 속 인물들을 실제 사회의 어디에서건 만난 적은 없었지만 그래도 언젠가 그러한 인간이 틀림없이 태어날 것이라고 굳게 믿어 조금도 의심하지 않았다.

나는 이러한 소설에 담겨 있는 갖가지 정열뿐 아니라 악을 타도하는 중심 인물을 비롯하여 극악무도한 역적의 무리에 이르기까지 등장 인물들의 성격의 모든 유사점도 내 내부에서 발견했다. 그것은 마치 의심 많은 인간이 의학서를 읽으면서 온갖 병의 징후를 자기 자신에게서 발견하는 것 같은 식이었다. 이러한 소설에 있는 요소라면 지나친 계획도, 다혈질의 감정도, 얼토당토않은 꿈이나 환상 같은 느낌의 사건도, 성격 하나하나도 모두 내 마음에 들었다. 선한 사람이라면 어디까지나 선인, 악한 사람이라면 어디까지나 악인인 것같이 극히 어렸을 때 상상하고 있었던 인간관과 꼭 일치되는 것이 기뻤다. 그리고 모든 내용이 프랑스 어로 씌어 있어 고귀한 주인공들의 입에서 나오는 고상한 말을 암기하여 때에 따라서는 고상한 사건에 응용할 수 있다는 점도 지독하게 내 마음에 들었다.

언제라도 콜피코프와 만나게 될 때를 대비하여 나는 이러한 프랑스 소설의 힘을 빌어 훌륭한 프랑스 어의 훌륭한 문구를 미리부터 생각해 두고 있었으며, 또한 다시 기회가 와 그녀를 만나 사랑을 고백하게 될 때에 충분히 말할 수 있을 만한 준비를 갖추고 있었다.

나는 또 소설 덕분으로 도덕적 가치와 존엄성에 관한 새로운 이상을 품고 이것을 달성하려고 결심했다. 무엇보다도 우선 첫째로 나는 자기의 모든 사업이나 행위에 있어서 항상 '노블noble'일 것을 희망했다. —나는 자국어로 '고상'이라고 부르지 않고 색다르게 프랑스 어로 '노블'이라 했다. 왜냐하면 이 프랑스 어는 별개의 의의를 갖고 있을 뿐 아니라, 독일 사람들도 그것을 깨닫고 'ehrlich', 즉 '오나라블'의 관념과 혼동하는 일 없이 'noble'이라는 말을 사용했기 때문이다.

또한 나는 내가 열정적이기를 바랐다. 그리고 마지막으로 이것은 앞서부터 나한테서 엿보이는 경향이었으나 될 수 있는 대로 '콤 일 포comme il faut(예의 바른 인간)'적이기를 바랐다. 나는 일상적인 습관이나 태도며 옷차림까지 이런 좋은 성품의 어느 것이든 다 구비한 작중 인물에 감화되어 나도 그렇게 되어 보려고 노력했다. 지금도 기억하고 있으나 그해 여름 동안 탐독한 수백 권의 소설 중 어느 한 권에 짙은 눈썹을 한 그야말로 열정적인 주인공이 한 사람 있었다. 이 주인공의 태도와 옷차림을 모방하고 싶어 견딜 수가 없었으므로—정신적으로는 이 주인공과 같다고 자인했다.—거울에 자기의 모습을 비추어 두리번거리며 살핀 나머지, 눈썹을 짙게 하기 위해 눈썹을 조금 면도질해 보리라고 마음먹었다. 그런데 어쩌다가 뜻밖에 한쪽 눈썹을 더 많이 밀어 버렸다. 그래서 양쪽이 같지 않으면 안 될 필요상 또 한쪽을 면도질한 결과 눈썹이 거의 없어지다시피 하여 참으로 보기 흉하게 되었다. 거울로 보니 내 얼굴이기는 했지만 소름이 끼칠 정도였다. 그러나 머지않아 그 열정적인 주인공과 같게 짙은 눈썹이 고루 날 것으로 기대하고 나는 스스로를 위로했다.

하지만 집안 사람들에게 눈썹이 없는 얼굴을 보였을 때 뭐라고 말해야 좋을지 그것만이 근심거리였다. 나는 볼로쟈한테서 화약을 갖고 와, 그것을 눈썹 언저리에 살살 바르고는 감히 거기에 불을 붙였다. 화약은 제대로 타지는 않았으나 그래도 충분히 화상 비슷하게 보여 누구도 내 트릭을 알아내는 사람은 없었다. 그리고 사실상 그 열정적인 주인공에 대한 일을 잊었을 때가 되어서야 전보다도 훨씬 짙은 눈썹이 고르게 생겨났다.

예의 바른 인간 Comme il faut

벌써 몇 번째인가 이 이야기에서 프랑스 어의 표제에 알맞은 개념을 암시했지만, 지금에 와서 전장全章을 들어야 할 필요를 통감하게 된다. 사실 이것은 교육과 사회가 내게 심어 준 내 생애에 가장 해로운 잘못된 관념의 하나이다.

인류는 여러 종류로 나뉜다. 즉 부자와 가난한 사람, 선인과 악인, 군인과 문관, 아는 자와 어리석은 자 등이다. 그렇지만 각 개인이 반드시 자기 나름대로의 분류법을 갖고 있어 안면이 있는 개개인에게 무의식적으로 이것을 적용시킨다. 이 이야기에 서술된 시대에 있어 내가 즐겨하는 주요한 인간 분류법은 콤 일 포Comme il faut의 인간, 즉 단정하고 예법을 갖춘 인간과, 콤 일 네 포 파 Comme il ne faut pas의 인간, 즉 단정하지 않으며 예법에 어긋나는 인간, 이 두 종류로 나누는 것이었다. 두 번째 부류에 속하는 사람들이 다시 또 콤 일 포가 아닌 인간과 일반 민중으로 세분되었다.

나는 콤 일 포의 인간에게 존경을 표하고 여러 관계를 맺을 자격이
있는 것으로 간주했다.

두 번째 부류의 인간에 대해서는 경멸과 미움의 감정을 갖고 있
으며 개인적인 일종의 모욕감마저 품고 있다. 두 번째 부류는 내게
존재하지 않으므로 나는 이것도 철두철미하게 경멸하고 있었다.
내 주요한 콤 일 포 첫 번째의 조건은 우수한 프랑스 어, 특히 그
발음에 있었다. 프랑스 어의 발음이 나쁜 사람은 즉시 싫은 생각이
들었다.

'대관절 너는 무엇이기에 잘할 수도 없는 주제에 우리처럼 말하
려고 생각했나?'

나는 악의에 찬 냉소를 보이면서 마음속으로 그런 인사人士를 비
난했다.

콤 일 포의 두 번째의 조건은 예쁘게 다듬어진 긴 손톱, 세 번째
는 사교나 무도의 기능이나 언변이었다. 그리고 최후의 주요한 네
번째의 조건은 일체에 대한 무관심과 경모輕侮의 색조를 띤 부단한
싫증을 나타내는 세련된 표정이었다.

그 외에도 나는 일반적인 구별 방식으로 상대와 대화하지 않아
도 어떤 종류에 속하는가를 결정할 수 있었다. 이러한 표지標識 중
에서 가장 주요한 것으로 방 안의 장식, 장갑, 필적, 마차 같은 것
을 제외하면 발이었다. 바지와 신발, 그리고 그것들의 상관 관계가
내가 보는 견지에서는 즉시 인간의 지위를 결정했다. 예를 들면 뒤
축이 없고 앞부리가 딱딱한 구두와 끈이 없는 좁은 바지의 옷단,

이것은 서민의 징후이다. 뒤축과 앞부리가 좁고 동글동글한 구두에 옷단이 좁고 다리를 감아 싼 것처럼 되어 있는 끈이 달린 바지, 혹은 옷단이 발끝까지 덮여 있어 헐렁헐렁한 끈이 달린 바지, 이것은 모베잔르, 즉 악취미의 인간이라는 것 등이다.

실로 불가사의하여 견딜 수 없는 것은 나와 같은 콤 일 포의 능력이 철저하게 결핍된 인간에게 이렇게까지 끈질기게 이 관념이 심어져 있다는 것이다. 때에 따라서는 콤 일 포라는 것을 획득하기 위해 절대적인 노력을 기울인 것이 내 내부에 이 관념을 심어 주는 요인이 되었는지도 모른다. 16년이라는 한없이 존귀한 최상의 시대를 이런 특질의 획득에 너무 많이 낭비한 것을 생각하면 지금도 오싹 소름이 끼칠 정도이다.

나의 모방의 대상이 되었던 모든 사람, 볼로쟈나 두브코프 및 친구들의 대부분은 너무 쉽게 이러한 요소를 획득하는 것 같았다. 나는 부러운 눈으로 그들을 바라보며 비밀리에 차근차근 프랑스 어를 공부했다. 상대가 누구인지도 관여하지 않고 모임에 참여했으며 말재주나 무도에도 괴로움을 무릅쓰고 열중하고, 일체에 대한 무관심과 싫증의 양성에도 부지런히 노력했다. 또 손톱 모양을 예쁘게 하려고 하다가 가위로 살을 베기도 했다. 그러나 의연히 목적을 달성하기까지에는 아직도 많은 곤란이 가로놓여 있음을 피부로 느꼈다.

나는 방 안이나 책장이나 마차 같은 것들을 아무리 해도 콤 일 포로 정비할 수는 없었다. 내 경우는 그러한 여러 가지 실제적인 일들이 잘 풀리지 않아서 억지로 하는데, 다른 사람들을 보면 아무 노력 없이 술술 진행되는 것 같았다.

지금도 분명히 기억하고 있다. 손톱 다듬는 데 헛된 노력을 한 뒤였는데, 놀랄 정도로 멋진 손톱을 하고 있는 두브코프에게 네 손톱은 어떻게 해서 그렇게 잘 다듬어졌나 하고 물어 보았다. 그랬더니 두브코프의 답은 이러했다.

"철이 들어서부터 나는 별달리 손톱을 만지는 일 따위는 하지 않았는데 언제나 이 손톱은 이렇게 되곤 하는 걸세. 왜 예의범절을 분별할 줄 아는 인간이 도덕상 보기 싫은 손톱을 하는지 나로서는 도저히 납득이 가지 않아."

이 대답은 지독하게 나를 괴롭혔다. 나는 이때 콤 일 포 획득의 노력을 비밀로 하는 것이 콤 일 포의 주요 조건 중 또 하나가 된다는 것을 깨달았다. 콤 일 포는 나로서는 사실 바람직한 중대한 명예이며 미덕이고 완성이었을 뿐만 아니라 동시에 생활상 없어서는 안 될 필요 조건으로, 이것이 없다면 행복도 명예도 이 세상의 모든 즐거운 요소 중 어느 하나라도 바라기 어려운 처지였다. 유명한 예술가도, 학자도, 인류의 은인도 콤 일 포의 사람이 아닌 한 나는 절대로 존경을 표하지 않았을 것이다. 콤 일 포의 인간은 초연하게 다른 사람들의 위에 서서 비교할 수 없을 정도이다.

그렇다. 콤 일 포의 인간은 그림을 그린다든지, 악보를 작성하고 저서를 출간한다든지, 착한 일을 행한다든지 하는 것을 다른 사람들에게 일체 위임한다. 또한 그는 그러한 활동에 대하여 찬사까지도 꺼리지 않는다. 그 누군가가 하는 일이라도 착한 일을 칭찬해서는 안 된다는 법은 없기 때문이다. 그렇지만 그는 그러한 사람들과 동일 수준에 설 수는 없다. 그는 콤 일 포의 인사이지만 그들은 그렇지 않기 때문이다. 이유는 그것으로 충분한 것이다.

아니 그것뿐인가, 이렇게까지 생각했다. 만일 내 형이나 어머니나 아버지가 콤 일 포가 아니라고 한다면 나는 그것을 불행이라고 여겼을 것이다. 나와 그들과의 사이에 아무런 공통점이 있을 수 없다고 해도 말이다.

그렇지만 사상事象의 모든 진실성에 몰두하지 않는 나로서는 획득하기 곤란한 콤 일 포의 여러 조건을 항상 만족시키기 위해 낭비되었던 황금 시대의 큰 손실도, 전 인류의 9할에 대한 미움과 경멸도, 콤 일 포의 권외에서 행해지는 선미善美한 일체 사상에 대한 주의의 결여도 이 관점이 내게 준 가장 큰 해악에 비하면 아직도 셈에 넣을 정도로 대단한 것은 아니었다. 그러면 주요한 해악이란 무엇일까? 다름이 아니다. 콤 일 포는 사회에서의 독자적 지위로, 콤 일 포만 되어 있다면 관리나 군인, 학자 등이 되려고 노력할 필요가 없다. 이러한 지위를 획득한 사람은 그것으로 이미 자신의 사명을 다하고 있을 뿐만 아니라 대다수의 인간의 상위에 서 있다는 확신이 바로 그것이다.

우리 각 개인은 많은 과실과 미혹의 뒤에, 청춘의 일정 시기 동안 사회 생활에 적극적으로 참여할 필요에 직면해서 근로의 어느 부문을 선택하고 여기에 자기를 내세우기가 보통이다. 그렇지만 콤 일 포의 인간에 한해 그러한 현상은 드물다. 나는 만일 저세상에서 구시대에 대해 통렬한 비평을 서슴지 않고 하는 오만하고 잘난 체하는 사람들에게서 만일 '이승에서 너는 어떤 자였느냐? 속세에서 무엇을 하고 있었는가?' 라는 질문을 받게 된다면 이렇게 대답할 수 있다.

"나는 끝까지 콤 일 포의 인간이었습니다."

이와 같은 운명이 나를 기다리고 있었다.

3장

아버지의 결혼

청년 시대

이러한 개념의 혼란이 머릿속에 떠올랐음에도 불구하고 이 한여름 동안의 나는 매우 젊고 천진하고 자유롭게, 따라서 행복한 상태라 해도 좋을 정도로 지냈다.

이따금이라고 하기보다는 제법 자주, 꽤 일찍 아침에 일어났다. 밤마다 테라스에서 잠을 잤기 때문에 찬란한 아침 햇살이 꿈속으로부터 깨워 주었다. 나는 재빨리 옷을 갈아입고 타월과 프랑스 소설을 한 권 옆에 끼고, 집에서 멀지 않은 자작나무 숲 속의 그늘진 냇가로 목욕하러 갔다. 나는 그 그늘진 나무숲 잔디 위에 누워 독서에 열중하면서 때로는 책에서 눈을 떼고, 강의 그늘진 곳에서 아침 바람에 잔주름을 일으키기 시작한 연보랏빛 강 물결과 강 건너편 언덕에 누렇게 보이는 밀밭을 보거나 서로가 숨기고 숨고 하면서 울창한 숲 속 깊숙이 멀어져 가는 자작나무 가지의 행렬이나 그러한 행렬을 물들이는 찬란한 붉은 아침 햇살을 바라보며, 주위의 숨가쁘게 살아 움직이는 자연과 같이 자신도 신선한 젊음의 힘에 가득 차 있음을 의식하고 그 의식에 우쭐해지곤 했다.

회색의 아침 구름이 하늘에 퍼지고 목욕한 뒤의 추위를 느낄 때면 흔히 길도 없는 들이나 밭 또는 숲 속을 발길 닿는 대로 돌아다니며 신발 속으로 스며드는 차가운 이슬을 기분 좋게 발에 느꼈다. 이럴 때 나는 최근 읽은 소설의 주인공을 생생하게 마음에 새기고 나를 때로는 장군, 때로는 장관, 때로는 이 세상의 대역사大力士, 때로는 정열적인 사나이로 상상했다. 그리고 어딘가 숲 속의 잔디밭이나 그렇지 않으면 나무 그늘 밑에서 갑자기 그녀를 발견하는 것 같은 기분이 되어 항상 마음이 설레어 두리번거리며 살펴보았다.

내가 이렇게 산책하는 사이사이 들에서 일하는 남녀 농부들과 만나면 언제나 무의식적으로 보이지 않도록 노력하느라 격렬한 곤혹을 치렀다. 찌는 듯한 더위에도 부인들은 채소밭으로 나가 일하며 여물고 있는 과일이나 야채를 캐 먹는다. 이것은 내게 최대의 즐거움을 베풀어 주었다.

나는 보통 사과밭이나 무성하게 들어찬 나무딸기밭으로 들어갔다. 머리 위에는 무엇이든지 태워 버릴 것 같은 햇빛이 온 누리에 퍼지고 주위에는 연녹색 가시투성이의 나무딸기밭 숲이 잡초와 뒤섞여서 울창하며 무성했다. 암녹색의 자초刺草는 섬세하고 우아하게 핀 모습으로 시원스럽게 위로 뻗쳐 있다. 큰 잎을 거침 없이 사방으로 활짝 편 야생 엉겅퀴가 부자연스러운 자색 가시투성이의 꽃을 달고 나무딸기며 자초와 함께 아무렇게나 서 있고, 푸른빛 둥근 사과가 내리쬐는 햇볕에 성숙 과정을 더듬고 있다. 가시투성이의 푸른 풀이나 어린 나무는 이슬에 함빡 젖은 낙엽을 좌우로 밀어젖히고, 태양빛이 눈부시게 사과 잎사귀 위에서 춤추며 즐기는 줄도 모르는 채 시원한 그늘에서 윤이 나는 싱싱함을 보이고 있다.

이 숲은 언제나 축축하고 언제나 변함없는 짙은 그늘이며 거미줄이 늘어져 있고, 작년에 땅에 떨어져 이미 시커멓게 썩어 뒹굴고 있는 사과의 냄새가 코를 찔렀다. 우리는 흔히 벌레를 딸기랑 같이 삼키고는 당황해서 다시 한 개를 더 입가심으로 먹었다. 이 숲 속에 언제나 깃들이고 있는 새떼들이 놀라 바쁘게 지저귀며 날아가다 작은 나뭇가지에 부딪히는 소리도 들리고, 어디선가 꿀벌의 소리나 터덕거리는 발자국 소리, 그리고 해마다 그치지 않는 낮은 콧노래가 들린다. 거기서 나는 혼자 생각한다.

'그렇다! 이 세상의 어떤 인간이라 할지라도 여기 있는 나를 발견하지 못할 거야.'

그리고 나는 두 손을 얼른 좌우로 펴고 둥글고 잘 익은 딸기를 비틀어 계속 입 안에 집어넣었다. 다리는 무릎 위까지 축축이 젖고 머릿속에는 더없이 심한 조롱하는 말이 가득 차 있다. 가령 마음속으로 천 번이라도 '자, 열과 여덟' 등으로 길게 소리 내어 되풀이하는 따위였다.

두 손은 물론 발까지도 자초 가시에 긁히고 숲 속까지 쨍쨍 내리쬐기 시작한 태양의 직사광선은 벌써 정수리를 태우기 시작했다.

10시가 지나면 언제나 집으로 들어간다. 대개 아침 차茶가 끝나면 부인들은 일을 시작하게 된다. 창문에는 바래지 않은 아마포로 된 블라인드가 내려져 있으나 그 틈새로 강렬한 태양 광선이 쨍쨍 들이 쬐어, 빛이 닿는 모든 사물들이 눈이 부셔서 더 이상 보고 있을 수 없게끔 레이스 모양으로 다시 그 빛을 반사한다. 그 제일 앞의 창문 한쪽에 수틀이 놓여 있고 몇 마리의 파리가 흰 캔버스 위를 조용히 산책하고 있다. 미미가 수틀 앞에 앉아 이따금 울화가 치민 듯 목을 흔들며 일어나 이리저리 돌아다니며 직사광선을 피하고 있으나, 햇볕은 어느 틈에 다시 들어와 얼굴이나 손의 여기저기에 불길 무늬를 던진다. 또한 그 밖에도 세 개의 창문을 통해 맑게 빛나는 네모꼴의 햇빛이 창틀의 윤곽 그대로 마루 위에 줄지어 있다.

밀카가 옛날부터의 습관으로 아무것도 칠하지 않은 객실 마루의 그러한 네모꼴의 하나에 드러누워 빛 속을 맴도는 파리를 곰곰이 바라보고 있다. 카텐카는 긴 의자에 걸터앉아 뜨개질을 하는지 책을 읽는지 하고 있지만 눈부신 빛을 받아 붉게 비쳐 보이는 흰 손을 애타는 듯 휘저으며 얼굴을 찡그리고 고개를 쳐든다. 짙은 금발 속을 헤매며 몸부림치듯 날아다니는 파리를 그렇게 하여 내쫓으려는 것이다. 류보치카는 뒷짐 지고 실내를 돌아다니면서 모두들 뜰로 나가기를 기다리고 있든지 그렇지 않으면 내가 언젠가 완전히 습득한 그 어떤 곡을 피아노로 치고 있다. 나는 아무 데나 앉아 음악 또는 낭독을 들으면서 내가 피아노를 치게 될 때를 초조하게 기다린다.

저녁 식사 후 나는 때때로 같이 말을 타고 산책하는 즐거움을 카텐카나 류보치카에게 베풀어 주었다. 도보로 산책하는 따위는 내 나이로 보거나 사회적인 지위로 보거나 적합하지 않다고 생각되었기 때문이다. 나는 그들을 일부러 엉뚱한 곳이나 골짜기 같은 곳으로 안내하는 것이 보통이었으며, 이러한 우리의 승마 산책은 사실 유쾌한 것이었다. 이따금 위험한 상황에 빠지면 나는 그때마다 용맹성을 보여 주곤 했다. 그녀들은 내 승마 재주나 용감함을 칭찬하며, 나를 자기들의 보호자로 받들어 모셨다.

밤에는 만일 손님이 없으면 나무 그늘이 지는 발코니에서 함께 차를 마시고 아버지와 둘이서 영지 내를 산책한다. 그리고는 옛날부터 정해진 내 자리 안락의자에 걸터앉아, 카텐카나 류보치카의 피아노 치는 소리를 들으면서 독서에 열중하고 그와 동시에 습관에 따라 마음 내키는 대로 공상에 잠긴다. 류보치카가 무엇인가 귀에 익숙한 곡을 치고 있는 것 같을 때는 때때로 혼자 방에 남아 책을 옆으로 밀어놓고 활짝 열린 발코니의 문짝 너머로 저녁 햇빛이 찾아든 키 큰 자작나무의 늘어진 가지나 아주 맑은 하늘을 바라보곤 했다. 계속 뚫어지게 보고 있노라면 갑자기 맑아진 하늘에 연노랑의 작은 오점 같은 것이 나타났다가는 다시 사라져 버린다.

넓은 방으로부터 흘러나오는 음악 소리, 삐걱거리는 문 소리, 아낙들의 이야기 소리, 마을로 돌아오는 가축 떼의 발자국 소리 등을 듣고 있는 동안에 갑자기 나탈리아, 그리운 어머니, 카를 이바느이치 등의 일이 생생하게 가슴속에 되새겨져 나는 그 순간 슬퍼지고 마음이 괴로워진다. 그렇지만 이러한 때 내 마음은 생명과 희망에 가득 차 있으므로 이 추억은 내게 한 가닥 생기를 불러일으키고는 그대로 날아가 버리는 것이다.

저녁 식사 후 때로는 누군가와 같이 밤의 정원을 산책한 후에─ 나는 어두운 가로수 길을 혼자 걷는 것이 무서웠으므로 언제나 길 동무를 청했던 것이다. ─ 혼자 베란다의 마루로 자러 간다. 베란 다에서 혼자 자면 몇 백만 마리나 되는 모기떼가 내 피를 탐낸다 할지라도 기분이 좋다. 달 밝은 밤이면 몇 밤이고 계속해서 담요 위에 앉은 채 곰곰이 달빛을 바라보며 밤의 적막과 음향 등에 귀를 기울이고 갖가지 공상에 잠기면서 밤을 새운다. 공상의 대상은 주 로 시적인 정열에 타오르는 애욕의 행복으로, 당시의 내게는 이것 이 인생 무상의 행복으로 생각되었다. 지금 와서 다시 공상을 해 보려고 하면 그 당시처럼 감화되지 않음이 슬플 따름이다.

모두들 밤 인사를 서로 교환하고 각자의 방으로 흩어지면 객실 등불이 2층의 방으로 옮겨지고 여자들의 말소리나 창문을 열어 젖 히는 소리가 들려온다. 그러면 나는 곧 노대露臺로 나가 취침 전의 실내에서의 모든 소리를 흐뭇한 마음으로 들어 넘기면서 그 위를 걸어 다닌다. 내 공상과 같은 안전한 행복은 아닐지라도 적어도 행 복에 대한 이유 없는 희망이 조금이라도 마음속에 있는 한, 나는 의연하고 평안한 마음으로 이러한 공상상의 행복을 자신을 위해 구축할 수 있다.

파닥파닥 맨발로 달리는 발소리가 들리고 기침, 탄식 또는 창문이 덜컹하고 닫히는 소리, 걸어갈 때의 옷 스치는 소리 등이 들려올 때마다 나는 자리에서 벌떡 일어나 얼른 귀를 기울이고 눈을 반짝이며 별달리 이렇다 할 이유도 없는데 마음의 갈피를 잡을 수 없게 된다. 그러는 동안에 2층 창문마다 등불이 꺼지고 발소리나 말소리가 코 고는 소리로 바뀌고, 야경원夜警員의 딱따기 치는 소리가 들리고, 창문으로 비쳐 나왔던 빨간 불빛이 꺼짐과 동시에 뜰 안의 한편은 깜깜하고 한편은 밝아 온다. 끝까지 남아 있던 식당의 불빛마저 꺼지고 현관의 불빛만이 졸고 있다. 동시에 촛불을 들고 자기 침상으로 가는 포카의 잠옷 바람의 굽은 등이 창문 너머로 눈에 비친다.

나는 흔히 밤이 깊어져 가는 무렵이면 이슬에 함빡 젖은 풀을 밟고 대합실 창문 한쪽에 바싹 다가가서 숨을 죽이며 자는 소년의 낮은 코고는 소리나, 누구도 듣는 사람이 없으리라 여기고 혼자 줄곧 목청을 돋우면서 오랜 시간 기도하기도 하는 포카의 노인다운 소리를 듣고 가슴에 약동하는 강렬한 쾌감을 찾아내곤 한다. 이런저런 것들이 지나가면 결국 마지막 촛불도 꺼지고 창문도 덜컥하고 닫힌다. 그러면 나는 완전히 혼자만 남으며, 혹시 화단 쪽에서나 또 침상 근방에 아름다운 여자의 모습이 나타나지나 않나 하고 살금살금 주위를 돌아보면서 노대 쪽으로 걸어간다. 그리고 나는 뜰로 얼굴을 돌리고 침상 위에 누워 모기나 박쥐한테 뜯기지 않도록 될 수 있는 한 담요를 꼭 뒤집어 쓰고 뜰 안 경치를 바라보며 밤의 울림에 귀를 기울인다. 그리고는 사랑과 행복의 달콤한 정열을 쏟게 된다.

이럴 때면 모든 것이 내게 있어서 별개의 뜻을 지니게 된다. 달빛에 비친 나뭇가지, 어두운 곳에 음울하게 앉아 있는 낮은 나무, 길을 둘러싸고 있는 자작나무의 고목, 음향같이 규칙적으로 빛남을 더하는 조용하고 아름다운 연못의 수면, 노대 앞 화단에 내린 빛나는 이슬방울, 샛길에 연이은 회색 화단에 가로누워 있는 우아한 그림자, 연못 저쪽의 메추라기 우짖는 소리, 길가의 사람 소리, 자작나무가 서로 스치는 희미한 음향, 담요를 덮어쓴 귀 위에서 맴도는 모기의 가냘픈 소리, 사과가 가지에 부딪혀 낙엽 위로 떨어지는 소리, 이따금 노대의 층계까지 뛰어오르는 달빛에 환히 드러난 청개구리의 도약, 이러한 모든 것이 내게 있어 불가사의한 뜻을 가져온다. 그렇다, 그것은 주변에도 많은 아름다움과 일종의 행복이 있음을 뜻한다. 내 상상 속에는 그녀의 모습이 갑자기 떠오른다. 긴 흑발, 풍성하게 퍼진 가슴, 언제나 슬픈 인상의 아름다운 얼굴, 통통한 두 팔, 애욕에 불타는 열렬한 포옹! 그녀는 나를 사랑하고 있다. 그녀가 포옹하는 그 순간 때문에 나는 일생을 희생할 마음까지도 굳이 사양하지 않는다.

시간이 지나감에 따라 중천에 걸린 달은 더욱 높이 떠 차차 밝아지고, 한결 선명하게 맑아진 연못 수면 위로 그림자는 점차 검어지고 빛은 차차 투명해진다. 이러한 온갖 것에 눈을 밝히고 곰곰이 귀를 기울이면 누군가 내게 속삭인다. 통통한 두 팔로 애욕에 넘치는 뜨거운 포옹을 바치는 그녀가 결코 행복의 전부가 아니며 그녀에 대한 사랑 또한 결코 기쁨의 전부가 아니라고…….

그리고 하늘 높이 떠 있는 만월을 찬찬히 바라보면 볼수록 참다운 아름다움과 행복이 더욱 높아져 더욱더 신―미와 선의 원천―에 가까워지는 것 같은 마음에 보이지 않는 기쁨의 눈물이 눈시울을 뜨겁게 한다.

나는 혼자였다. 신비하리만큼 광대무변하고 장엄한 자연, 힘차게 당기는 힘을 갖는 밝은 달, 도처에 편재하면서도 청백淸白한 하늘의 무한에 한없이 가득 차 보이는 달빛, 거기다 나 자신, 보잘것없는 인간의 욕망에 더렵혀진 아무 값어치도 없는 한 마리의 벌레에 지나지 않는 주제에 위대하고도 무한한 사랑의 힘을 갖는 나, 이 모두가 이 순간 온통 하나같이 생각되었다.

대자연과 달과 나 자신이 하나의 물체와도 같이 생각되었다.

이웃 사람

우리는 시골에 도착한 첫날에 아버지로부터 이웃 마을에 사는 지주 예피파노프의 일가가 훌륭한 사람들이라는 말을 들었으므로 매우 놀랐다. 하지만 그보다 더욱 우리가 놀란 것은 아버지가 그들 집으로 드나드는 일이었다. 우리와 예피파노프 일가와는 훨씬 전부터 땅 때문에 소송을 진행 중에 있었다.

내가 철이 들지 않은 어릴 때에 아버지가 이 소송 사건에 화를 내면서 예피파노프 집 사람들에 대해 입에 담을 수 없을 정도의 욕설을 퍼붓는 것을 여러 번 들었다. 그 당시 아버지는 걸핏하면 여러 사람들을 불러 들였는데, 내 생각에는 그들에 대한 일종의 방어책인 것 같았다. 또 야코프가 그들을 우리의 적이라고 부르고 흑심 많은 인간들이라고 욕했던 것을 들은 적도 있다. 아니 그뿐만 아니라 어머니까지도 '이 집에서, 특히 내가 있는 앞에서는 그런 사람들의 이야기는 입 밖에 내지도 말아요!' 하고 부탁하듯 말한 것도 기억하고 있다.

따라서 어머니를 아브도치야 바실리예브나 예피파노바가 간병하는 것을 보았을 때에 그 집안의 모든 식구들에 대해 극히 경멸적인 해석밖에는 갖지 못했던 나는 그녀가 속이 검은 집안의 한 사람이라는 것을 쉽게 믿을 수 없었다.

이러한 사실을 근거로 하여 나는 유년 시대에 확고부동하게 이상한 생각을 가지고 있었다. 다른 것이 아니라 예피파노프 일가는 우리의 적으로, 아버지만이 아니고 자식인 나까지도 보기만 하면 못살게 굴고 죽이려고까지 하는 자들이라는 생각이다. 때문에 사실 꽤 빈번하게 서로 만났음에도 불구하고 나는 이 집안 전체에 대해 이상하게 미운 마음이 들었다. 사실은 예피파노프 일가는 다음과 같다. 아직 팔팔하고 쾌활한 50세의 미망인인 안나 드미트리예브나와 딸 아브도치야 바실리예브나, 독신인 예비역 중위로 의리가 두터운 말더듬이 아들 표트르 바실리예비치 이 세 사람밖에는 없었다.

안나 드미트리예브나는 남편이 죽기 20년 전부터 서로 따로 살았는데, 때로는 친척이 있는 페테르부르크에서 산 적도 있었는데 대부분은 우리 마을에서 얼마 떨어지지 않은 므이티시치라는 자신이 태어난 곳에 틀어박혀 있었다. 이웃 마을의 풍문에 의하면 그녀의 생활상은 저 로마 제국 클라우디우스의 비妃 메살리나도 그녀와 비교하면 천진한 어린아이같이 여겨질 정도로 지독하게 심했다고 한다. 그 결과 내 어머니는 집에서는 예피파노바의 이름을 입 밖에

내는 것을 삼가 달라고 모두에게 부탁했던 것이다. 그렇지만 나는 끝까지 야유하지 않고 일부러, 말하자면 그녀에 관한 모든 것에 대한 못된 욕설, 이웃에 사는 사람들이나 지주들의 심한 욕설의 10분의 1도 믿지 않았다.

내가 안나 드미트리예브나를 알게 되었을 때 그녀의 집에는 미추샤라는 언제나 머리에 반들반들하게 기름을 발라 넘기고 체르케스식 프록코트를 걸치고 있는 농노 출신의 사무원이 있었는데, 그는 그녀가 식사하는 동안 계속 그녀의 의자 뒤에 서 있었다. 그리고 그녀는 자주 이 남자 옆에서 프랑스 어로 이 사람의 아름다운 눈과 입을 보라고 손님들에게 말하기도 했으나 세상에 떠돌고 있는 소문 같은 것은 전혀 찾아볼 수 없었다.

사실 그녀는 약 10년 전에 근엄한 아들 표트르를 군무로부터 돌아오게 한 이래 그 생활 습관이 갑자기 일변해 버렸다. 그녀가 소유하고 있는 땅은 그리 크지 않고 농노도 전부 100명 정도밖에 되지 않았는데, 재미있고 우스운 일은 사치스럽게 살아온 시절의 경비가 쌓인 결과, 한 번 저당 잡히고 두 번 저당 잡히고 결국에는 모두 집어넣은 영지의 담보 기간이 10년 전에 끝나 버려 경매의 운명을 벗어날 수 없는 상태에 이르고 말았다. 이 급박한 상태에 처하게 되었을 때 그녀는 잘못된 재산 관리나 집달리의 내습이나 이와 비슷한 불유쾌한 일이 일어나는 것을 이자를 지불하지 않았기 때문이라기보다는 오히려 자신이 여자이기 때문에 일어난 것으로 생각하고, 군대에 가 있는 아들한테 편지를 보내 어머니를 구제하기 위해 꼭 돌아와 달라고 했다는 것이다.

그 당시 표트르 바실리예비치는 군무에 나날이 익숙해지고 얼마 가지 않아 훌륭한 자산을 만들 수 있을 것 같아 즐거워했었다. 그러나 이 편지를 받아 보고 자식으로서의 효도를 다하기 위해 어머니의 노후를 위로할 것을 제일의 급선무로 생각한 나머지—그는 그것을 성심성의껏 편지로 어머니께 말해 왔을 정도였다.— 모든 것을 던져 버리고 군무를 사임함과 동시에 곧 마을로 돌아왔다.

표토르 바실리예비치는 울퉁불퉁한 얼굴에 단정하지 못하며 게다가 말도 더듬고 있음에도 불구하고 매우 성실한 인간으로 비범한 실무적 재능을 갖고 있었다. 그래서 그는 적은 부채는 갚고 애원도 하고 어음도 끊는 등 일시적이나마 해결책을 내놓아 이럭저럭 영지 경매를 중지시켰다. 지주가 되자 표토르 바실리예비치는 장롱 속에서 죽은 아버지의 가죽 외투를 꺼내 입고 마차나 말을 사용하지 못하게 할 뿐만 아니라 므이티시치의 손님 출입을 금하는 한편, 황무지를 개간하여 경지를 확대하고 해마다 임목을 벌채하여 파는 등 점차 집안을 고쳐 세웠다. 표토르 바실리예비치는 부채를 전부 갚을 때까지 아버지의 낡은 가죽 외투와 자신이 즈크로 만든 옷 외에 일체 다른 것은 몸에 걸치지 않고, 농민의 여윈 말로 끄는 짐마차 외에는 어떤 것도 타지 않을 것을 맹세하고 그대로 실천했다.

그는 금욕적인 생활 방식을 온 가족에게 보급시키기 위하여 노력했다. 그러나 거기에는 그가 자신의 의무로 생각하고 있는 어머니에 대한 깊은 존경심이 허용하는 범위 내에서만 이루어졌다. 응접실에서 표트르는 말더듬이지만 정성껏 어머니를 섬기며 어머니가 바라는 것이라면 무엇이든 이루어 드렸고, 만일 하인이 어머니가 시키는 대로 이행하지 않을 때는 용서 없이 책망했다. 서재나 사무실에 있을 때는 자신이 명령하지도 않았는데 집오리를 요리하기 위해 죽였다든가, 어머니의 지시만 듣고 자기 의향을 묻지 않았다든가, 이웃 마을의 지주 댁에 안부를 전하기 위해 사람을 보냈다든가, 농민의 딸들을 채원菜園에 채소 캐러 보내지 않고 숲으로 딸기 따는 데 보내는 등에 대해 일일이 참견하면서 잔소리했다.

5년 정도가 지나 부채가 전부 변제辨濟되었으므로 표트르 바실리예비치는 즉시 모스크바로 향하여 그곳에서 새 옷으로 갈아입고 새 마차를 타고 돌아왔다. 그러나 이와 같이 가정이 충실하게 이루어졌음에도 불구하고 조금도 변하지 않고 금욕적인 경향을 버리지 않은 채 가족 및 타인에게 음울한 태도로 이것을 자랑이라도 하는 듯이,

"나를 진정으로 보고 싶은 사람은 내 서민적인 모습을 보고 기뻐할 것이다. 그리고 그러한 사람들은 내 시래기 국이나 죽을 즐겨 먹을 것이다."

하고 더듬으면서,

"나도 먹고 있으니."

그는 이렇게 덧붙였다. 어머니를 위해 스스로를 희생해 가며 영지를 도로 찾았다는 명예심에 잠겨, 누구도 이러한 흉내는 낼 수

없을 것이라는 타인에 대한 무시가 그의 말 한마디 행동 하나에 나타나고 있었다.

어머니와 딸은 전혀 성질이 달라 여러 가지 점에서 서로 정반대의 면을 보이고 있었다. 어머니는 매우 마음씨 좋은 부인의 한 사람으로, 여자들끼리의 모임에서는 한결같이 쾌활한 태도를 취하고 있었다. 유쾌하고 재미있는 일이라면 어떤 것을 막론하고 모두 마음 깊이 기뻐했다. 그뿐만 아니라 극히 선량한 노인들에게서만이 볼 수 있는 특질인 젊은 사람들이 흥겨워 즐기는 것을 보고 다른 사람도 즐기게 하는 최고 경지의 재능을 갖고 있었다.

그러나 딸인 아브도치야 바실리예브나는 정반대였다. 성실한 성질이라고 하기보다는 오히려 특별히 열정적이지도 않은 일종의 우둔한 성질로 별다른 근거도 없이 오만한 태도를 취하는 미혼의 미인들에게 흔히 있는 타입이었다. 그녀가 쾌활하게 보이려 할 때에 그 쾌활은 일부러 가져다 붙여 놓은 것같이 이상하게만 보였다. 이럴 때의 그녀의 웃음은 자기 자신을 냉소하는 것 같은, 상대를 비웃는 것 같은, 동시에 세상 전부를 비웃는 것 같은, 확실히 그녀가 의도하지 않았던 일종의 특별한 웃음이 되었다. 예를 들어 그녀가 "예, 나는 놀랄 정도로 기량이 좋아요. 그러므로 여러분이 나를 사랑해 주시는 것은 당연하지요." 등과 같은 말을 하면 나는 언제나 깜짝 놀라 어떤 마음으로 저런 말을 할 수 있을까 자문하곤 했다.

안나 드미트리예브나는 가만히 앉아 있는 성품이 아니어서 집을 손질한다든지 뜰을 가꾸는 일들이며, 화초나 카나리아나 예쁜 그

롯 등에 관심을 쏟고 있었다. 그녀의 방이나 뜰은 자그마하며 결코 사치스럽지는 않지만 모든 것이 깔끔하게 정돈되어 있고, 귀에 익은 왈츠 혹은 폴카가 주는 듯한 경쾌함이 공통점이었다. 따라서 손님들에게 칭찬의 뜻으로 자주 쓰이는 '장난감 같으니……' 라는 말은 안나 드미트리예브나의 뜰이나 방에 매우 잘 어울렸다. 또한 당사자인 안나 드미트리예브나도 꼭 장난감이라 해도 좋을 만큼 몸집이 야위고 싱싱하게 생기 나는 얼굴에 작고 귀엽게 생긴 손을 가진 부인으로, 언제나 쾌활하며 항상 용모와 몸에 어울리는 복장을 하고 있었다. 조금 지나치게 도드라져 오른 그녀의 두 손 위의 암자색 혈관이 약간 이 경쾌한 공통성을 깨뜨릴 뿐이었다.

그러나 아브도치야 바실리예브나는 정반대로 거의 어떤 일도 절대로 하려 하지 않고 여러 가지 도구나 화초 등의 세속적인 것을 싫어할 뿐 아니라 옷차림도 제대로 하고 있지 않다가 언제나 손님이 오고 나서야 당황해 부랴부랴 옷을 갈아입었다.

그렇지만 옷을 갈아입은 다음 객실로 돌아온 그녀는 뛰어나게 아름다운 얼굴을 가진 이들이 공통적으로 보이는 차고 단조로운 눈시울과 표정이라는 결점에도 불구하고, 눈이 부실 정도로 아름답고 엄할 정도로 단정한 얼굴과 날씬한 모습이 항상 이렇게 속삭이는 것 같았다.

'자, 나를 마음대로 보셔도 상관하지 않아요.'

하지만 이렇게 어머니의 성질은 생생하게 살아 있고 그 딸은 태도가 흐릿하니 열의 없는 느낌임에도, 이 두 사람을 비교해 보고 있노라면 무언가 우리에게 전하는 바가 있었다. 어머니 쪽이 이전에도 지금도 예쁘고 명랑하고 상쾌한 기운이지만 무엇 하나 사랑한 적이 없는 여자였음에 반하여, 아브도치야 바실리예브나 쪽은 일단 사랑하면 떨어질 줄을 모르며 사랑하는 사람을 위해 전 생애라도 희생함을 서슴지 않을 듯한 기상의 여자라는 사실이다.

아버지의 결혼

아버지께서 예피파노프 가의 딸 아브도치야 바실리예브나와 재혼한 것은 그가 마흔여덟 살 때였다.

그해 봄, 딸애들만 데리고 혼자 마을로 돌아온 아버지는 내가 생각하기에 일반적으로 도박에서 대승한 도박사들에게서 나타나는 일종의 불안한 행복과 그리고 사랑을 그리워하는 마음인 것 같았다. 당신에게는 아직 숨어 있는 행복이 넘칠 정도로 남아 있었다. 만일 이를 도박 쪽으로 돌리지 않으면 사회 생활에 있어서의 성공의 획득에 전용된다고 느끼는 것 같았다. 바야흐로 봄이 되어, 많은 돈을 호주머니에 넣고서도 혼자서 밤을 지내야 하는 적적함에 괴로워하는 아버지였다.

아버지는 야코프를 상대로 집안일에 대해 이야기하면서 갑자기 예피파노프 일가와의 언제 끝날지도 모르는 소송 사건에 대해 말하는 동안, 오랫동안 보지 못한 미인 아브도치야 바실리예브나를 떠올렸다. 내가 추측하건대 아버지는 야코프에게 이런 말을 했을 것으로 생각된다.

"이봐 야코프, 언제나 이렇게 소송 사건으로 시끄럽게 하고 있기보다는 오히려 깨끗이 그런 더러운 땅 같은 건 상대편에게 아주 넘겨주려 하는데 어떤가? 자네는 어떻게 생각하는가?"

이 질문을 받았을 때 야코프의 손가락은 그의 등 뒤에서 얼마나 떨고 있었을지 과히 짐작할 만한 일이다. 야코프는 아버지를 향해,

"그렇지만 무어라 해도 이쪽 편의 소송은 정당한 것이니까요, 주인님!"

이렇게 대답했음에 틀림없다.

그러나 아버지는 야코프의 말에 개의치 않고 이내 마차를 준비하도록 지시하면서, 당시에 유행하던 올리브색 가죽 외투를 입고 얼마 되지도 않는 머리를 만지며 손수건에 향수를 뿌리고 매우 기분 좋게 이웃 마을로 출발했다. 나는 대담하고 늠름하게 행동한다는 확신과 그리고 한 가지(이것은 주요한 직접적인 원인이었으나) 아름다운 여자를 만나게 된다는 것을 기대하는 마음, 이 두 가지가 그를 이와 같이 들뜬 기분으로 이끈 것이라 생각했다.

이 첫 번째 방문 때는 표트르 바실리예비치가 밭을 돌아보러 출타 중이었으므로 아버지께서는 그를 한참 동안 만날 수 없었던 걸로 알고 있다. 모녀를 상대로 두 시간이나 보냈는데, 내 추측으론 아버지는 부드럽게 무두질한 구두로 제자리걸음을 하며 모녀의 이야기를 열심히 듣고 속삭이는 듯한 음성으로 이야기를 하며, 호감이

가는 눈짓을 해 가면서 뒷짐지고 그녀들을 유혹했음에 틀림없다. 나는 또 명랑하고 상쾌한 노부인이 갑자기 정다워지고, 찬 느낌이 드는 아름다운 딸이 기분 좋아하는 등의 여러 모습을 상상할 수 있다.

하녀가 숨을 헐떡거리며 밭으로 달려가 표트르 바실리예비치를 향해 이르테니예프 가의 주인님이 손수 찾아왔다고 보고하자 그는 울화가 치미는 듯한 어조로,

"흥, 찾아왔는데 어떻다는 말이냐?"

이렇게 대답했으리라 상상된다. 그리고 그 결과 그는 될 수 있는 대로 천천히 집으로 돌아와서 다시 서재로 들어간 다음 일부러 제일 더러운 옷으로 갈아입고, 요리사에게 사람을 보내어 누가 시켜도 식사의 가짓수를 하나라도 늘려서는 안 된다고 엄명했을 것이다.

그 후 아버지와 예피파노프의 만남을 몇 번이나 보았으므로 이 최초의 만남도 또렷이 상상할 수 있다. 내 상상으로는 화의和議해 소송을 일단 끝맺자고 아버지가 제의했음에도 불구하고, 표트르 바실리예비치는 인상을 쓰면서 나는 어머니를 위해 영달을 희생했으나 자네는 조금도 그런 일을 하지 않았다고 속으로 노하고 있었음이 틀림없다. 그리고 어떻게 하더라도 그를 움직이기에는 불가능했음이 틀림없다. 하지만 아버지는 상대방의 음침한 태도에는 일체 모르는 체하는 얼굴로 기분 좋게 농담하는 식으로 말을 계속 걸며 상대를 마치 소탈하고 친근한 사람처럼 대하면, 표트르 바실

리예비치는 이따금 불끈 화를 내면서도 자신도 모르게 아버지에게 말려들지 않을 수가 없었을 것이다. 아버지는 진심이건 아니건 농담 비슷하게 표트르 바실리예비치를 중좌님, 중좌님 하고 부르고 있었다. 언젠가 표트르 바실리예비치는 내 면전에도 불구하고 화가 난 얼굴을 붉히고 평소보다도 더 심하게 말을 더듬으면서 '나, 나, 나는 중, 중좌가 아닙니다. 중, 중위오.'라고 되풀이한 적이 있다. 하지만 아버지는 5분도 채 지나지 않아 그를 또 중좌님이라고 부르기 시작했다.

류보치카가 종종 나한테 말한 것인데 우리가 시골로 돌아오기 전에 그녀는 매일 예피파노프 가 사람들과 만나고 있었고 그때는 사실 유쾌했다고 한다. 아버지는 무엇이나 사물을 기발하고 익살스럽게, 더구나 동시에 단순하고 우미優美하게 갖출 수 있는 수완을 갖고 있으며, 어떤 때는 수렵이나 낚시 또는 화포 등으로 취미를 바꿔 가며 갖가지 계획을 짰다. 그리고 그럴 때는 언제나 예피파노프 가 사람들이 초대되었다. 만일 표트르 바실리예비치가 와서 더듬는 말투로 화를 내 모든 것을 엉망진창으로 만들지만 않았다면 더욱더 유쾌했을 것이지만 말이다.

우리가 마을로 돌아와서는 예피파노프 가 사람들을 두 번 보았고, 우리도 한 번 다 함께 상대편으로 방문 갔을 뿐이다. 성 베드로 제祭에 아버지의 명명命名 축하를 겸하여 많은 손님들과 같이 그들도 왔다. 하지만 그 이후로는 웬일인지 예피파노프 일가와 우리 사이의 교제가 갑자기 중단되어 버리고 다만 아버지 혼자만이 변함없이 드나들었다.

내가 아버지와 두네치카—어머니는 그녀를 언제나 이렇게 불렀다.—가 같이 있는 것을 본 것은 극히 짧은 시간이었지만, 그래도 나는 그 얼마 되지 않는 시간에 다음과 같은 여러 점을 보고 깨달았다. 우리가 돌아온 그날, 아버지는 내게는 놀라울 뿐인 그 행복스러운 기분에 그 후로도 계속 잠겨 있었다. 사실 아버지는 젊고 쾌활했으며 생명감에 차고 행복에 빛나는 사람이었다. 그 행복의 후광이 마침내 주위 일동에게 퍼져 모두를 같은 기분으로 동화시킬 정도였다.

아브도치야 바실리예브나가 방에 있을 때는 한 발자국도 그녀의 곁을 떠나지 않고 말없이 그녀를 찬찬히 쳐다보며 옆에서 듣고 있는 사람들이 쑥스러울 정도로 달콤한 말로 알랑거리고는, 정열적인 우쭐한 기분으로 한쪽 어깨를 으쓱하고 으스대며 헛기침을 했다. 또 때에 따라서는 얼굴에 웃음을 띠면서 그녀와 소곤소곤 이야기할 때도 있었다. 그러나 이러한 모든 것은 '그저 잠깐' 반 농담 섞인 표정으로 행해졌다. 그것은 어떤 경우에도 아버지의 체면을 손상시키지는 않았다.

아브도치야 바실리예브나도 아버지로부터 행복의 표현을 전해 받은 것같이 보였는데, 거의 언제나 큰 눈에 그러한 표정을 잘 알고 있는 나로서도 보기 민망스러우며 마음이 아플 정도로 그녀는 타인의 시선이나 동작을 하나하나 다 두려워하는 것 같았다. 그녀에게는 모든 사람이 자기 자신만 보는 것 같은 느낌에, 자신을 무례하게 생각할지 모른다는 염려에 사로잡힌 것 같았다. 그녀는 무서워하는 것 같은 표정으로 모든 사람의 얼굴을 돌아보면서도, 그칠 새 없이 얼굴에 홍조가 오르락내리락 했다.

그녀는 용기를 내어 큰 소리로 무엇인가 말했으나 그것은 대개 엉뚱한 것이었다. 그녀 자신도 그것을 알고 있으며 아버지를 비롯해 모두가 듣고 있는 것을 의식하고는 얼굴이 더욱 붉어지는 것이 보통이었다. 하지만 이럴 때 아버지는 그녀가 입 밖에 내는 바보같은 말을 눈치 채지 못했다. 아버지는 여전히 헛기침을 하면서 기분 좋게 기쁜 표정을 보이며 열정적인 눈으로 그녀를 똑바로 바라보았다.

내가 보건대 이러한 부끄러움의 표현은 이렇다 할 뚜렷한 이유는 없었다. 다만 아버지가 아브도치야 바실리예브나를 갑자기 방문하거나 때때로 아버지가 있는 앞에서 누군가로부터 아름다운 젊은 부인과의 소문이 들려오든지 하면 곧 나타났다. 그런 일이 생기면 갑자기 엉뚱하게 떼어다 붙인 것 같은 감사의 뜻을 표한다거나 아버지가 즐기는 이야기나 문구를 되풀이하면서 이야기하고 있던 화제의 그 다음을 다른 사람들과 계속 이어갔다. 이러한 모든 것들은 만약 내가 더 성인이 되어 있었더라면 아버지와 아브도치야와의 관계를 그 자리에서 당장 분명하게 처리했을 것이 틀림없었다. 그러나 젊은 나는 그 당시 무엇 하나 의심해 보려고도 하지 않았다. 그뿐 아니라 아버지는 내가 있는 자리에서 표트르 바실리예비치가 보낸 편지를 읽고 기분이 몹시 상해, 그 순간부터 8월 하순까지 예피파노프 가에 일체 가지 않았기 때문에 더욱이 나는 조금도 이상하게 생각하지 않았던 것이다.

　하지만 8월 하순부터 아버지는 또 이웃 마을을 드나들었고, 나와 볼로쟈가 모스크바로 출발하기 전날 아브도치야와 결혼할 것을 숨김없이 이야기했다.

받아들인 전조前條의 사정

    이 공식 발표가 있기 전날, 온 집안 식구들은 이 사정을 알고 여러 가지로 평했다. 미미는 종일 자기 방에서 나오지도 않고 울고만 있었다. 카텐카는 곁에 붙어 앉아 그저 저녁 식사 때에 어머니로부터 물려받은 어떤 물건을 모욕당한 사람 같은 표정으로 냉담히 바라볼 뿐이었다. 류보치카는 이와 정반대로 매우 들뜬 기분이 되어 모두를 향해 자기는 굉장한 비밀을 알고 있지만 누구에게도 말하지 않을 것이라고 했다.

    "네 비밀에 뭐 굉장한 것이 있을 리 없어."

하고 그녀의 만족감에 동감하지 않음을 볼로쟈가 말했다.

    "만일 네가 판단력이 있다면 당연히 이번 일이 가장 나쁘다는 것을 깨닫게 될 거야."

    류보치카는 깜짝 놀라 뚫어지게 형을 쳐다보았다.

    식사 후 볼로쟈는 내 손을 잡으려 했다. 그렇지만 그것이 달콤한 애정의 발현으로 해석되지나 않을까 생각하고 망설이고 있었음인지, 그저 겨우 무릎 근처까지 닿았을 뿐 넓은 방 쪽을 턱으로 가리키고 저쪽으로 가려는 태도를 보였다.

"류보치카의 비밀이라는 것이 무엇인지 알고 있어?"

우리 둘만 있는 기회를 타서 형은 이렇게 말했다.

우리 두 형제가 이마를 맞대고 진담을 나누는 일은 퍽 드물었으므로, 그런 일이 있을 적에는 어쩐지 둘 다 우울한 마음이 되어 눈앞에 난쟁이가 춤추는 것 같은 느낌이었다. 하지만 이때 형은 내 눈에 나타난 난처한 표정을 살피고는 매우 신중하게 내 얼굴을 바라보았다.

'아무것도 기분 나빠할 것 없어. 뭐라 해도 우리는 형제간이야. 중대한 가정사에 대해서는 서로 의논해야 되는 거야.'

이렇게 타이르는 듯한 표정이었다. 나는 형의 마음을 알아차렸으며 형은 다시 말을 이어,

"아빠는 예피파노프 가의 아브도치야와 결혼하시는 거야. 알고 있어?"

이미 그 이야기를 듣고 있었으므로 나는 알고 있다는 뜻으로 고개를 끄덕였다.

"그러니 이봐, 썩 좋다고는 할 수 없잖아."

하고 볼로쟈는 계속했다.

"왜요, 어째서요?"

"어째서라니, 그게 무슨 말이야?"

하고 형은 화가 치미는 듯 대답했다.

"그렇잖아, 그런 말더듬이 중좌를 아저씨로 받들든지, 아니면 그런 집 사람들을 친척으로 삼는 따위는 고맙지 않은 행복이니까. 우리가 관여할 바는 아니지만 류보치카는 이제 스스로가 자진하여 사교계에 나가지 않으면 안 될 때가 되었어. 그런 계모가 오면 과히 기쁜 일은 아니라고 생각해. 그 여자는 프랑스 어마저도 제대로 하지 못하기 때문에 어떤 행실과 예절을 가르쳐 줄는지 알게 뭐야. 생선 장수(푸아스사르드카poissarde-프랑스 어 '생선 장수'를 러시아 어로 차용해 쓰면, '속되고 천박한 여자'라는 의미의 속어가 된다. : 역주) 그 외에는 아무것도 아니야. 비록 성질은 선량하다고 해도 아무튼 천한 것은 확실해."

볼로쟈는 이렇게 결론지었다.

이렇게 볼로쟈가 침착한 태도로 아버지가 선택한 인물을 평하는 것이 사실은 이상하게도 들렸으나, 형이 말하고 있는 것을 듣는 나로서는 매우 지당하게 생각되었다.

"도대체 아버지는 무엇 때문에 결혼하는 거요?"
하고 나는 물었다.

"여기는 숨통이 막힐 정도의 사정이 있는데, 하느님이 아니고는 그 진상을 알 도리가 없으나 아무튼 어느 정도는 나도 알고 있어. 그 표트르 바실리예비치가 억지로 설득해 아버지로 하여금 결혼을 승낙하게 했던 거야. 아버지는 처음에 결혼할 생각이 없었는데, 그 후 점차 마음이 들떠 결국 밤 상대까지 해준 것 같아. 어쨌든 사정이 있는 거야. 나는 이제야 비로소 아버님의 마음을 알게 되었어."
하고 볼로쟈는 말을 계속했다. 그가 아버지라고 부르지 않고서 아
버님이라고 한 것이 문득 내 마음을 찔렀다.

"아버님은 훌륭한 사람으로 성품도 좋고 머리도 좋았으나, 그같
이 사려 없이 경솔했으니, 그야말로 놀라지 않을 수 없어! 아버지
는 어떤 여성이라도 담담한 마음으로 보지 못해. 너도 알고 있겠지
만 대개 아버지가 알고 있는 여자들 중 아버지에게 반하지 않은 여
자는 하나도 없었으니까. 저, 알고 있지? 미미도 역시 그랬고."

"형님, 그게 무슨 말이에요!"

"그럼 말해 줄까, 나도 요즘 비로소 알게 되었는데 미미가 젊었
을 때 아버지는 그녀를 사랑하면서 시를 써 주곤 했던 것 같아. 그
런 까닭에 미미는 지금도 고민 속에 있는 거야."

이렇게 말하고 볼로쟈는 웃음을 터뜨렸다.

"그런 턱없는 일이 있을 수 있나요?"
하고 매우 놀라면서 나는 말했다.

그러나 볼로쟈는 갑자기 프랑스 어를 쓰기 시작하면서 또다시
신중한 태도로 계속 얘기했다.

"아버지가 그런 여자와 결혼하면 친척 모두가 딱 질색하게 될 거
야. 그 여자에게는 틀림없이 아이가 생길 수 있으니까."

나는 볼로쟈의 상식과 예측에 압도되어 무어라고 답해야 좋을지
몰랐다.

이때 류보치카가 우리한테 왔다.

"저, 오빠는 알고 계신가요?"

하고 그녀는 기쁜 얼굴로 물었다.

"그래."

하고 볼로쟈는 대답했다.

"그러나 류보치카, 나는 너무나 놀랐어. 그렇잖아, 너도 이제는 기저귀를 찬 갓난애가 아니니까. 그런데도 아버지가 보잘것없는 천한 여자와 결혼한다고 하는 게 뭐 그렇게 기뻐?"

류보치카는 갑자기 안색을 고치고 생각에 잠겼다.

"오빠! 어째서 천한 여자예요? 오빠, 아브도치야 씨에 대해 그렇게 심하게 말할 수 있나요? 아버지가 그 사람과 결혼하시는 것도 물론 천한 여자가 아니기 때문이잖아요."

"그래, 천한 여자는 아니야. 표현이 그저 그렇게 되었을 뿐이야. 하지만 그렇다고 해도……."

"하지만 그렇다고 해도라는 그런 말은 하지 않는 게 좋아요."

류보치카는 재빨리 가로막았다.

"나는 오빠가 사랑하고 있는 그 아가씨에 대해 천한 여자라는 말을 단 한 번도 한 일이 없어요. 그런데 감히 오빠는 아버지의 일이나 그런 훌륭한 사람을 그렇게 심하게 헐뜯을 수 있어요? 아무리 오빠지만 그런 발언은 용서하지 못해요! 그런 말은 입 밖에 내지도 마세요!"

"어째서 비평해서는 안 되는 거냐?"

"물론이죠, 비평 같은 건 해서는 안 돼요."

하고 류보치카는 또 가로막았다.

"우리는 아버지 일에 대해 이러니저러니 하는 것이 아니에요. 만일 미미라면 몰라도, 오빠께서는 절대로 안 돼요."

"그렇지도 않아, 너는 아직 아무것도 모르고 있어."

하고 볼로쟈는 경멸한다는 듯 말했다.

"자, 생각을 좀 해 봐. 도대체 이것이 좋은 일이냐? 예피파노프 가의 아브도치야 같은 여자가 돌아가신 엄마의 대신으로 될 수 있단 말이냐?"

류보치카는 한참 입을 다물고 있다가 이윽고 두 눈에서 눈물이 쏟아지기 시작했다.

"오빠의 거만한 마음을 알고는 있었지만, 그래도 그렇게 고집 부릴 줄은 몰랐어요."

그녀는 이렇게 말하고는 가 버렸다.

"쓸데없는 말만 주고 받았어. 조금도 꺼려할 것 없어."

하고 말하고선 얼굴 표정을 바로 하고 눈을 흘끔거리며 볼로쟈는 말했다.

"그런 것들을 의논한 게 내 실수야."

마치 전후를 망각하고 류보치카와 의논한 것이 스스로의 존엄성을 떨어뜨렸다고 생각하여 자신을 힐책하는 것 같은 어조로 그는 덧붙였다.

다음날은 날씨가 좋지 못하여 내가 거실에 들어갔을 때에는 아버지도 부인들도 아직 차를 마시러 나타나지 않았다.

어젯밤 차가운 가을비가 내렸다. 밤새 내려 덮인 비구름이 아직도 하늘에 짙게 흐르고 있어, 그 사이로 이제 제법 높이 떴을 태양이 하나의 꽃송이같이 희미하게 비쳐 보였다. 북풍이 불어 매우 쌀쌀했다. 뜰 쪽의 문이 열려져 있고 노대 위 구석구석에 남아 있는 빗물이 조금씩 마르고 있었다. 열려 있는 문은 바람에 흔들려 삐걱삐걱 소리가 나며 뜰 안의 샛길은 흙탕이 되어 있었다. 흰 가지를 드러낸 자작나무의 고목도 다른 잡목도 풀도 자초도 나무딸기도 모두 한곳에서 몸부림치며 뿌리에서 갈라져 날아가려는 듯이 보였다.

가로수 쪽에서 보리수의 황색 둥근 낙엽이 서로 뒤쫓아 떠밀려 굴러 날아와서는, 젖어 있는 길 위나 함빡 젖은 채 쌓인 낙엽 위로 깔려 물투성이가 되었다. 내 마음은 임박한 아버지의 결혼에 대한 온갖 생각으로 가득 차 있었다. 그리고 이것은 볼로쟈가 본 것 같은 특수한 각도에서 본 사고 방식이었다. 나는 미래가 누나와 우리 두 형제는 물론 당사자인 아버지에게 어떤 좋은 것도 제시하지 못할 것이라고 생각했다. 그 무엇보다도 당황스러운 것은 아무 관계도 없는 낯선 사람, 그 젊은 여자가 그런 권리를 조금도 갖고 있지 않은 주제에 갑자기 여러 면에서 긴요한 지위를 차지한다는 것이었다.

누구의 지위를 차지하는 것일까? 한 평범한 젊은 아가씨가 돌아가신 어머니의 지위를 차지하는 것이다. 이렇게 생각하니 나는 분개하지 않을 수 없었으며 어쩐지 슬퍼졌다. 그래서 더욱더 아버지가 나쁘게 생각되었다. 마침 이때 옆방—상을 차리는 방—에서 아버지와 볼로쟈가 이야기하는 소리가 들려왔다. 그때는 아버지를 만나고 싶지 않았으므로 방에서 나왔다. 그렇지만 류보치카가 나와서 아버지께서 부르신다고 말했다.

아버지는 객실에 선 채 한쪽 손을 피아노에 괴고 초조한 듯, 그러나 동시에 위엄 있는 태도로 내가 있는 쪽을 바라보았다. 아버지의 얼굴에는 이제 평소에 내가 생각하고 있는 젊음과 행복의 표정은 없어졌다. 왠지 슬퍼 보였다. 볼로쟈는 손에 파이프를 들고 실내를 서성거리고 있었다. 나는 아버지 곁으로 가서 인사했다.

"저, 니콜렌카."

아버지가 무엇을 결심한 듯한 태도로 고개를 들고 특별하게 빠른 어조로 말했다. 확실히 불유쾌한 일이기는 하지만 지금 와서 이러쿵저러쿵 할 수는 없다, 이렇게 설명하는 것 같은 태도였다.

"너희도 물론 알고 있으리라 생각하지만 나는 예피파노프 가의 아브도치야와 결혼하려고 한다."

아버지는 잠깐 입을 다물었다.

"나는 너희 엄마가 죽은 후 한 번도 다시 결혼하려는 마음 같은 건 갖지 않았었는데, 그러나……."

아버지는 다시 숨을 들이키고,

"그랬는데…, 아무래도 전생으로부터의 약속 같아. 아브도치야는 친절하고 얌전한 처녀이며 거기에 이제 겨우 한창 때도 조금 지났을 정도이고, 너희들도 잘 따르게 될 것이라고 나는 은근히 기대하고 있다. 그 여자 편에서는 진심으로 너희들을 귀엽다고 생각하고 있어. 어쨌든지 선량한 여자니까. 그런데 너희들이……."

나와 볼로쟈 쪽으로 번갈아 얼굴을 돌리며, 마치 우리에게 거기에 대해 더 이상 말하지 못하게 하려는 듯 아버지는 급하게 이렇게 말했다.

"너희는 이제 출발하지 않으면 안 된다. 나도 새해까지만 이곳에 있다가 모스크바로 출발할 테야."

아버지는 또 말을 이었다.

"그때는 아내와 류보치카를 같이 데리고 말이야."

마치 우리에게 미안한 일이라도 저질러 놓은 것같이 두려워하는 아버지를 뵙기가 불쌍해졌으므로 나는 더 가깝게 아버지 곁으로 다가갔다. 하지만 볼로쟈는 여전히 담배를 피우면서 실내를 서성거리고 있었다.

"얘들아, 너희의 노부老父가 생각해 낸 게 이런 일이다."

아버지는 얼굴을 붉히고 잔기침을 하면서 나와 볼로쟈에게 손을 내밀면서 이렇게 말끝을 맺었다. 이때 아버지의 눈에는 눈물이 괴어 있었으며 내민 손이 약간 떨리고 있다는 것을 알았다. 아버지의 떨리는 손을 바라보자 순간 가슴이 아팠다. 동시에 아버지께서 1812년에 있은 그 나폴레옹과의 대전에 참가하여 용감무쌍한 사관으로서 혁혁한 공을 세웠다는 불가사의한 생각이 나를 사로잡아 더욱 강하게 감동시켰다. 나는 아버지의 투박한 큰 손을 잡은 채 거기에 키스했다. 아버지는 내 손을 꼭 잡고 갑자기 흐느껴 울면서 왼쪽 손으로 류보치카의 흑발 머리를 어루만지고는 얼굴에 키스하기 시작했다. 볼로쟈는 파이프를 쥔 손을 늘어뜨린 채 고개를 숙여 주먹으로 눈물을 닦고, 남들이 눈치 채지 않게 하고는 슬쩍 방에서 나가 버렸다.

대 학

아버지의 결혼식은 2주일 후로 결정되었다. 하지만 대학 강의가 하나둘씩 시작되고 있었으므로 나와 볼로쟈는 9월 초에 모스크바로 떠났다. 드미트리의 가족도 시골에서 돌아왔다. 드미트리는— 헤어질 때 서로 편지를 보내기로 약속했으나 한 통도 쓰지 못했다. — 곧바로 우리에게 왔다. 그리고 다음날 대학 강의의 첫 청강에 나를 데리고 갈 것을 약속했다.

맑게 개인 날씨였다.

강당에 들어서자마자 유리창으로 쨍쨍 쬐는 눈부신 햇볕을 받으면서 창가며 복도에 가득 들어선 즐거운 듯 젊은 군중의 파도 속으로 나의 개성이 사라져 가는 것을 느꼈다. 자신이 이 위대한 사회의 일원이라고 의식되는 마음이 너무 유쾌해서 견딜 수 없었다. 하지만 이 많은 사람 가운데서 내가 알고 있는 사람은 얼마 안 되었으며, 더욱이 그들 지기知己까지도 그저 가볍게 고개를 끄덕하고,

"잘 있었어, 니콜렌카 이르테니예프 군!"
이라고 인사하는 데 지나지 않았다. 그렇지만 내 주위 사방에서는
모두가 악수하며 껴안고, 미소를 띠고 재담을 주고받고 했다. 나는
도처에 젊은 한 무리의 사람들을 한 덩어리로 합치는 연쇄의 분위
기에서 묘하게 나만이 제외되는 것 같아 마음 한구석이 괴롭게 느
껴졌다. 그러나 이 느낌은 처음 한순간에 지나지 않았다. 이 첫인
상으로부터 생겨난 분함으로 인하여 나는 결국 반대의 결론에 이
르렀다.

다름 아니라 나 자신이 이 무리에 속하고 있지 않은 것이 오히려
잘 되었으며, 별도로 확고부동한 사람들의 서클을 확실히 조직하
지 않으면 안 되겠다는 것이 그 결론이었다. 나는 이렇게 생각하면
서 B백작이나 Z남작, R공작이나 이빈 등 그 밖에 이러한 등급의
사람들이 있는 세 번째 벤치에 앉았다. 이러한 사람들 가운데 B백
작과 이빈은 전부터 나와 지면 있는 사이였다. 그러나 이들도 나를
이상한 눈초리로 보았으므로 나 자신은 이 그룹에도 완전히 속해
있지 않다고 느꼈다.

나는 주위의 분위기를 살피기 시작했다. 세묘노프는 내가 있는
곳에서 그리 멀지 않은 곳에 자리 잡고 있었는데, 예의 그 희끗희
끗 센머리와 흰 이를 보이면서 프록코트의 단추를 모두 푼 채 손으
로 턱을 괴고 펜을 물어뜯고 있었다. 수석으로 입학 시험에 패스한
중학생은 여전히 검은 머플러를 두른 모습으로 맨 앞의 벤치에 앉
아 비단 조끼에 늘어뜨린 은시계의 갈고랑이를 만지작거리고 있었

다. 겨우 입학된 이코닌은 발등까지 내려오는 긴 물색 바지를 입고 위쪽 벤치에 자리 잡고 껄껄 웃으면서, 나는 지금 파르나소스 산 위에 있다고 떠벌리고 있었다.

일렌카는 여기 오면 모두 같다는 것을 깨닫게 하려는 마음에서 인지 냉담하다기보다 오히려 경멸적인 말을 해 나를 깜짝 놀라게 했다. 그는 내 앞 벤치에 걸터앉아 있었으나 어쩐지 매우 호방한 모습으로 그 여윈 두 다리를 벤치에 얹고—내게 빈정대는 것같이 생각되었다.—다른 대학생들과 이야기를 하면서 이따금 내 쪽을 힐끔힐끔 돌아보았다. 내 옆에서는 이빈의 친구가 프랑스 어로 떠벌리고 있었다. 이러한 사람들은 매우 어리석게 보였다. 귀에 들리는 한마디 한마디가 무의미하게 생각될 뿐만 아니라, 프랑스 어로는 틀린 것같이 여겨졌다. 아니 프랑스 어가 아닌 것으로 여겨졌다. '스 네 파 프랑세'(이것은 프랑스 어가 아니다.)라고 나는 혼자 마음속으로 뇌까렸다. 또 세묘노프나 일렌카나 그 밖에 여러 사람의 말이나 동작도 신사답지 않고 품위가 없고 콤 일 포가 아닌 것같이 생각되었다.

나는 어느 그룹에도 속하고 있지 않았다. 내가 매우 고독한, 남과 어울릴 능력이 없는 존재로 느껴지자 슬며시 화가 치밀었다. 앞 벤치에 자리 잡고 있던 한 학생은 열심히 손톱을 씹고 있어 그 손톱 끝이 모두 빨갛게 손거스러미가 일었다. 그것이 견딜 수 없이 싫어서 결국 나는 조금 떨어진 곳으로 자리를 옮겼다. 지금도 확실히 기억하고 있으나 이 첫 등교 날, 내 마음은 종일 우울했다.

교수가 들어와 모두들 한바탕 떠들썩하던 것이 조용해지기 시작하자 나는 이러한 냉소적인 태도를 교수한테까지 보였다. 교수가 아무 뜻도 없는 무의미한 서언序言을 하고 강의를 시작한 데 나는 실망하고 말았다. 강의라는 것은 처음부터 끝까지 일언반구도 빠짐없이 완전한 예지로 일관되리라고 생각했기 때문이었다. 여기에 환멸을 느꼈으므로 집에서 갖고 온 미려하게 제본된 노트의 '제 일 강' 이라 쓴 표제 밑에 꽃같이 둥글게 나란히 선 사람의 옆얼굴을 열여덟 개나 휘갈겨 그렸다. 그리고 그 후 이따금 교수에게 필기하고 있음을 보여 주기 위해—교수는 계속 나를 주시하고 있음이 틀림없다고 생각되었으므로— 종이 위에 손을 움직이는 정도로 그쳤다. 나는 이 첫 강의에서 모든 교수가 말하는 것을 전부 필기한다는 것은 불필요할 뿐만 아니라 오히려 어리석은 일이라고 단정했다. 그리고 이 원칙을 끝까지 지켜 왔던 것이다.

다음 강의부터는 그렇게 심한 고독을 느끼지 않았다. 나는 여러 사람들과 가까워져서 악수도 하고 이야기도 서로 나누었다.

하지만 나와 그들과의 사이는 웬일인지 여전히 거리를 유지할 뿐 진정으로 가까워지지 않았다. 따라서 나는 이때까지보다도 더욱 자주 마음속에 적적함을 품으면서 겉으로는 그렇지 않은 것처럼 가장하지 않으면 안 되었다. 이빈, 그 밖의 귀족 동아리—모두가 그들을 그렇게 불렀다. —들 하고도 도저히 친해질 수 없었다. 그 이유를 지금 생각해 보면, 내가 그들에게 난폭하고 또한 무례하게 대해서 그쪽에서 먼저 머리를 숙이지 않으면 내가 그들에게 다가가지 않는다는 데 있었으며, 그들 편에서도 이러한 것을 알아차리고 나와의 교류를 그다지 필요하게 느끼지 않았던 것 같았다.

그러나 대다수의 많은 사람들과 친하지 못했던 것은 전혀 다른 원인 때문이었다. 나는 언제나 누구라도 이쪽에서 먼저 호감을 갖는 것을 스스로 느끼면 곧 이반 이바느이치 공작이 있는 데서 식사한다든지, 자가용 마차를 갖고 있다는 등 서슴지 않고 그 사람에게 얘기한다. 내가 그러한 모든 것을 말하는 이유는 나를 더욱 유리한 입장에서 소개하고 한층 더 좋아하게 하려는 속마음에 지나지 않았는데, 결과는 거의 언제나 반대로 그런 이야기를 한 것이 너무 빨랐는지 불가사의하게도 상대는 갑자기 거만하고 냉담한 태도를 취하기 시작하는 것이 보통이었다.

우리 가운데는 오페로프라고 하는 관비생官費生이 있었다. 얌전하고 뛰어난 재주가 있는 노력가였으나, 악수하려고 손을 내밀 때마다 손가락을 구부리지도 않는가 하면 움직이지도 않고 마치 널빤지 모양을 하고 있는 데서, 짓궂은 급우들이 이따금 흉내를 내며 그것을 '널빤지식 악수'라 부르고 있었다. 나는 거의 언제나 이 사내와 같은 자리에 앉아 자주 서로 이야기를 주고 받았다. 오페로프는 교수들에 관한 견해를 솔직히 말하므로 그 점이 특히 내 마음에 들었다. 그는 각 교수들의 교수 태도에 대한 장점과 단점을 매우 분명하게, 또한 적절히 정의를 내렸을 뿐만 아니라 때에 따라서는 교수들에 대하여 농담을 시도하는 일도 있어, 자그마한 입으로 말하는 그의 낮은 음성의 말이 내게 일종의 이색적인 충격을 주었다.

하지만 낮은 음성의 그는 예외 없이 모든 강의를 정밀한 솜씨로 성심껏 필기했다. 우리는 꽤 빨리 친밀한 사이가 되어 학과 준비를 둘이서 같이 하게 됐다. 그리고 내가 언제나 그의 곁에 가 앉으면 그 작은 회색 근시의 눈이 만족한 표정으로 이쪽을 향하는 정도가 되었다. 하지만 언젠가 나는 말끝에 어머니는 임종 때 아버지께 아이들을 관립 학교에 넣지 말아 달라고 부탁했다는 것을 얘기했다. 그리고 나로서는 관립학생 따위가 학문을 할 수 있을는지 모르겠지만 하고 덧붙여 '이 사람들은 예의 바르지 않다.' 라고 설명해 둘 필요를 느꼈다. 나는 이것을 더듬더듬 말하고는 웬일인지 얼굴이 붉어짐을 느꼈다. 오페로프는 이에 대해 아무 말도 하지 않았으나, 그 다음 강의부터는 인사도 하지 않을 뿐만 아니라 예의 그 널빤지를 내미는 것마저 꺼리고 또 말도 하지 않았다. 그리고 내가 자리에 앉아도 그저 약간 고개만 갸웃하고 열심히 노트를 뒤져 보는 체하고 있었다. 나는 이런 이유 없는 오페로프의 냉담에 놀랐다. 하지만 이른바 '양가良家의 청년' 으로서 한갓 관비생 오페로프의 비위를 맞춘다는 것은 경박한 일이라고 생각되었으므로 그대로 내버려 두었다. 그렇지만 솔직히 얘기하면 그의 냉담함에 적적하고 우울했다.

언젠가 나는 그보다 먼저 등교했다. 마침 인기 있는 교수의 시간이어서 강의에 제대로 나오지 않던 학생들까지도 모두 나왔으므로 자리가 꽉 차서 하는 수 없이 나는 오페로프까지 두 자리를 점령하여 책상 위에 노트를 엎고 잠깐 밖으로 나갔다. 그런데 잠시 뒤 강당에 돌아와 보니 내 노트는 뒤의 걸상에 걸쳐 놓았고 오페로프가 내가 잡았던 자리에 앉아 있었다. 그래서 나는 그 자리에 내 노트를 두었다고 했다.

"나는 모릅니다."

하고 퉁명스럽게 대답할 뿐 내 얼굴을 쳐다보지도 않았다.

"그러나 분명히 그 자리에 내 노트를 놓았어요."

의젓한 태도로 놀래 줄 마음으로, 나는 일부러 격분한 태도를 보이면서 이렇게 말했다.

"더구나 모두들 보고 있잖아요."

여러 학생들을 돌아보면서 나는 이렇게 덧붙였다. 그러나 여러 사람이 호기심으로 이쪽을 바라볼 뿐 누구도 내 말을 뒷받침해 주는 사람은 없었다.

"이곳에서는 자리의 매점 따위는 허용되지 않습니다. 먼저 온 사람이 앉게 됩니다."

순간 화가 난 태도로 자세를 고치면서 분연한 눈초리로 나를 쳐다보면서 오페로프는 잘라 끊듯이 말했다.

"이것이 결국 자네가 무례한 자라는 증거야."

하고 나는 말했다.

오페로프는 무슨 말인지 중얼거리는 것 같았다.

'흥, 별놈 다 보겠군.'

이렇게 중얼거리고 있는 것같이 생각되었다. 하지만 나는 아랑곳하지 않았다. 가령 거기에 귀를 기울였다손 치더라도 아무 득도

없는 일이었다. 다만 마농처럼 욕만 퍼부을 뿐이다. — 나는 이 마
농, 즉 농사꾼이라는 말을 매우 즐겼다. 이 말은 분규하는 여러 인
간끼리의 관계에 대한 답이자 해결이기도 했다.

사정에 따라서는 나도 다시 무슨 말이든 했을는지 모르지만 마
침 이때 문이 끽하고 열리면서 푸른 연미복을 입은 교수가 발을 질
질 끌며 바쁜 걸음으로 교단 위에 올라섰다.

그렇지만 시험이 임박해 와서 노트를 빌릴 필요가 생겼을 때, 오
페로프는 언젠가의 약속을 기억하고 내게 자기 노트를 제공하며
같이 준비하자고 말해 왔다.

연애 사건

연애 비슷한 여러 가지 사건이 올 겨울에는 꽤 많이 일어났다. 세 번 연애를 했다. 한 번은 프레이타가 승마장에서 승마연습을 하는 것을 지켜보다가 한 뚱뚱한 부인을 열렬히 사랑하게 됐다. 그래서 매주 화요일과 금요일 그녀가 연습하는 날에 나는 승마장으로 구경하러 갔다. 그러나 그때마다 그녀에게 보이는 게 두려워 견딜 수 없어 언제나 훨씬 떨어진 곳에 서 있거나 그녀가 반드시 지나갈 장소에서는 급히 피하는 것이 예사였다. 그리고 그녀가 이쪽을 바라볼 때마다 일부러 무관심한 태도로 외면했으므로 그녀의 얼굴조차 제대로 보지 못할 정도였다. 따라서 그녀가 정말 미인이었는지는 아직까지 모르는 형편이다.

두브코프는 이 부인과 잘 아는 사이였다. 그래서 어느 날 그 승마장에 와서 사람들 사이에 숨은 듯이 서 있는 나를 발견하고 다시 드미트리로부터 내 열렬한 마음을 전해 들은 후, 이 맹렬 여성에게 나를 소개하는 것이 어떠냐고 말했다. 나는 몹시 놀라 곁도 살피지 않고 승마장을 도망치기 시작했다. 그리고 그 후 두브코프가 내 사정을 그녀에게 이야기했을 것으로 추측할 뿐, 두 번 다시 승마장에 들어갈 용기가 나지 않을 뿐만 아니라 그녀를 만나는 것조차 무서워지고 말았다.

나는 알지도 못하는 부인, 더구나 남편이 있는 유부녀를 짝사랑했을 때, 이전에 소네치카를 사모했을 때보다 천배나 더 심한 부끄러움을 느꼈다. 상대방의 여자가 내게 사랑 받고 있는 것, 아니 그뿐만 아니라 내 존재를 알게 되는 이런 것들을 이 세상의 무엇보다도 두려워하는 나였다. 내가 품고 있는 감정이 그녀에게 알려지면 그것만으로도 그녀는 영원히 용서할 수 없는 심한 모욕을 느낄 것이 틀림없다.

바로 이런 마음이 들었던 것이다. 사실 만일 그 여성이 자세한 사정을 알았다면 어땠을까? 내가 사람들의 틈 사이에서 기회를 엿보아 그녀를 납치한 뒤 시골로 데리고 가 그곳에서 그녀와 함께 살림하며 이렇게 하자 할까 저렇게 하자 할까 하는 공상을 하고 있다는 것을 알았다면, 그녀는 굉장히 화를 낼 것임에 틀림없다. 또 그것이 당연한 일이다. 그러나 그녀와 잘 아는 사이가 되면 그렇게 부끄러울 것도 없다고 냉철하게 생각할 수 없었던 것이다.

나는 누나 있는 데서 소네치카를 만났을 때 그녀에 대한 연애의 감정을 재연했지만, 다시 한 번 느끼려고 했던 이 감정은 바로 사라지고 말았다. 그렇지만 나는 그 후 다시 두 번째 연애를 했다. 그것은 다름이 아니라 언젠가 류보치카가 시만 써 모은 노트를 나한 테 빌려 주었는데, 그것은 소네치카가 베껴 놓은 것으로 그중 레르 몬토프의 〈악마〉에서 발췌한 시가 있었다. 슬픈 연애를 노래한 많 은 부분에 드문드문 붉은 잉크로 밑줄이 그어졌고 책갈피에 눌러 말린 꽃 등이 끼여 있었다. 지난해 볼로쟈가 자신이 연애하고 있는 아가씨의 지갑에 키스했던 일을 생각하고 나도 그와 똑같이 해 보 았다. 예측한 대로 밤중에 방에 혼자 앉아 눌러 말린 꽃을 바라보 면서 키스할 때, 내 마음은 상쾌하면서도 눈물겨웠다. 이렇게 하여 다시 연애하는 마음이 되었다. 적어도 4, 5일 동안을 혼자서 이와 같이 상상했다.

마지막으로 올 겨울 내가 세 번째 연애를 한 것은 볼로쟈가 사랑 하고 있는 아가씨가 대상으로, 그녀는 자주 우리에게로 왔다. 지금 와서 회상하면 이 아가씨에게는 좋은 점이라곤 조금도 없었다. 특 히 내 마음에 드는 부분이라고는 전혀 없었다. 그녀는 모스크바의 영명하고 학식 있는 유명한 귀부인의 딸이었다. 조금 여윈 듯한 작 은 몸매로 연노랑의 머리칼을 영국식으로 길게 내려뜨렸고 순수해 보이는 얼굴의 소유자였다. 소문에 의하면 이 아가씨는 어머니보 다도 더욱 슬기롭고 학식도 깊다고 했다. 하지만 나는 그 부분을 전혀 검증할 수 없었다. 왜냐하면 그녀의 지능과 학식에 대해 생각 함과 동시에 일종의 공손한 마음이 느껴졌으므로 다만 한 번, 그러 나 전전긍긍한 마음으로 그녀와 이야기를 나눈 데 지나지 않았기 때문이다.

그렇다고는 하더라도 자신의 감격을 나타내는 데 절대로 타인의 평판을 생각지 않는 볼로쟈의 열광적 찬미가 맹렬히 전염된 결과 나는 이 아가씨에게 열렬한 사랑을 느꼈다. 하지만 두 형제가 같은 처녀를 사랑하고 있음을 알게 되면, 볼로쟈가 매우 불쾌하게 생각할 것이므로 나는 형에게 내 감정을 털어놓지 않았다.

하지만 내 입장은 전혀 반대이다. 우리 두 사람의 연애는 더없이 순결한 것이고 그 사랑의 대상이 동일한 존재임에도 불구하고 우리는 정답게 살 것이며, 부득이할 경우에는 서로 자기를 희생하는 일까지 불사한다는 각오이다. 이렇게 생각함으로써 나는 더욱더 만족을 느꼈다.

그러나 볼로쟈 편에서는 자기 희생의 각오라는 점에 관하여 그렇게 내 견해에 동감하지 않을 것같이 보였다. 왜냐하면 형의 연애는 무섭게 열렬해서 그녀와 결혼한다고 소문이 퍼지고 있는 외교관을 상대로 진짜 결투까지 벌이려고 마음먹은 정도였기 때문이다.

하지만 나로서는 자기 감정을 희생하는 것이 매우 유쾌하게 느껴졌다. 그것은 물론 그러한 자기 희생이 대단치 않은 노고에도 보답하지 못했기 때문이었을지도 모른다. 왜냐하면 다만 한 번 그 아가씨와 진지한 척하고 독일 음악의 장점에 대해 이야기했을 뿐, 결국 우리의 연애는 그 순간만큼은 매우 고심하면서 관성적이었음에도 불구하고 다음주에는 이미 흔적도 없이 사라져 버렸기 때문이다.

사교계

대학에 입학할 당시, 형의 사치성을 닮아서 마음대로 즐기려고 꿈꾸고 있었던 사교장의 환락은 그 겨울 동안에 완전히 나를 실망시켰다. 볼로쟈는 열심히 춤을 추었다. 아버지도 후처를 데리고 여러 곳의 무도회에 나갔었다. 하지만 나만은 그러한 쾌락에 동화되기에는 아직 너무나 어리다고 생각되었을까, 혹은 그러한 능력이 없다고 간주되었을까 누구도 무도회가 열리는 집에 소개해 주는 사람이 없었다.

나는 드미트리와 모든 것을 숨김없이 털어놓을 것을 약속했음에도 불구하고 누구에게도 따라서 드미트리에게도 말하지 않았지만, 사실은 무도회에 나가고 싶어 견딜 수 없었으며 동시에 사람들이 나를 도외시하고 마치 철학자같이 취급하고 있는 것이 괴롭기도 하고 화도 났다. 그 결과 나는 더욱더 철학적인 체했다.

하지만 올 겨울 코르나코바 공작 부인 댁에서 저녁 파티가 있는

데, 그녀는 손수 우리 이르테니예프 가 사람들 모두를 초대했다. 그 가운데는 나도 섞여 있었으므로 비로소 무도회에 나가게 되었다.

볼로쟈는 무도회에 나가기 전에 내 방에 들러 내 복장을 좀 보여 달라고 했다. 이러한 형의 행동은 몹시 나를 놀라게 했으며 동시에 난처하게 만들었다. 좋은 옷차림을 하고 싶은 욕망은 극히 졸렬하고 창피스러운 일이므로 그런 욕망은 숨기지 않으면 안 되는 나와는 정반대로 형은 그러한 욕망을 더없이 자연스럽고 필수불가결의 것으로 인정하는 데서부터, 내가 모순된 복장을 하고 수치라도 당하지 않을까 해서 염려되었다는 것이다. 형은 내게 제발 에나멜 구두를 신으라고 했다.

그리고 내가 염소 가죽 장갑을 끼려고 하자 깜짝 놀라며 잠시 입을 다물었다. 형은 일종의 특별한 형식으로 시계를 조끼에 달아 주고는 나를 쿠즈네츠크 다리 근처의 이발소로 데리고 가서 내 머리를 손질시켰다. 그러고 나서 형은 조금 뒤로 떨어져서 내 모습을 살폈다.

"응, 이제 되었어. 그 닭볏처럼 뻗치는 머리칼도 다듬어 주시오."

하고 그는 말했다.

하지만 이발소의 주인 무슈 샤를이 진득진득한 포마드를 한껏 발랐음에도 불구하고 내 '닭볏'은 모자를 써도 역시 꼿꼿하게 일어섰다. 그래서 전체의 머리칼이 구불구불 덮인 내 모습은 전보다 훨씬 보기 나빴다.

나로서 유일한 구제책은 호방함을 느끼게 하는 것이었다. 그와 같이 함으로써 내 외관도 어떻게든 제 모습이 잡힐 것 같았다.

볼로쟈도 동의하는 듯 내 머리칼의 구불구불한 것을 다시 손질하라고 했다. 하지만 내가 말한 대로 해도 역시 꼼짝도 하지 않았으므로 그로부터 줄곧 코르나코프 댁에 도착할 때까지 시무룩하고 울적해 있었다.

그러나 나는 기가 죽거나 하지 않고 볼로쟈와 함께 코르나코바 댁으로 들어갔다. 도착하기 전 마차 안에서 이번에는 마음껏 춤을 춰 보리라고 마음먹었으나, 공작 부인으로부터 춤을 같이 추자는 청을 받고 나서부터는 갑자기 기가 죽어 "나 춤출 줄 모릅니다."라고 말해 버렸다. 그리고 나만 혼자 알지 못하는 사람들 사이에 남아 언제나와 같은 교만하고 소극적인 생각에 잠기는 것을 어찌할 수 없었다. 그리고 나는 그날 밤 저녁 파티가 끝날 때까지 괴로운 심정을 억누르면서 어떤 한 곳에 마음이 귀착되어 있었다.

왈츠를 출 때에 공작의 딸 중 한 명이 곁에 와서 접대하는 말씨로 애교를 부리면서,

"왜 춤을 추지 않으세요?"

하고 물었다. 지금도 기억하고 있으나 나는 그때 그 물음에 두려움을 느꼈던 것과 동시에 완전히 무의식 중에 교만한 미소가 불쑥 얼굴에 떠올랐다. 그리고 나는 매우 멋진 프랑스 어로 여러 가지 수식어를 섞어 가면서, 수십 년이 지난 지금 생각해도 부끄러워 견딜 수 없을 만큼, 실로 쓸데없는 말들을 나열했다. 반드시 내 신경을

초조하게 한 조악함이 심하게 작용했음이 틀림없다.

하지만 동시에 이 조악함은 내가 생각하건대 내 장광설의 분명치 않은 부분을 삼켜 들리지 않게 해주었다고 생각된다. 그것은 아무튼 나로서는 상류 사회가 어떻고, 인간 특히 부인의 허영심이 어떻고 열심히 강한 어조로 계속 말하고 있었으나 결국은 어조가 지나쳐 중도에서 마치고 말았다. 그것은 절대로 끝까지 확고히 말할 수 없는 성질의 어구였던 것이다.

혈통적으로 사교적인 공작의 딸까지도 어리둥절하여 힐난하는 것 같은 눈초리로 나를 바라보았다. 나는 혼자서 웃고 있었다. 이러한 위기 일발의 순간, 볼로쟈가 열심히 지껄이고 있는 나를 보고서 춤추지 않는 대신 말로 때우려는 것 같은데 그 솜씨를 봐 주어야지 하는 듯이 두브코프와 함께 곁으로 다가왔다. 내가 맨 나중에 말한 형편없는 말을 들음과 동시에 열쩍은 내 웃는 얼굴과 공작 딸의 깜짝 놀란 것 같은 얼굴을 보고, 형은 얼굴을 붉히고는 외면했다. 그래도 나는 히죽히죽 웃고 있었으나 그 순간 내 어리석음을 의식하고 쥐구멍이라도 있었으면 숨어 버리고 싶은 괴로운 심정이었으므로, 어떻게라도 이 상태를 바꾸기 위해 무턱대고 몸을 움직여 무슨 말이라도 지껄이고 싶은 마음에 사로잡혔다.

나는 두브코프한테로 가서 그녀와 왈츠를 많이 추었느냐고 물어보았다. 나는 일부러 장난 비슷하게 상쾌한 기분으로 물어 보았으나 사실은 나는 이전의 카페 야르의 모임에서 '입 다물어!' 라고 소리 높여 꾸짖은 두브코프에게 구조를 애원했던 것이다. 하지만 두브코프는 듣지 못한 체하고 획 외면하고 말았다. 나는 볼로쟈의 곁으로 가서 역시 농담조로, 가까스로 이렇게 말했다.

"어때 형님, 지쳐 버렸나요?"

볼로쟈는 힐끗 내 얼굴을 쳐다보았다.

'우리 두 사람 사이에서는 그런 말은 하지 않는 거야.'

마치 이렇게 꾸짖는 듯한 눈치였다. 그리고 형도 또 내가 무슨 그와 관계되는 말이라도 하지 않을까 하는 두려움에서인지 묵묵히 저쪽으로 가버렸다.

'아, 형마저 나를 버리는구나!'

하고 나는 생각했다.

더구나 왜 그런지 돌아갈 용기가 없었다. 나는 저녁 파티가 끝날 때까지 우울한 표정으로 꼼짝하지 않고 한 곳에 서 있었다. 그리고 모두가 돌아갈 준비를 하고 현관의 대기실에 모여 외투며 모자를 쓰는 등 법석을 떨고 있을 때 나는 눈물이 글썽거렸으나 병적으로 웃음을 터뜨리고, 특히 누구에게 하는 것도 아닌 수많은 무리를 향해 프랑스 어로 이러한 말을 했다.

"정말 풍취 있군."

연 회

나는 드미트리의 영향과 감화로 대학생 사이에 흔히 있는 연회라고 불리고 있는 쾌락에 아직 참석해 본 일이 없었는데, 이번 겨울에 가끔 그러한 혼잡 속에 참가해 보았다. 그러나 거기서 받은 인상은 그렇게 유쾌한 것은 아니었다. 그 전말은 다음과 같았다.

해가 바뀌고 나서였다. 어떤 강의하는 자리에서 Z남작이라는 키가 후리후리하게 크고 금발의 균형 잡힌 얼굴에 지독하게 성실한 체하는 표정을 한 청년이 우리를 친목회에 초대했다.

우리란 결국 우리 급우 가운데 크나 작으나 콤 일 포의 사람들뿐으로, 물론 그중에는 일렌카, 세묘노프, 오페로프 등 그 밖에 이와 비슷한 좋지 못한 사람들은 모두 제외되었다. 볼로쟈는 내가 1학년 연회에 참석한다는 것을 듣고 경멸하듯이 히죽 웃었다. 그렇지만 나는 여기에 큰 만족을 기대하고 있었으므로 지정된 8시 정각에 Z남작 집으로 갔다.

Z남작은 프록코트의 단추를 끄르고 조끼를 보이면서, 산뜻한 집의 환한 넓은 방과 객실로 손님들을 안내했다. 본래 이 집은 그의 양친이 사는 집이었으나, 이 자랑스러운 연회를 위해 일부 방만을 아들에게 빌려 주었다.

복도에는 오가는 하인들의 옷이나 머리들이 보였고, 또 식당에서도 한 번 부인복이 번뜩거렸는데 아마도 안주인인 것 같았다. 손님은 20명 정도로 전부 대학생이었으나 다만 이빈을 따라온 가정교사인 프로스트와 연회를 돌보아 주는 키가 크고 광대뼈가 튀어나온 문관만이 예외였다. 이 문관은 데르프트 대학 출신으로 남작의 친척이라고 모두에게 소개되었다. 너무 눈부신 실내 조명과 평범한 관료식 장식 등이 젊은 사람들에게 매우 차가운 첫인상을 주었으므로, 두서없이 행동하는 몇 사람과 데르프트 대학 출신자를 제외하고는 모두 한결같이 벽 쪽으로 물러섰다.

이 데르프트 대학 출신자는 이제 조끼 단추마저 끌러 버리고 부산하게 아무 방으로나 드나들며 얼굴을 내미는 것같이 느껴졌다. 계속해서 명랑하고 기분 좋은 테너의 음성을 온 방 안에 퍼지게 하는 것 같았다. 하지만 급우들은 대개 묵묵히 있든가, 혹은 조심스럽게 작은 소리로 교수들에 대한 일, 학과에 관한 일, 시험 관계, 그 밖에 모든 쓸데없는 재미도 없는 화제들을 소곤거리고 있었다. 일동은 모두 예외 없이 식당 입구 쪽을 틈틈이 바라보았다. 그리고 될 수 있는 대로 숨기려고는 하고 있었으나,

'어때요, 이제 시작해도 좋지 않겠어요?'

하고 말하는 것 같은 표정을 짓고 있었다. 나도 역시 그러한 생각이었으며 기쁜 기대에 들떠 개회를 고대하고 있었다.

하인이 손님들한테 차를 올린 다음 데르프트 대학 출신자가 프로스트에게 러시아 어로 물었다.

"폰스pons 주酒를 만드는 방법을 알고 있어, 프로스트 군?"

"오오, 야아(그래 알고 있어)!"

하고 프로스트는 다리를 떨면서 독일어로 대답했다. 그러나 데르프트 대학 출신자는 또다시 러시아 어로 말했다.

"자, 자네는 그것 좀 준비해 주게."

그들은 데르프트 대학 동기라고 하여 '자네, 나'의 말투로 이야기하고 있었다. 프로스트는 늠름한 체격에 커다란 발로 뚜벅뚜벅 걸으면서 객실에서 식당으로, 또 식당에서 객실로 분주하게 왔다 갔다하기 시작했다.

이윽고 테이블 위에는 큰 푼주에 담긴 수프가 나왔다. 그리고 6킬로그램쯤 되어 보이는 큰 설탕 덩어리가 장검 위에 놓여 있었다. 제트 남작은 그 사이의 손님들 곁으로 다가가서—그들은 모두 객실에 모여 수프용 술잔을 바라보고 있었다. —평소와 같은 융통성 없고 진실한 표정으로 거의 같은 말을 여러 사람들에게 되풀이하고 있었다.

"자, 여러분! 모두들 학생답게 잔을 돌려서 브루더샤프트(잔을 들고 팔을 엇갈려 함께 술을 마시고 양 볼에 키스를 하는 것. : 역주) 형제의 맹세를 하지 않으렵니까. 그렇게 하지 않으면 사실 우리 클래스에는 참다운 클래스 메이트란 느낌이 전혀 없으므로 안 돼요. 자, 모두들 윗옷 단추를 열기 바라오. 혹은 저 사람과 같이 완전히 벗어 버리는 거요."

데르프트 대학 출신자는 프록코트를 벗고 와이셔츠 소매를 팔꿈치까지 걷어 올리고선, 두 다리를 좌우로 마음껏 벌려 디딘 채 수프용 큰 술잔에 넣은 럼주에 막 불을 붙이려는 순간이었다.

"제군들! 촛불을 꺼 주기 바라오."

갑자기 데르프트 대학 출신자가 요령 있게 큰 소리로 외쳤다. 우리 일동이 동시에 소리치는 것도 아닌데 그 혼자로서는 낼 것 같지도 않은 큰 소리였다. 우리는 모두 묵묵히 수프용 술잔과 데르프트 대학 출신자의 와이셔츠를 비교하고 있었다. 일동은 장중한 순간이 도래하고 있음을 느꼈다.

"불을 꺼 주게, 프로스트 군!"

데르프트 대학 출신자는 재차 외쳤다. 하지만 이번에는 독일어로 말했다. 아마도 너무나 열중한 나머지 자신을 잊은 것 같았다. 프로스트와 우리는 촛불을 끄기 시작했다. 실내는 캄캄했다. 다만 검위에 놓인 설탕 덩어리를 누르고 있는 손과 와이셔츠의 흰 소매만이 푸른 불꽃에 비쳐 보일 뿐이었다.

이제는 데르프트 대학 출신자의 높은 테너뿐만 아니었다. 온 실내의 구석구석에서 이야기 소리며, 웃음소리가 들리기 시작했다. 프록코트를 벗은 사람도 제법 있었다. 흰 와이셔츠를 입은 사람들 중에 프록코트를 벗은 사람이 특히 많았다. 나도 그들의 행동에 따랐다. 그리고 드디어 시작되었구나 하고 깨달았다. 그 외에 별다른 유쾌한 일은 없었지만, 음료를 여러 사람들과 같이 건배한다면 반드시 멋진 기분이 될 것이라고 굳게 믿었다.

음료가 다 되었다.

데르프트 대학 출신자는 탁자 위에 흘리면서 바삐 모든 잔에 폰스 주를 부어 따르고,

"자 제군들, 이제 시작합시다."

하고 외쳤다.

그리고 우리가 각자 넘치도록 폰스 주를 따른 컵을 손에 들자, 데르프트 대학 출신자와 프로스트가 '유헤!'라고 하는 멋대로의 소리로 되풀이되는 독일 노래를 부르기 시작했다. 우리는 고르지 못한 어조로 둘씩 짝지어 노래하고, 서로 잔을 부딪쳐 아무 소리나 외치며 폰스 주 솜씨를 칭찬했다. 어떤 사람들은 서로 팔짱을 끼고, 또 어떤 사람들은 체면 불구하고 달콤한 액체를 꿀꺽꿀꺽 마시고 있었다.

이제 이 이상 아무것도 바랄 필요도 없이, 연회는 그야말로 절정에 이르렀다. 나는 폰스 주 한 잔을 다 마셨다. 그러자 또다시 누군가가 따라 주어 두 잔째가 되었다. 럼의 불꽃이 자색으로 보였다. 주위에서 모두가 떠들며 웃어 댔다.

정작 나는 다른 사람들처럼 유쾌한 기분이 나지 않을 뿐만 아니라 모든 것에 싫증이 났으나 무슨 이유에서인지 유쾌한 기분으로 가장하지 않을 수 없어 자신들을 위장하고 있는 데 지나지 않는다

고 굳게 믿어 의심하지 않았다. 그러한 가면을 쓰지 않고 있는 것은 오직 데르프트 대학 출신자뿐이었을지 모른다는 생각이 들었다. 그는 차차 얼굴이 붉어지면서 더욱더 도처에서 편재적인 본래의 특질을 발휘했다. 그는 모든 빈 컵에 술을 따르며 더욱더 심하게 탁상 위에 술을 흘렸다. 그리고는 다시 무엇이 어떤 순서로 계속되었는지 기억할 수가 없다.

그러나 아직도 확실히 기억하고 있는 것은, 그날 밤 나는 데르프트 대학 출신자와 프로스트가 매우 마음에 들었으므로 독일 노래를 같이 합창하고, 두 사람의 달착지근한 입술에 키스했다는 것이다. 하지만 이 데르프트 대학 출신자가 슬며시 미워져서 의자를 때려 부수려다 겨우 참았던 일도 기억하고 있다.

카페 야르에서 회식한 날에도 경험한 것처럼 손발이 마음대로 움직여지지 않음을 느낀 것 말고도, 그날 밤은 심한 두통과 현기증을 일으켜 그 자리에서 당장 죽지는 않나 하는 공포감마저 들었던 것으로 기억하고 있다.

또한 모두가 무슨 영문인지는 몰라도 마루에 앉아서 노 젓는 흉내로 손을 휘두르며 〈흘러가는 볼가 강〉을 노래한 것이나, 그때 마음속으로 이것은 부질없는 짓이라고 생각한 일도 기억하고 있다. 또 그 밖에도 마루에 누워서 양쪽 다리를 휘감은 집시들의 씨름 흉내를 내면서 누군가의 목을 삐게 한 일이나, 만일 그 대장이 취하지만 않았더라면 이런 변은 당하지 않았을 것이라고 생각한 것도 기억하고 있다.

다시 또 무엇인가 먹고 마시고 한 일, 술을 깨려고 밖으로 나갔다가 두통을 일으켰던 일, 헤어져 집으로 돌아올 때 너무나 캄캄하여 무서웠던 일, 마차의 발 디디는 계단이 경사져서 미끄러져 넘어질 뻔했던 일 등도 기억하고 있다. 나는 그날 밤 끝까지 스스로가 마치 대음주가인 것처럼 이만큼 마셔도 아직 취하지 않고 유쾌하여 견딜 수 없는 사람같이 위장했으나, 생각해 보면 사실 어리석은 행위인 한편, 다른 사람들도 같은 잔재주로 자신을 위장하고 있는 것이라고 여겼다.

개개인을 따로 놓고 보면 모두 나와 마찬가지로 불유쾌한 마음을 갖고 있으나, 이런 불유쾌한 느낌을 품고 있는 것은 자신뿐이라고 생각하고 연회석의 흥취를 상하지 않게 하기 위해 일부러 유쾌한 듯한 얼굴을 하는 것을 각자가 자신의 의무로 느끼고 있는 것같이 생각되었다.

더구나 그 밖에 이런 말을 하면 이상하게 들릴지 모르지만 그 수프용 큰 술잔에 9루블의 샴페인 세 병, 4루블의 럼주가 열 병이나 쓰였는데, 식사 외에 그것만 70루블이나 들었다는 것으로 미루어 보아도 나는 의무적으로 유쾌한 듯한 기분을 꾸미지 않으면 안 되겠다고 생각했다. 나는 이렇게 믿어 의심하지 않았다.

다음날 강의 들으러 나갔을 때, 나는 Z남작의 연회에 참석했던 사람들이 행했던 재주 부림을 회상하며 부끄러움도 느끼지 않고 다른 학생들에게 들어 보라는 듯이 지난밤의 이야기를 떠벌리는 것을 보고 매우 놀랐다.

그들은 멋진 연회였다느니, 데르프트의 일당들은 이런 일에 관해서는 전혀 상대도 되지 않았다느니, 20명으로 40병의 럼주를 처리했다느니, 여러 사람이 테이블 밑에 늘어졌다느니 하며 열심히 떠벌리고 있었다.

나는 그들이 왜 사실을 사실 그대로 실토하지 않고 자신들의 신상에 관해 거짓말까지 하는지 도무지 이해할 수 없었다.

네플류도프 일가와의 친밀함

나는 올 겨울 드미트리뿐만 아니라 그의 가족들과도 자주 만나 더욱더 친밀해졌다.

드미트리의 가족들은 내내 매일 밤 자기 집에 있었다. 그의 어머니는 자기에게 '트럼프나 댄스를 하지 않고 하룻밤 지낼 수 있는' 청년이 밤마다 찾아오는 것을 즐겼다. 하지만 반드시 그러한 남자들은 많지 않았다. 왜냐하면 나는 거의 밤마다 가고 있었으나 손님을 만나는 일 따위는 좀처럼 없었기 때문이다. 나는 이 집 가족들이나 그녀들의 온갖 기분에 습성화되어 이제는 그 상호 관계에 있어서도 명확한 개념을 파악했다. 나는 이 집 구석구석, 심지어 도구류에 이르기까지 아주 익숙해져서 손님이 없을 때에는 여유 있게 휴식하곤 했다. 다만 바렌카와 한 방에서 단둘이 대하고 있을 때는 예외였다.

그녀는 그렇게 아름답지도 못하면서 내가 사랑해 줄 것을 열망하고 있었다. 언제나 그러한 마음을 은근하게 간직하고 있었으나, 체면 없이 갈피를 잡지 못하는 이러한 마음도 차차 희미해져 갔다. 그녀는 이야기의 상대가 내가 되든 그녀의 오빠가 되든 또는 류보피 세르게예브나이든 조금도 변함이 없는 태도를 극히 자연스럽게 나타내 주었으므로, 그 결과 나도 구애되지 않는 마음으로 그녀를 대할 수 있게 되어 함께 있는 것이 유쾌한 듯한 인상을 보여도 별로 부끄럽지도 않았고, 그녀에게 위험한 사람으로 보이지도 않았다. 교제하고 있는 동안 그녀의 용모와 자태는 날이 갈수록 이상하게 느껴졌다. 아주 모양이 흉하게 보이기도 하고 그렇게까지 흉하지 않은 것같이 생각되는 때도 있었다.

나는 그녀와 연애하고 있는지 아닌지에 대해서는 한 번도 나 자신에게 물어 보지 않았다. 직접 그녀와 이야기를 나눈 일이 때로는 있기도 했으나 대개의 경우 그녀를 앞에 두고 류보피 세르게예브나나 드미트리와 함께 말하는 것같이 했다. 이런 태도가 특히 좋았다. 그녀 앞에서 이야기를 하며 그녀의 노래를 듣는 것은 물론, 대체로 같은 방 안에서 그녀의 존재를 의식함이 내게는 커다란 만족이었다. 그렇지만 바렌카와의 관계가 장래 어떻게 될 것인가 하는 생각이나, 만일 드미트리가 내 누이와 연애를 한다면 친구를 위해 자신을 희생하려는 등의 공상은 이제 좀처럼 머리에 떠오르지 않았다. 이따금 그런 공상이 떠올라도 무의식 중에 미래에 관한 상념을 쫓아 버리는 데 힘썼다.

하지만 이와 같이 친밀해졌음에도 불구하고 나는 네플류도프 일

가의 사람들, 특히 바렌카에 대하여 내 진짜 감정이나 마음의 움직임을 숨기는 일을 일종의 의무라 여겨, 실제의 자신과 전혀 틀린 청년같이 보이게 했을 뿐만 아니라 때로는 현실에 있을 수 없는 인물처럼 나를 꾸미려 애썼다. 억지로 열정가로 보이게 하려고 무엇인가 몹시 마음에 든 것처럼 행동해야 할 때는 미친 듯이 기뻐하며 감탄의 소리를 연발하고 열정적인 몸짓을 하기도 했다. 그리고 다른 사람들과 내가 동시에 보고 듣고 한 모든 색다른 일들에 대하여 억지로 무관심한 태도를 나타내려 했다. 신성한 아무것도 갖지 않은 악의의 냉소가로 보이려 애썼고 용의주도하고 면밀한 관찰가로 보이게 하려고 노력했다.

모든 행위나 이론적인 일상 생활에 있어서 정확하고 빈틈없이 꼼꼼하면서도 물질적인 일체를 초월한 인간으로 보이려 했던 것이다. 굳이 잘라서 말한다면 그 당시 억지로 보이려 했던 기괴한 존재보다 실재하는 내 모습이 훨씬 뛰어났으나, 네플류도프 일가 사람들은 겉으로만 미끈한 체하는 내게도 호감을 갖고 다행히 내 거짓을 눈치 채지 못한 것 같았다. 그러나 다만 류보피 세르게예브나는 나를 지독한 에고이스트egoist나 무신론자, 또는 냉소가라 생각하고 호의를 갖지 않는 것 같았으며, 나하고의 논쟁 끝에 자주 화를 내며 조리 없는 말을 연발해 나를 깜짝 놀라게 했다. 그렇지만 드미트리는 그녀에 대해 여전히 예의 그 불가사의한 친밀 이상의 태도로 일관했고, 누구도 그녀를 이해하지 못하지만 그녀는 자신을 위해 무척 힘쓴다고 칭찬했다. 그와 그녀의 친교는 가족 전체를 걱정스럽게 했다.

어느 날이었다. 우리가 이해할 수 없는 두 사람의 이러한 관계에 대해 여러 가지의 이야기를 주고받는 가운데 바렌카는 다음과 같은 설명을 했다.

"오빠는 자존심이 강해요. 오빠는 지나치게 교만하기 때문에 그만큼 재주가 있으면서도 남의 칭찬이나 경탄을 받는 것을 퍽 좋아해서 언제나 일인자가 되고 싶어하는 거예요. 그러나 아주머니는 저같이 순진한 성품이므로 오빠를 숭배할 수 있고요. 동시에 그 숭배를 오빠에게 숨길 만한 요령을 갖고 있지 못해요. 때문에 결국 오빠에게 아양떠는 말을 쓰는 것같이 들리지만, 그러나 그건 절대로 허식이 아니고 진실이에요."

이러한 평가는 내 뇌리에 깊이 기억되었다.

그리고 훗날 이러한 말들을 토대로 나는 바렌카를 매우 현명한 여자로 보지 않을 수 없었고, 그 결과로 일종의 만족을 느끼면서 그녀에 대한 내 평가를 높였다. 그녀의 재주나 그 밖의 정신적 아름다운 점을 발견할 때마다 즐겨 이러한 종류의 평가 수준을 높이 선양했다. 다만 언제나 어느 정도의 엄정한 중립을 굳게 유지하고 절대로 이 평가를 극도로까지 밀고 나가 한계를 벗어나는 일은 없었다. 예를 들어 언제나 조카의 자랑을 하는 소피야 이바노브나가 말하기를, 4년 전 시골 살림을 하고 있었을 때 그 당시는 아직 어린애였던 바렌카가 자기의 옷, 신발 따위를 전부 농부의 어린이들에게 그냥 주어서 나중에 그것을 일일이 받으러 다녀야 했다는 이야기를 들었을 때에도, 그녀를 높이 평가하기에 충분한 근거였음에도 불구하고 나는 그 즉석에서 이 사실을 그대로 받아들이지 않고 오히려 그녀의 이와 같은 비현실적인 사고방식을 마음속으로 냉소했다.

드미트리 집에는 두브코프나 볼로쟈도 이따금 드나들었다. 그럴 때에 나는 어떤 내밀한 사람같이 의식되어 일종의 긴장감을 느끼면서 일부러 말석으로 옮겨 앉아 아무 말도 하지 않고 묵묵히 사람들의 주고 받는 이야기만 들었다.

그러나 나는 다른 사람들의 이야기는 모두가 믿기 어려울 정도로 터무니없이 생각되어, 공작 부인같이 현명하고 논리적인 부인을 비롯해서 논리적인 이곳 가족 전체가 이런 터무니없는 이야기에 귀를 기울이며 거기에 맞장구까지 친다는 사실에 대해 몰래 마음속으로 의심하며 놀라기가 예사였다.

하지만 만일 그 당시 누군가가 다른 사람들에게 하는 말과 혼자일 때 혼잣말하는 것을 비교해 보려는 생각을 했더라면 나는 조금도 놀라거나 의심하는 일 따위는 없었을 것이다. 또 우리 식구들—아브도치야 바실리예브나나 류보치카 및 카텐카—도 다른 사람들과 조금도 다를 것 없는 평범한 부인일 수밖에 없다는 점을 확인하고, 그와 동시에 두브코프나 카텐카 또는 아브도치야와 바실리예브나 등이 매일 밤 즐거운 미소를 띠면서 서로 어떤 이야기를 주고 받았는지, 또 두브코프가 거의 날마다 어떤 기회라도 만들어 〈삶의 향연에 불행한 손님은〉라는 프랑스 시나 레르몬토프의 〈악마〉의

단편을 얼마나 정성껏 읽었는가를 고려했어야 했다. 또 이런 사람들이 다른 이들에게 어느 정도의 만족감으로 얼마나 맹렬하고 터무니없는 말투로 몇 시간이나 이야기를 늘어놓았는지를 상기했더라면, 놀라지 않을뿐더러 의심 같은 것은 더욱 하지 않고 지냈을 것이다.

물론 손님이 있을 때에는 둘이 마주 앉아 있을 때처럼 바렌카는 내게 주의를 기울이지 않았다. 그리고 그럴 때에는 내가 가장 듣기 좋아하는 시 낭독이나 음악도 없었다. 내가 보기에 손님들하고 이야기할 때의 그녀는 매력 있고 침착한 분별력과 순수함을 잃고 있는 것 같았다. 그녀가 내 형 볼로쟈와 연극이나 날씨에 관해 이야기를 시작했을 때 나는 불가사의한 충격을 받았던 일을 지금도 기억하고 있다. 볼로쟈는 이 세상에서 무엇보다도 가장 진부함을 피하고 더구나 이것을 경멸하는 사람이며, 또한 바렌카도 계절에 관한 인사를 하는 것 등을 냉소하는 자세임을 나는 아주 잘 알고 있었다. 그런데 그 둘이 함께 있으면 도대체 어찌된 영문인지, 듣기에 역겹고 꺼림칙할 정도의 진부한 이야기를 하며 서로가 공연히 부끄러운 듯한 태도를 했다. 항상 나는 그러한 말끝에 남몰래 바렌카에게 화를 내며 재빨리 지난밤 손님에 대해 냉소를 퍼붓거나, 아니면 이와 반대로 네플류도프 일가의 가정적인 단란함 속에 나 혼자만이 섞여 있는 것에 더욱 만족을 느끼는 것이 예사였다.

아무튼 나는 드미트리와 둘이 있는 것보다 그의 어머니 응접실에서 가족들과 함께하는 편에 더 한층 흥미를 느꼈다.

드미트리와의 우정

   그 당시 나와 드미트리와의 사귐은 겨우 머리칼 한 가닥으로 간신히 이어져 있는 것 같은 정도였다. 나는 훨씬 전부터 그를 평하는 데 익숙해졌으므로 싫어도 결점을 인정하지 않을 수는 없었다.

   청년 시대의 초기에 우리는 남몰래 열정적으로 사랑하려는 것에서부터 완전무결한 사람만을 사랑하려고 했다. 그렇지만 열정의 안개가 서서히 걷히거나 밝은 이지의 빛이 침투한 결과 정열의 대상이 여러 장단점을 나타낸 채 본연의 모습을 드러내면, 곧 단점만이 전혀 뜻하지 않은 일면으로 선명하게 비쳐 보이곤 했다.

   그리고 신선함과 기묘함을 요구하는 마음과 타인에게서 완전무결을 발견하는 일도 불가능하지 않다는 희망 등이 현재까지의 정열 대상에 대한 냉각을 도울 뿐만 아니라 혐오의 마음까지 일으킨다. 거기서 우리는 아까워하는 기색도 없이 현재까지의 대상을 뿌리치고 새로이 완전무결을 구하기 위해 돌진하는 것이 보통이었다. 이와 같은 현상이 드미트리와 나와의 사이에만은 일어나지 않았던 이유는 오로지 그가 짙은 현학적인 감정을 품고 있어서라기보다는 오히려 이지적인 애착의 덕분에 지나지 않으며 이 애착을 가로막는 것이 너무나도 마음 아프게 생각되었기 때문이다. 게다가 어떤 내밀한 일에도 숨김없이 서로 이야기하겠다고 한 예의 그 기묘한 약속이 우리를 동여매고 있는 것도 사실이었다.

지난 번 뿔뿔이 헤어졌을 때 서로 숨김없이 이야기했던 것처럼, 부끄러운 도덕상의 결점을 상대방의 뇌리에 남기는 결과가 되는 것이 우리에게는 너무나 두렵게 여겨졌다. 더구나 이러한 고백의 약속은 우리에게 있어서 이미 명랑해진 것같이 훨씬 전부터 지켜지지 않고 누차 우리에게 옹색한 느낌을 주어 두 사람 사이에 묘한 관계를 조성하고 있었다 .

올 겨울에는 드미트리한테 갈 때마다 거의 언제나 대학 클래스 메이트인 베조베도프가 와 있었다.

드미트리는 이 사내와 같이 공부하고 있었다. 베조베도프는 마마 자국이 많은 여윈 몸집의 남자로, 손등은 갈색 얼룩점투성이고 빗질도 하지 않은 헝클어진 붉은 기가 도는 머리털을 가졌다. 어쩐지 언제나 깨끗하지 못한 모양에 교양도 낮으며 더군다나 학교 성적 또한 좋지 못했다. 그와 드미트리와의 관계도 류보피 세르게예브나와의 관계와 같이 나로서는 이해할 수 없었다.

드미트리가 많은 동료 중에서 특히 그를 선택하여서 친하게 사귀게 된 유일한 이유로 생각되는 것은 베조베도프 이상으로 차림이 단정치 못한 학생이 대학 내에 한 사람도 없었다는 사실밖에는 아무것도 없었다. 반드시 이런 데서 연유되어 이 사내에게 우정을 보이고 있음에 틀림없었다. 이 학생에 대한 그의 태도에는 '자 봐요, 제군들이 어떤 사람이건 나로서는 다 마찬가지야. 서로 같고 평등하며 차별이 있을 수 없어. 나는 그를 좋아하며, 그가 선량하다는 것을 알 수 있다.' 라고 말하는 것 같은 오만한 마음씨가 은연중에 나타나고 있었다.

드미트리는 저렇게 언제나 자기를 억제하고 있으나 그렇게 하면 자신이 괴롭지나 않은지, 불쌍하게도 베조베도프는 엉덩이가 근질근질할 것 같은 자신의 입장을 어떻게 저렇게 꾹 참고 지탱하는지, 이렇게 생각하니 새삼 경탄하지 않을 수 없었다. 또한 이 두 사람의 사귐이 매우 마음에 거슬렸음은 물론이다.

어느 날 밤 나는 부인의 응접실에서 이런저런 이야기며 바렌카의 낭독이나 독창 등을 들으면서 드미트리와 같이 하룻밤을 지내 보려는 생각으로 그에게 찾아갔었다. 그러나 2층에 베조베도프가 앉아 있었다. 드미트리는 어색한 말투로, 보다시피 손님이 있어 아래층으로 내려갈 수 없다고 답했다.

"더구나 아래층으로 내려간다고 해도 별달리 재미있는 일은 없지 않은가!"

그는 이렇게 덧붙였다.

"여기서 서로 이야기나 하는 것이 훨씬 나을 거야."

베조베도프와 이마를 맞대고 거의 두 시간이나 앉아 있어도 아무런 매력도 느끼지 못했지만 그렇다고 해서 혼자서 응접실로 나갈 용기도 없었으므로, 나는 친구의 이기적인 편이함을 마음속으로 분하게 생각하면서도 팔걸이 의자에 말없이 걸터앉아 있었다. 드미트리와 베조베도프에게 아래층 응접실에서 담소하는 즐거움을 뺏겼으므로 이 두 사람에 대해 분함을 금할 수 없었다. '베조베도프 자식, 빨리 돌아가지 않나?' 이런 생각으로 그에게도 드미트리에게도 화가 치밀고 있음을 느끼면서 묵묵히 두 사람의 이야기만 듣고 있었다.

하인이 차를 몇 번이나 날라 오고 드미트리가 더 이상 베조베도프에게 어서 들라고 권할 수 없었을 때 나는 마음속으로 생각했다.

'왜 드미트리는 이렇게 몇 번이나 되풀이하지 않으면 안 되는 것인가?'

그것은 다름이 아니라 이 내성적인 손님은 으레 처음 한두 번은 사양을 했고, 그래서 그는 "어서 체면 차리지 말고 들어 주시오." 하는 것을 자신의 의무로 생각했기 때문이었다.

드미트리는 확실히 자기 자신을 책망하면서 세상사에 대한 이야기로 손님의 마음을 끌려 했으며, 나를 그 속으로 끌어넣으려고 몇 번이나 부질없이 힘썼다. 나는 우울한 표정을 지으며 무뚝뚝하게 입을 다물고 있었다. 누구에게도 싫증이 나지 않는 것같이 재미있는 표정을 하고 있을 필요는 없었기 때문이었다.

나는 묵묵히 규칙적으로 바르게 의자에 기대 앉아 속으로 드미트리에게 이렇게 말했다.

'참으로 바보야.'

나는 일종의 만족감마저 느끼면서 이 친구에 대한 남 모르는 미움으로 차차 마음이 흥분되었다.

'그리운 속 깊은 사람들과 재미있게 하룻밤을 지내면 될 것을 이런 짐승 같은 놈을 상대로 하고 앉아 있는 거야. 시간은 자꾸 흘러 이제 응접실로 가기에는 너무 늦었다.'

나는 팔걸이 의자의 가장자리에서 친구를 바라보았다. 그랬더니 그의 손, 자태, 목, 특히 뒤통수와 무릎 등이 견딜 수 없이 싫어졌고 마치 이쪽을 업신여기는 것같이 생각되었으므로, 그 순간 그에게 무슨 불쾌감이라도 주었으면 얼마나 통쾌할까 하는 마음마저 들었다.

겨우 베조베도프는 의자에서 몸을 일으켰다. 하지만 드미트리는 이렇게 재미있는 친구를 그냥 돌려보내기는 미안한 듯이, 자고 가라고 자꾸만 말렸다. 그러나 다행히도 베조베도프는 끝끝내 사양하고 돌아가 버렸다.

드미트리는 친구를 배웅하고 돌아와서는 약간 만족스러운 미소를 띠며 두 손을 잡고서—이것은 반드시 마음이 풀린 만족과 싫증에서 벗어난 기쁨을 나타냄이 틀림없었다. — 이따금 내가 있는 쪽을 흘금흘금 돌아보면서 실내를 서성거렸다. 나는 그 순간 그가 싫어졌다.

'어쩌면 저렇게 좋은 듯 실내를 돌아다닐 수 있을까?'

하고 나는 생각했다.

"뭣 때문에 자네는 화가 나 있는 거야?"

내 앞에 우뚝 서면서 갑자기 그는 이렇게 말했다.

"조금도 화내지 않았어."

하고 나는 이런 경우에 누구나 하는 진부한 대답을 했다.

"다만 자네가 나에 대해서나 베조베도프에 대해서나, 또는 자네 자신에 대해서까지도 스스로를 위장하고 있는 것이 화가 날 뿐이야."

"그런 터무니없는 말을 하면 곤란해! 나는 누구에 대해서도 절대 나를 위장해 본 적 없어."

"무슨 일이든지 숨기지 말고 분명히 이야기한다는 그 약속을 잊지 않았기 때문에 솔직하게 말하는 거야."

하고 나는 말했다.

"나는 믿어 의심하지 않아. 자네 역시 나와 같이 그 베조베도프란 사내를 역겹게 생각하고 있음이 틀림없을 거야. 그 사내는 재능이 무디고 이상야릇하게 어리석어. 그렇지만 자네는 그 사내 앞에서 우쭐해지는 것이 통쾌하겠지."

"아니야, 아니야! 우선 첫째로 베조베도프는 사실 훌륭한 인간이며……."

"아니야, 내가 보는 견해가 틀리지 않아. 그뿐만 아니라 류보피 세르게예브나에 대한 자네의 우정으로 보더라도 역시 그녀가 자네를 하느님같이 믿고 있다는 점에 기초를 두고 있는 거야."

"아니야, 나는 단언하지만 절대로 그것은 그렇지 않아!"

"아니야, 나도 단언하지만 절대로 그것은 그럴 거야. 더구나 나는 경험에 비추어 죄다 알고 있으니까."

울화가 치미는 마음을 억누르면서 나는 대답했다. 입바른 소리로 아픈 데를 찔러 말함으로써 그의 무기를 빼앗으려고 마음먹으면서.

"이것은 이미 자네에게 말한 것인데 다시 한 번 되풀이하여 말하지만, 나는 언제나 나한테 기분 좋은 말을 들려주는 사람들을 사랑하고 있는 것처럼 보이지만 잘 음미해 보면 거기에는 진짜 애착이 결여되어 있음을 알게 될 거야."

"아니야, 그렇지 않아."

하고 목을 만지작거려 넥타이를 바로 고치고는 드미트리가 말하기 시작했다.

"한 번 사랑하게 된 이상, 누가 칭찬하든 욕을 퍼붓든 내 감정은 변할 수 없어."

"그건 거짓말이야. 지금 자네에게 고백한 바와 같이, 나는 아버지께서 깡패라고 말했을 당시 얼마 동안은 아버지를 증오하고 빨리 죽었으면 하고 생각했던 정도였으니까. 역시 자네도……."

"멋대로 해석해서 매우 유감인데? 정녕 자네가 그런 사람이라면……."

"사실은 정반대야."

나는 팔걸이 의자에서 뛰어내려 용기백배하여 뚫어지게 그의 눈을 쏘아보면서 외쳤다.

"자네가 하는 말은 옳지 못해. 자네는 언젠가 나한테 형제라고 이야기한 일을 잊었나? 설마 잊지는 않았겠지. 그러나 그런 일은 말하지 않기로 하세. 조금이라도 비겁해지면 좋지 못하니까. 그래도 아무튼 자네가 그런 말을 한 것만은 확실하니까……. 나는 굳이 단언하지만, 지금에 와서야 자네라는 사람을 잘 알았어."

나는 상대로부터 받은 것보다도 훨씬 더 통렬히 비난하려는 생각으로 그가 아무도 사랑하고 있지 않음을 입증하며 그를 책망할 수 있을 만한 사실들을 깡그리 늘어놓았다. 나는 죄다 말해 버렸다는 점에만 내심 만족했을 뿐, 이쪽에서 지적한 여러 결점을 상대방이 자인하게끔 하는 유일한 가능성이 상대가 격분하고 있는 순간에는 결코 있을 수 없음을 완전히 잊고 있었던 것이다. 더구나 그가 자기의 여러 결점을 자인할 수 있는 평안하고 고요한 심경일 때에는 나는 절대 이런 것을 함부로 말하지 않았다.

의논이 이제 싸움으로 접어들었을 무렵 갑자기 드미트리는 입을 다물고 옆방으로 나가 버렸다. 나는 계속해서 강한 어조로 말하면서 뒤를 따라가려고 했다. 하지만 그는 뒤도 돌아보지 않았다.

나는 그의 마음속에 악덕이 잠재하고 있음을 알았다. 그리고 그는 지금 자기 스스로 그 악덕을 정복하려는 것이었다. 나는 그의 자계自戒의 철칙을 모두 저주했다.

우리가 느낀 것은 서로가 솔직히 이야기하고 절대 제삼자에게 서로의 일을 이야기할 수 없게 된 계율이 우리를 이러한 교활한 결과로 인도했다는 것이었다. 두 사람은 이따금 고백의 열기에 들떠 마음껏 부끄러운 일까지 늘어놓았으며, 더구나 그럴 때는 사실 부끄러워 견딜 수 없으면서도 가령 지금 내가 그에게 말한 것처럼 단순한 예상이나 공상을 참다운 희망의 감정같이 보이게 했던 것이다. 그렇지만 이러한 고백은 우리를 하나의 인연으로 맺을 수 없었음인지, 귀중한 감정 그 자체를 고갈시키고 우리를 헤어지게 하는 결과가 되었다.

바야흐로 그는 갑자기 자존심을 내세우며 극히 사소한 고백까지도 하지 않았다. 그리고 우리는 논쟁에 너무나 열중한 나머지 이전에 서로 주고받은 무기를 이용하여 상대방에게 치유할 수 없는 타격을 주기에까지 이르렀다.

계 모

　새해를 맞아 새어머니와 함께 곧 모스크바로 향하기로 되었던 아버지는 수렵이 시작되는 시월에야 시골에서 떠나왔다. 예정된 계획을 변경하게 된 것은 소송 사건을 대심원大審院에서 심의했기 때문이라고 아버지는 말했다. 그러나 미미의 말로는 아브도치야 바실리예브나가 시골 살림이 싫어져서 모스크바의 이야기로 심사병이 날 지경이어서 하는 수 없이 아버지도 자신을 굽히고 그녀의 희망을 받아들였다는 것이다.

　"그녀는 아버지를 사랑한 일조차 없었어요. 단지 부자와 결혼하고 싶은 마음만으로 사랑하고 있다면서 귀찮게 말만 퍼뜨리고 있었을 뿐이에요."

하고 미미는 걱정스러운 듯 탄식하며 덧붙였다.

　'만일 아버지께서 사람의 참된 가치를 제대로 고찰할 수만 있었더라면 아버지를 위해 마음을 다할 사람도 다소 있었을 것이지

만······.'

마치 이렇게 중얼거리는 것 같은 태도였다.

그렇지만 미미의 '마음을 다해 줄 만한 몇 사람'은 아브도치야 바실리예브나에 대해 공평하지 못했다. 아버지에 대한 열렬하고 헌신적인 그녀의 자기 희생의 사랑은 그 말이나 눈의 표정, 행동의 하나하나로써 알 수 있지만, 이러한 사랑도 마음속으로 존경하는 남편과 헤어지지 않겠다고 하는 희망과 더불어 마담 아네트의 가게에서 멋진 실내모나 아름다운 엷은 남빛의 타조 깃이 달린 모자, 남편과 하녀 외에 누구에게도 보인 일이 없는 균형 잡힌 우유같이 흰 가슴과 팔을 교묘히 노출하도록 만들어진 베네치아산 벨벳 드레스 등을 사고 싶은 욕망을 품는 데 조금도 어색하지 않았다.

카텐카는 오히려 새어머니 편이었다. 우리와 새어머니 사이는 그녀가 도착한 그날부터 곧 조롱하는 듯한 이상한 관계로 변모했다. 그녀가 마차에서 나오자마자 볼로쟈는 이내 매우 신중한 얼굴로 우울한 눈 표정을 하고 발버둥치며 그녀 곁으로 다가가, 마치 누구라도 소개하는 것 같은 말투로 말했다.

"그리운 새어머니의 도착을 축복하며, 그 손에 키스하게 됨을 영광으로 생각합니다."

"아, 귀엽기도 하여라!"

예의 그 아름답고 단조로운 미소를 지으면서 아브도치야 바실리예브나는 이렇게 대답했다.

"아무튼 이 차남도 잊지 말아 주십시오."

하고 그녀 곁에 다가서서 나도 말했다. 무의식중에 볼로쟈의 말이나 얼굴 표정을 흉내내려고 노력하면서 말이다.

가령 우리와 계모 사이에서 상호간 애착을 느낄 수 있었다면, 이러한 대화는 사랑할 수 있는 징후의 표현에 대한 무심함을 나타냈을지도 모른다. 또 만일 우리가 서로 야릇한 마음가짐을 하고 있었다면, 이러한 표현은 위장에 대한 야유 또는 경멸을 나타내는 일이 되었을 것이고, 혹은 곁에 같이 있는 아버지께 우리의 진짜 관계나 그 밖의 여러 감정이나 사상을 숨기려는 마음을 나타냈을지도 모른다. 그렇지만 현재에 있어서는 이 표현은 아브도치야 바실리예브나의 기분에 아주 들어맞아, 아무 뜻도 없이 모든 모자다운 관계의 결여를 숨겨 줄 뿐이었다.

나는 그 후 다른 가정에서도 자주 같은 현상을 인정했다. 즉 한 가족이 상호간의 진짜 관계가 분명하지 않음을 깨달았을 때 그들 사이에는 임시 변통의 거짓 관계가 되는 것이다. 그리고 이러한 관계가 우리와 아브도치야 바실리예브나와의 사이에도 자연스럽게 수립되었던 것이다. 우리는 절대로 이러한 관계로부터 벗어날 수 없었다. 우리는 언제나 그녀에게 일부러 정중한 태도를 보이고 프랑스 어로 말하며, 공손히 다가서서 '친애하는 어머님' 하고 불렀다.

그러면 그녀도 이에 대해 이런 저런 농담과 아름답고 단조로운 미소로써 대답했다. 하지만 그저 순진한 말씨에 눈물을 잘 흘리는 악어발鰐足 류보치카만은 계모를 좋아하고 그녀를 언제나 가족 전체와 접근시키기 위해 천진하게 무진 애를 썼다. 그러므로 류보치카는 열렬히 사랑하고 있던 우리 아버지를 제외하고 아브도치야 바실리예브나가 손톱만큼이라도 애착을 느끼고 있었던 이 세상에 있어서의 유일한 인물이라고 할 수 있었다. 아브도치야 바실리예브나는 나를 깜짝 놀라게 한 것이 송구스러울 정도로 환희에 찬 경탄으로 류보치카에게 존경까지 나타내고 있었다.

처음 한동안 아브도치야 바실리예브나는 자신이 계모라 불리고 아이들을 비롯한 온 가족이 언제나 이 계모를 좋지 않게 보고 있으므로 자신의 입장이 괴롭다는 것을 즐겨 빈정대곤 했다. 그러나 그녀는 그러한 입장의 모든 불쾌함을 예견하면서도 그것을 피하기 위해 아무런 수단도 취하지 않았다. 가령 누구에게 선물을 하거나 누구를 귀여워한다든지, 잔소리를 하지 않도록 조심한다든지 — 이런 정도는 그녀에 있어서 식은 죽 먹기였다. 왜냐하면 그녀는 원래 시끄럽게 떠드는 편이 아니었고 매우 조심성 있는 부인이었기 때문이다. — 의 일까지 굳이 하려 하지 않았다. 그녀는 노력을 전혀 하지 않았을 뿐만 아니라 사실 이와 반대로 자신의 입장에서 느낄 수 있을 만한 모든 불쾌감을 간파하고 공격도 받지 않았는데 미리 방어의 몸가짐부터 했다. 그녀는 집안 사람들이 갖은 수단을 동원해 만사에 고약한 심사로 계략을 꾸며 자신에게 굴욕을 줄 것으로 예측하여, 아무 말도 아무것도 하지 않는 것을 최선책으로 여겼다. 그 결과 그러한 무위의 태도로써 누구의 애정도 끌어들일 수 없었을 뿐 아니라 야릇한 감정을 불러일으킨 것은 말할 것도 없다.

게다가 그녀에게는 특수한 이해력—우리 가족에게 최고도의 발달을 이룬 이해력—이 너무나 결핍되었고 동시에 그녀의 온갖 습성이 우리 가정에 뿌리 박고 있는 그것과는 정반대였으므로, 이것만 보더라도 그녀에 대해 반감을 품기에 충분했다.

그녀는 바르게 정돈된 우리 가정 내에서 지금 막 여행길에서 돌아온 것 같은 생활 방식을 그대로 하고 있었다. 자고 깨는 것도 늦는가 하면 빠를 때도 있고, 저녁 정찬에도 나오다 나오지 않다 하고, 야식도 제대로 들지 않는 등 따위였다. 손님이 없을 때에는 거의 언제나 흰 스커트 위로부터 어깨걸이를 걸고 두 팔을 드러낸 반나체 모양을 했다. 우리는 말할 것도 없이 하인이나 하녀에게까지 알몸을 보이는 것에 대해 아무런 부끄러움도 느끼지 않는 것 같았다. 나는 처음에 바로 그 어려움이 없는 점이 마음에 거슬렸다. 그 후로도 이러한 태도가 계속되었으므로 그녀에 대해 품고 있었던 존경심은 다 사라져 버렸다.

그것보다도 더욱 불가사의해 견딜 수 없었던 것은 손님이 있을 때와 없을 때의 그녀는 다른 두 사람으로 변한다는 사실이었다. 손님이 있을 때의 그녀는 화려한 차림을 한 젊고 아름다운 건강한 모습의 부인이었다. 그리고 어딘가 차가운 느낌이 드나 어리석지도 않고 슬기롭지도 않은 성숙한 하나의 여성이었다. 하지만 손님이 없을 때의 그녀는 결코 새파랗게 젊지도 않고, 따뜻한 사랑을 나타내기는커녕 피로에 지친 것 같은 몹시 괴로운 표정에 단정하지 못한 여자였다.

겨울 추위에 얼굴을 붉히고 자신의 아름다움을 의식하여 행복의 미소를 사방에 흩뿌리면서 바깥에서 돌아와 모자를 벗고 거울을 보러 가는 그녀, 혹은 한껏 가슴을 드러낸 눈부시게 아름다운 무도회복의 옷자락을 끌며 하인이나 하녀들에게 공연히 부끄럽게 동시에 뽐내는 얼굴을 보이면서 마차를 타러 나가는 그녀, 혹은 집에서 조촐한 저녁 파티가 베풀어졌을 때 화사한 옷차림으로 잔잔한 미소를 사방에 던지는 그녀, 이러한 그녀를 바라보며 나는 그녀의 또 다른 모습을 떠올리지 않을 수 없었다.

12시가 넘은 밤에 남편이 클럽에서 돌아오는 것을 기다리다 지쳐 단정하지 못한 옷차림에 머리도 빗지 않고 희미한 등불이 켜져 있는 방마다 그림자같이 돌아다니는 그녀를 본다면, 그녀를 찬미하고 있던 사람들은 과연 뭐라고 할 것인지……. 이럴 때 그녀는 피아노에 다가앉아 긴장한 나머지 얼굴을 찌푸리면서 자신이 칠 수 있는 유일한 왈츠를 치거나 소설책을 손에 들고 아무 줄거리나 몇 행쯤 읽다가는 내던져 버린다. 그런가 하면 하인을 시키지 않고 자기가 식당으로 들어가 오이와 쇠고기 회를 뒤져내어 그곳 창가에 선 채 씹어 먹고, 피로에 지친 모습으로 아무 목적도 없이 이쪽 방에서 저쪽 방으로 돌아다닌다.

하지만 무엇보다도 나로 하여금 그녀한테서 멀어지게 한 것은 그녀의 결여된 이해력이었다. 특히 그녀가 잘 모르는 분야로 화제가 쏠리면 일종의 특별한 겸손과도 같은 표정을 짓곤 했는데, 그 얼굴에 지루함이 역력히 나타났다. 그녀는 자신과 남편 외에는 아무엇에도 흥미를 갖지 않았다. 그녀는 입가에만 겨우 웃음을 띠고 고개를 갸웃거렸다. 이런 점에서 결코 그녀가 나쁘다고는 할 수 없겠지만, 너무나 자주 되풀이되는 이 웃음과 갸웃하는 동작이 견딜 수 없을 정도로 반감을 일으켰다. 이야기 상대와 세상 전체를 마치 냉소하는 것 같은 표정으로, 어느 누구와도 동화할 생각이 전혀 없는 것 같았다. 그녀는 들뜬 기분을 나타낼 때도 역시 울적하고 묘하게 어색했으며, 또 그녀의 감상은 너무나 지나치게 달콤했다.

하지만 무엇보다도 제일 눈 뜨고 볼 수 없는 것은 그녀가 아버지에 대한 자신의 애정을 너무나 가리지 않고 멋대로 이야기하면서도 그것을 부끄러워하지 않는 일이었다. 자신의 생명은 남편의 애정 속에 전부 들어박혀 있다는 식으로 말할 때, 그녀는 조금도 거짓말을 했을 리 없고 스스로의 생활에서 그것을 입증하고 있음이 사실이었지만, 내 견해로는 조금도 신중성이 없이 언제나 자기의 애정을 자신이 보증한다는 불길한 일로밖에는 생각되지 않았다. 우리는 그녀가 손님 앞에서 그렇게 말할 때마다 얼굴이 붉어짐을 느꼈다. 그것은 그녀가 우쭐해서 강한 어조로 멋대로 발음하는 프랑스 어에 연신 잘못을 범하는 것보다도 더욱 심한 부끄러움이었다.

그녀는 이 세상의 누구보다도 더 남편을 지극히 사랑하고 있었으며, 또 내게는 아버지인 그녀의 남편도 마찬가지로 그녀를 사랑하고 있었다. 특히 처음 얼마 동안 그녀가 자신 외의 사람들에게도 호감을 갖고 있다고 보았을 땐 더욱더 귀엽게 생각하고 있는 것 같았다. 그녀 생활의 유일한 목적은 남편의 사랑을 독차지하는 것이었다. 그렇지만 그녀는 자신의 애정과 자기 희생의 모든 힘을 남편인 내 아버지에게 입증하려는 목적으로, 대체로 아버지에게 불쾌감을 줄 만큼 모든 일을 일부러 의식적으로 행하고 있는 것같이 보였다.

그녀는 아름다운 옷을 즐겼으며, 내 아버지도 칭찬과 경탄을 금할 수 없는 미남으로서 사교장에서 그녀를 보는 것을 즐겼다. 하지만 그녀는 아버지를 위해 아름다운 옷에 대한 열망을 접고 회색 가운 차림으로 집에 들어앉아 있는 일에 차차 익숙해졌다.

항상 자유와 평등을 가정 생활의 필요 조건이라고 여기던 아버지는 사랑하는 딸, 류보치카와 성품이 좋은 젊은 아내가 진실로 허물없이 친밀해질 것을 기대하고 있었다. 그런데 아브도치야 바실리예브나는 자기 희생의 정신으로 자신을 낮추고 이 집의 진짜 안주인이 류보치카라고 말함으로써 어머니로서의 입장에서 심할 정도로 존경심을 버렸다. 결국 이것이 아버지를 모욕한 것이었다.

아버지는 겨울 동안 열심히 트럼프를 했는데, 나중에는 지독하게 연패를 당하고 말았다. 전례에 따라 승부와 가정 생활을 혼동하고 싶지 않은 마음에서 도박에 관한 일은 가족들에게 비밀로 했다. 그런데 아브도치야 바실리예브나는 겨울이 지날 무렵에 임신 중이어서 제대로 몸을 가누지 못하면서도 언제나 회색 가운 차림으로 새벽 4시가 되거나 5시가 되거나 아버지를 맞아들이는 것을 자신의 의무로 생각하고 있었다.

아버지는 트럼프에서 여덟 번이나 지고 피로와 참을 수 없는 부끄러움에 함빡 젖은 모습으로 클럽에서 돌아오는 일이 때때로 있었다. 그녀는 반 건성의 태도로 "승부의 운은 잘 되셨습니까?" 하고 묻는다. 그리고 아버지가 클럽에서의 승부의 상황을 설명하고 "이 다음에는 꼭 내 차지니 기다려 주게." 하고 이미 백 번도 더 되풀이한 말을 또 새삼스레 하게끔 하고는, 미소를 띠고 고개를 저으면서 겸허한 태도로 주의 깊게 듣는 척을 한다.

그러나 아버지의 전 재산의 흥망성쇠를 좌우하는 도박의 승부가 조금도 나아지지 않았다. 그리고 그녀는 여전히 밤마다 클럽에서 돌아오는 아버지를 제일 먼저 맞았다. 여기에는 자기 희생에 대한 열정 외에 극도로 그녀를 고민시킨 마음속의 질투심이 그녀로 하여금 아버지를 제일 먼저 맞게 하는 원인이 된 것도 사실이었다.

밤늦게 아버지가 돌아오는 것은 클럽 때문이지 결코 애인의 품속에서 빠져나오느라고 그런 것이 아니라는 사실을 그녀에게 철저하게 납득시킬 수 없었다. 그녀는 내 아버지 얼굴에서 애욕의 비밀을 알아내려고 항상 노력했다. 그리고 아무것도 알아낼 수 없자 비애를 느끼고 한숨 쉬며 자기 불행을 관조했다.

이런 일들을 비롯하여 그 밖에 다양한 그칠 새 없는 자기 희생의 결과, 이 한겨울 동안 아내에 대한 아버지의 태도에 변화가 생기기 시작했다.

아버지는 연달아 패한 것 때문에 대체로 기분이 좋지 못했고, 아내에 대한 아버지의 태도에는 이제 말없는 증오의 감정이 두드러지게 드러났다. 그것은 사랑의 대상에 대한 혐오를 억누른 감정으로, 사랑하는 대상에게 온갖 자잘한 정신상의 불쾌함을 주려는 무의식적인 발현이었다.

새로운 동아리

겨울이 어느덧 지나고 이제 눈이 녹기 시작하여 각 대학에서는 벌써 시험 일정을 발표했다. 그때까지 나는 열여덟 과목의 답안을 제출하지 않으면 안 되었다.

나는 그 많은 과목들 중 어느 하나도 제대로 청강하지 않았을 뿐만 아니라 노트도 정리하지 않은 채 전혀 준비가 안 되어 있었다. 불가사의한 일은 어떻게 시험에 통과할 수 있을지 단 한 번도 걱정하지 않았다는 사실이다. 나는 겨울 내내 '나는 이제 어른이다. 콤 일 포의 인간이다.'라는 즐거운 의식이 조성하는 마음에 잠겨 있었으므로, 그 결과 어떻게 시험에 패스할까 하는 의문이 머릿속에 떠오를 때마다 자신을 급우들과 비교하여,

'저런 인간들도 같이 시험 보지만, 그들은 대부분 아직 콤 일 포의 인간도 아무것도 아니다. 그렇게 보면 나는 그들보다 하나의 장점을 갖고 있는 편이므로 반드시 통과될 것이다.'

하고 생각했다. 내가 대학에 강의를 들으러 다닌 것은 이미 그런 습관에 젖어 있었기 때문과 아버지께서 억지로 가게 한 데 지나지 않았다.

그러나 흉허물이 없이 친한 사람들도 많았으므로 대학을 유쾌하게 느끼는 일도 자주 있었다. 나는 이야기 소리나 웃음소리 등이 강당에 충만하게 울리는 것을 좋아했다. 또 강의 시간에 뒤쪽으로 자리 잡고 교수의 일정한 톤의 말소리를 들으면서 이렇다 할 아무 이유도 없이 공상에 잠기거나 급우들을 관찰하는 것을 즐겼다. 또한 이따금 친구들과 같이 마테르나의 가게로 가서 보드카를 들이키고 생선을 집어먹은 다음, 나중에 교수들한테 꾸지람 들을 것을 염려하면서 가만가만 문소리 나지 않게 강당으로 들어가는 것도 재미있었다. 그리고 여러 클래스 학생들이 소리 높여 웃으면서 잇따라 복도로 모여들어 밀고 밀리고 해서 혼잡을 이룰 때 그 사이에 끼이는 것도 즐거웠다. 그런 일들은 매우 유쾌했다.

하지만 학생들은 학기가 끝날 때쯤이 되자 지금까지보다는 빈틈 없이 강의를 들었다.

물리 교수가 강의를 끝마치고,

"이제 제군들, 시험까지 잘 있도록."

이라는 인사를 했다. 학생들이 노트를 정리하며 서로가 짝을 지어 시험 준비를 시작했으므로 나도 준비하지 않으면 안 되겠다고 생각했다.

여전히 겨우 인사만을 나눌 정도로 매우 냉담한 사이가 되어 버린 오페로프가 내게 노트를 제공하겠다고 말해 왔을 뿐만 아니라 다른 학생들에게도 자기 노트로 같이 시험 준비를 하지 않겠느냐고 권유했다. 나는 고맙게 여기고 서로 나빠졌던 사이를 이 기회에 완전히 회복할 생각으로 그 후의를 거부하지 않고 받아들였다. 단 시험 준비는 우리 집에 모여서 하자고 나는 부탁했다. 그러나 이번에 여기서 하면 다음번은 저기서 하는 식으로 순번을 정해 각자의 집을 돌자고 했다.

처음에는 주힌의 집에서 모였다. 투르브느이 가에 있는 큰 집이었다.

약속한 첫날에 나는 조금 지각했는데, 도착하니 벌써 낭독이 시작되고 있었다. 자그마한 방에는 연기가 가득 차 있었다. 더구나 그 연기는 박슈타프 급의 담배에서 나온 것만이 아니며 주힌이 피우고 있는 싸구려 담배의 매운 연기도 포함되었다. 탁자에는 보드카 병, 술잔, 빵, 소금, 양뼈 등이 나란히 있었다.

주힌은 일어서려고도 하지 않고 내게 프록코트를 벗고 보드카를 들라고 권했다.

"자네는 이런 음식에 아직 익숙하지 못하겠지만……."

이렇게 그는 덧붙였다.

그는 나들나들 떨어진 사라사 셔츠를 입고 턱받이를 대고 있었다. 나는 그들에 대해 모욕을 주지 않도록 조심하면서 프록코트를 벗고 서로 친한 친구인 양 소파에 드러누웠다. 주힌이 노트를 보고 낭독하면, 다른 사람들은 이따금 그것을 중지시키고 여러 가지 질문을 퍼붓는다. 그러면 그는 간결하고도 정확하게 그리고 요령 있게 일일이 설명했다. 나도 듣기 시작했다.

하지만 앞 부분을 듣지 않았기 때문에 모르는 곳이 많았으므로 나는 질문을 많이 던졌다.

"어허, 큰일났군! 자네 그런 것을 몰라서야 물어 보나마나 한 거야."

하고 주힌은 말했다.

"이 노트를 자네한테 빌려 줄 테니 내일까지 쭉 한번 읽어 오게. 그렇지 못하면 설명을 들어도 아무것도 이해할 수 없네."

나는 나 자신의 무지가 부끄러워졌으며 그와 동시에 주힌의 말이 충분히 맞다고 생각했으므로, 낭독 듣는 것을 그만두고 새로운 급우들의 관찰에 착수했다. 인간을 콤 일 포식으로 나누는 분류법에 따른다면 그들은 반드시 제 2의 부류에 속하고 있었으며, 따라서 내 마음속에 모욕뿐만이 아니고 개인적인 일종의 증오감마저 불러 일으켰다. 그들은 콤 일 포의 존재도 아닌 것들이 마치 나를 동등시할 뿐 아니라 나에 대해 선량한 보호자의 태도까지 취하는 것에서 조성된 증오였다.

그들의 발, 더러운 손, 오페로프의 새끼손가락에 길게 기른 손톱, 핑크색 셔츠, 턱받이, 그들이 애무하는 것 같은 태도로 주고받는 떠드는 말, 어쩐지 더러운 방, 한쪽 콧구멍을 손가락으로 누르고 코 푸는 주힌의 습성, 그리고 그들의 말투, 무슨 좋지 못한 말을 일부러 힘을 넣어 뻔뻔스럽게 쓰는 악습 등 모두가 반감을 사게 하는 것들이었다.

가령 그들은 '어리석은 자'라고 하는 말 대신에 '천지 같은 놈', '마치'라는 말 대신에 '흡사', '훌륭하게'라고 하는 말 대신에 '멋진 모양' 등과 같은 말을 사용하고 있었는데, 그것이 내게는 거슬렸으며 기분 나쁘게 생각되었다.

하지만 무엇보다도 가장 내 마음의 콤 일 포적인 증오를 조성시킨 것은 그들이 러시아 어를 말할 때, 특히 외래어에 붙이는 악센트였다. 그들은 마슈이나(기계)를 마아슈나, 데야아텔리노스티(행동)를 데에냐텔리노스티, 나로오치노(고의)를 나아로치노, 카미이네(벽난로)를 카미네에, 셰익스피어를 쉐엑스피어라고 발음했다.

당시 나로서는 배제할 수 없는 반감을 품게 하는 외적인 요소가 많았음에도 불구하고 나는 이 모임에 어딘가 좋은 점이 있음을 예감했다. 나로서는 매우 곤란한 일이기는 했지만 친구들과의 끈끈한 우정을 과시하고 싶은 기분에서부터 마음이 끌려, 그들 부류와 나와의 다른 그 무엇을 동경하여 접근하고자 하는 마음이 생겼다. 온화하고 정직한 오페로프는 오래 전부터 알고 있었지만, 이 모임의 일원들을 마음대로 지배하는 머리 좋은 주힌이 무척 좋아졌기 때문이다.

주힌은 검은 머리털에 몸집이 작고 빈틈없는 남자로, 조금 검은 피부가 언제나 번들번들 빛이 나고 있었으며 어딘가 멋지고 영명하며 생기 있고 의젓해 보이는 얼굴의 소유자였다. 이러한 인상은 아마도 깊이 박힌 검은 눈 위에 대머리까지는 아니지만 훤히 트인

이마와 사납게 난 짧은 머리털, 그리고 한 번도 면도칼을 대본 일조차 없어 보이는 짙은 턱수염 때문인 것 같았다. 그는 자신의 일 따위에는 연연해하지 않았다. 나는 사람들의 이러한 자질이 항상 부러웠다. 또한 그의 두뇌는 잠시도 무위하게 약해지지 않음이 명확했다.

만나고 나서 겨우 두, 세 시간 만에 여러 사람들 앞에서 돌연히 일변해 버릴 것 같은 인상파적인 얼굴, 그의 얼굴도 이러한 종류 중 하나였다. 이 밤이 끝날 무렵 내 눈앞에서 이러한 변화가 주힌의 얼굴에도 나타났다. 돌연 그의 얼굴에 새로운 주름살이 몇 줄쯤 더 생겼으며 눈은 더욱 우묵하게 들어가고 웃는 느낌도 변했다. 그의 얼굴 전체가 거의, 그리고 분간하기 어려울 정도로 갑자기 변했다.

낭독이 다 끝나자 주힌과 그 밖의 대학생들, 그리고 나는 한 동아리가 되고 싶다는 각자의 희망을 입증하기 위해 보드카를 한 잔씩 쭉 들이켰다. 그러자 보드카 병은 빈 병이 되었다. 주힌은 자신을 돌보아 주는 노파에게 보드카를 조금만 더 사 오게 하려고, 누구 20코페이카 은화가 없는가 하고 물었다. 내가 주려고 했으나 주힌은 내 말은 못 들은 척하고 오페로프 쪽으로 얼굴을 돌렸다. 그래서 오페로프는 사기 구슬이 달린 지갑을 꺼내어 요구된 액수의 돈을 건네 주었다.

"이봐, 조심해. 과음하면 안 되네."

하고 술을 즐기지 않는 오페로프가 주의시켰다.

"괜찮아."

양뼈의 골수를 빨면서 주힌은 대답했다.

'저 사내는 골수를 많이 먹어서 저렇게 머리가 좋아졌나 보구나.'

나는 그때 이렇게 생각한 것을 기억하고 있다.

"걱정할 것 없어요."

하고 주힌은 가볍게 미소를 지으면서 다시 덧붙였다. 누구나 마음으로부터 고맙게 여길 수 있는 웃음이었다.

"혹시 과음하더라도 그렇게 대단한 것은 아니니까. 자, 이제부터 어느 쪽이 지는지 봐야지. 그놈이 당하든지 내가 당하든지 둘 중 하나야. 자, 이제 준비는 다 되었어."

그는 손가락으로 자신의 이마를 퉁기며 말했다.

"그런데 세묘노프 놈, 낙제하지 않았으면 좋겠는데. 너무 열심히 놀아 대서 말이야."

입학 시험 때 인상적이었던 희끗희끗 머리가 센 세묘노프, 2등으로 대학에 입학해 처음 약 1개월 정도는 착실하게 강의 들으러 왔던 그 세묘노프가 학기 시험이 시작되기도 전부터 타락해, 학년 말이 되어서는 전혀 강의실에서 모습을 볼 수 없었다.

"그치 어디에 있을까?"

하고 누군가가 물었다.

"완전히 행방을 모르겠어."

하더니 주힌은 말을 이었다.

"같이 리스본 술집에서 난폭하게 놀았던 것이 마지막이었네. 그

때는 효과가 즉각 눈앞에 나타났어. 그 후 무슨 사건이라도 하나 일어난 것 같은 후문이 들리던데……. 아무튼 머리는 좋았어! 그리고 그 지능도! 아무 보람 없이 끝이라면 사실 애석한 일이야. 어찌 되었든 그런 의지를 가진 사내라면 대학에 파묻혀 있는 우리와는 틀리니까."

다시 한참 동안 서로 이야기하다가 모두는 돌아갈 준비를 했다. 주힌의 집이 누구네 집보다 제일 가까웠으므로 이 다음에도 이곳에 모이기로 결정했다.

모두가 밖으로 나와 모두 터벅터벅 걸어서 돌아가는데 나만이 마차를 탄다는 것이 조금 겸연쩍어 오페로프를 향해 얼굴을 붉히면서 같이 타고 가자고 권했다.

주힌도 우리와 함께 나왔다. 그는 오페로프로부터 1루블을 빌려서 어디론가 놀러 달려갔다. 오페로프는 주힌의 이런저런 성격, 생활 상태 등 여러 가지를 나한테 말해 주었다. 집에 돌아와서도 새로 알게 된 사람들의 일이 생각나서 깊이 잠들 수 없었다. 나는 잠들지 못한 채 두 가지 생각에 자꾸 동요했다. 그 두 가지 중 하나는 그 지식과 단순함, 그리고 결백함과 새파랗게 젊은 대담성 등에 이끌린 그들에 대한 존경의 마음이며, 다른 하나는 그들의 단정하지 못한 외적 생활에 대한 반감이었다.

하지만 내가 아무리 열망한다고 해도 그들과 합류한다는 것은 당시로서는 문자 그대로 불가능했다. 우리의 이해는 모두 전연 달랐다. 내게는 생의 미와 의식의 전부를 조성하는 것 중에도 그들에게는 전혀 이해되지 않는 흐릿한 것이 수없이 있었으며, 주객전도가 될 때도 또한 많았다. 그렇지만 우리의 접근을 불가능하게 한 주요 원인이 되고 있는 것은 내 프록코트를 만드는 데 쓴 20루블이나 하는 사치스러운 옷감과 자가용 마차, 그리고 네덜란드제 셔츠 등이었다. 이러한 원인은 나로서는 극히 중대한 것이었다. 나는 자신의 이러한 유복한 징후로 모름지기 그들에게 모욕을 주고 있는 것 같은 마음이 들었다. 나는 그들에게 미안한 일을 하고 있는 것 같은 마음이 들어서 매우 겸허한 기분이 되는가 하면, 이 부당한 겸손함에 반감을 일으키고서 마음이 우쭐해지기도 했다.

이러한 뜻에서 나는 도저히 그들과 평등하고 성실한 관계를 맺을 수 없었다. 그렇지만 주힌의 성격적인 결함인 거칠고 비천한 부분은 그의 내부에 예감된 강렬한 대담성에 의해 그 당시 숨겨져 있었으므로 내게 조금도 싫은 인상을 주지 않았다.

그로부터 약 2주 정도 거의 밤마다 주힌의 집에 가서 시험 공부를 했다. 하지만 공부 실적은 조금도 오르지 않았다. 왜냐하면 앞에서도 이미 말한 것같이 그들보다 늦게 갔던 것 외에 혼자서 따라갈 힘이 없었으며, 그들이 읽는 것을 듣고 그저 아는 척했기 때문이었다. 그러나 그들은 내 이러한 태도를 눈치 챈 모양이었다. 나는 자주 그들이 나하고는 아무 의논도 없이 자기들이 알고 있는 곳은 그냥 넘어가는 것을 알았다.

나는 나날이 이 서클의 무질서함을 관용하게 되어 차츰 그들의 생활 상태에 말려 들어가, 거기서 많은 시의 흥취를 발견했다. 그들과 유곽 출입을 하지 않겠다고 했던 드미트리와의 맹세는 그들과 향락을 함께 하고 싶다는 욕망을 억제하는 데 지나지 않았다.

어느 날 나는 내 문학적인 지식, 특히 프랑스 문학의 지식을 그들 앞에 자랑하고 싶어서 그 방면으로 이야기를 돌렸다. 그런데 실로 놀란 것은 외국어의 표제마저 러시아 어로 말하던 그들이 나보다도 훨씬 많이 읽었으며, 영국 작가는 물론 스페인의 작가들이나 레사쥐 등 내가 이때까지 들어 보지도 못한 사람까지 알고 있어 그야말로 찬양할 정도였다. 푸슈킨이나 주코프스키는 그들에게 있어서 엄연한 문학이었다. 그러나 내게 있어서는 그렇지가 못하고 그것은 전혀 느낄 수 없던 어릴 때 쉬운 책으로 읽고 외웠던 것에 지나지 않았다. 그들은 뒤마, 슈, 페발 등을 모조리 경멸하고 더 훌륭하게 문학을 논의했다. 특히 주힌이 더욱 그러했다. 이 점은 나도 인정하지 않을 수 없었다.

음악에 있어서도 나는 역시 그들에 대해 조금도 우월감을 갖지 못했다. 더욱 놀란 것은 오페로프는 바이올린을 켤 줄 알고, 우리와 같이 공부했던 한 사람은 첼로와 피아노를 할 줄 알았다. 그뿐만 아니라 그들은 둘 다 대학 오케스트라의 멤버로 음악에 대한 지식이 매우 풍부하며 좋은 음악을 감상할 줄 알았다.

한마디로 말한다면 그들은 프랑스 어와 독일어의 발음을 제외하고는, 내가 그들에게 과시하려는 일체를 나보다 훨씬 더 잘 알고 있을 뿐 아니라 조금도 그것을 자랑하려고도 하지 않았다.

내 입장으로 자랑할 수 있는 것은 세련된 사교성이었으나, 그것마저도 나는 볼로챠처럼 능숙하지도 못했다. 그렇게 볼 때 내가 그들을 멸시하고 있었던 고자세는 대체 무엇이었을까? 자가용 마차였을까? 네덜란드제 셔츠였을까? 잘 정돈된 손톱? 아니, 이러한 모든 것은 무의미한 것이 아닐까? 이런 생각이 이따금씩 불쑥 머리에 떠오르곤 했다. 그것은 바로 그들 그룹에서 성격 지어진 순수한 젊음 그 자체의 쾌락에 대한 동경에서 영향받은 것이었다.

그들은 모두 '너, 나' 의 사이였다. 그와 같은 단순한 태도는 오히려 거칠고 난폭해 보여 외면상 조금이라도 상대편을 모욕하지나 않을까 우려할 수준이었고, 그들에게 애정의 뜻으로 쓰이는 '악당', '돼지' 등의 말도 언제나 나를 두렵게 했으며 내게는 마음속으로 그들을 냉소하는 동기를 줄 뿐이었다. 그러나 그들 사이에서는 그러한 거칠고 난폭한 말도 서로 모욕감을 주지 않았고 극히 일부라도 성실하고 격의 없는 교제에 방해되지도 않았다.

그러나 매우 가난한 학생이나 아주 젊은 학생들이 서로 어울렸을 때에는 그들은 곧 서로의 태도에 주의를 기울이고 신경을 곤두세우기 마련이었다.

어쨌든 무엇보다도 중요한 것은 주힌의 성격으로, 리스본 술집에서의 모험 같은 사건에서 그 무엇에도 얽매이지 않는 대범함이 놀라울 정도였다. 나는 그들이 술에 몹시 취해 자유분방하게 즐기는 것이 전에 내가 참가했던 Z남작의 저녁 파티에서 폰스 주나 샴페인에 젖어 법석을 편 향락과는 전혀 다름을 알 수 있었다.

주힌과 세묘노프

주힌은 어떤 계급에 속하는 인물인지는 모르겠지만, 아무튼 재산가가 아니고 중학 출신자라는 것만은 알고 있었으며 게다가 귀족도 아닌 것 같았다. 나이보다 훨씬 성숙해 보였으나 그는 올해 열여덟 살이었다. 뛰어나게 영명했으며 특히 이해력이 풍부했다. 여러 가지 결론에 대한 법칙을 인식의 도움을 얻어 연구하기보다는 복잡한 대상을 전부 한꺼번에 포괄해서 그 각 부분이나 결론을 간파해 버리는 편이 그에게는 훨씬 쉬웠다. 그는 자신이 영명하다는 것을 알고 항상 그것을 자랑으로 삼았지만 그 누구에 대해서도 태도가 한결같이 단순하고 선량했다.

그는 사회에서 온갖 경험을 많이 했음이 틀림없었다. 그 정열적이고 감수성이 예민한 천성은 현재까지 사랑, 우정, 갖가지 인사, 금전 문제 등 모든 것을 자신의 경험에 비추어 해결했다.

가령 사회의 어떤 하층의 일에 있어서도 그가 이것을 경험했기 때문에 너무나 용이하게 얻을 수 있으므로 경멸과 무관심과 냉담 등이 섞인 것 같은 태도를 이에 대하여 나타내지 않은 것이 없다. 그는 모든 새로운 것에 대단한 열성을 가지고 있으나, 결국 목적을 달성한 뒤에는 자신의 대상을 경멸하는 것밖에는 되지 않았다. 그 렇지만 그의 뛰어난 천성은 항상 그 목적을 경멸할 권리도 손쉽게 획득했다.

학문에 있어서도 마찬가지였다. 공부도 별로 하지 않고 노트 필 기도 하지 않는 주제에 수학을 제법 잘 알고 있었으며, 또한 교수 를 골려 주겠다고 입버릇처럼 말한 것도 결코 경박한 자랑은 아니 었다. 여러 교수들의 강의 중에서는 그에게 가치 없는 것도 많은 것 같았다. 그는 무의식중에 천부적인 슬기를 발휘해 재빨리 교수 가 기대했던 바대로 모방하므로 어느 교수도 그를 귀여워하지 않 을 수 없었다. 그는 학교 당국에 대하여 강직했으나 당국은 그에게 존경을 표했다. 그는 또 학과에 충실하거나 즐기지 않았을 뿐만 아 니라 재미나서 열심히 공부하는 사람들을 오히려 경멸했다. 모든 학과는 그의 재능의 10분의 1에도 미치지 않았다.

학생 신분의 생활에서는 전적으로 몰두할 가치가 없었지만, 열 렬한 그의 실제 성질은 카테고리 밖의 억센 생활을 요구했다. 그 결과 호주머니 속에 돈만 있으면, 열정에 온몸을 맡겨 정력이 계속 되는 한 자기 자신을 소모하기 위해 뛰어들었다.

그런데 이번 시험을 앞두고 오페로프의 예측이 적중했다. 그는 약 2주 동안이나 모습을 감춰 버렸다. 그래서 우리는 새로이 다른 학생한테서 마무리 준비를 하지 않으면 안 되었다. 시험 첫날 그는 얼굴이 새파래져서 몹시 피곤한 모양으로 손을 부들부들 떨면서 강당으로 들어왔다. 그리고는 멋지게 2학년에 진급했다.

1학년 초에는 주힌을 우두머리로 하는 놀이 친구가 8명이나 있었다. 그 가운데는 이코닌과 세묘노프도 가담해 있었다. 이코닌은 모두가 학년 초부터 심한 놀이에만 몰두하는 것을 참을 수 없어 동아리에서 이탈해 버렸고, 세묘노프도 세묘노프대로 이러한 행위를 못마땅하게 여긴 나머지 이탈해 버렸다. 학년 초에는 학과 학생 모두가 일종의 공포심을 품으면서 그들을 바라보고 그들의 영웅적인 행동을 평판하고 있었다. 이러한 영웅적인 행동의 주인공은 주힌이었다. 하지만 학년 말에는 세묘노프로 바뀌었다.

최근 세묘노프는 모두로부터 공포의 눈초리를 받았다. 이따금 청강에 나오는 일이 있으면 강당 내에 동요가 일어날 정도였다.

하지만 세묘노프는 시험이 임박해지자 기발한 방법으로 자신의 놀이에 끝장을 내겠다고 장담했다. 나는 주힌과 친구였던 덕분에 그 목격자가 될 수 있었다. 전말은 다음과 같다.

어느 날 밤 우리는 주힌이 있는 곳에 모여, 오페로프가 촛대에 꽂은 촛불에다가 빈 병에 꽂은 촛불까지 옆에 가까이 끌어다 놓고 노트에 빽빽이 쓴 생리학 필기를 낮은 음성으로 읽고 있었다. 그때 하숙집 여주인이 들어와서 "누구인지 모르겠지만 당신한테 이 편지를 전하라고 해서 갖고 들어왔습니다만……." 하고 주힌에게 전했다. 주힌은 곧 나갔다가 잠시 후에 우울한 표정으로 고개를 숙이고 돌아왔다. 회색 포장지에 봉하지도 않은 편지와 10루블 지폐 두 장을 손에 쥐고 있었다.

"제군들, 큰일이 생겼어!"

고개를 떨어뜨리고 일종의 위엄 있는 엄숙한 태도로 우리를 바라보며 그는 말했다.

"흥, 공갈치지 마. 과외 지도 사례라도 받아들인 건가?"

하고 노트의 페이지를 뒤적거리며 오페로프가 말했다.

"자, 노트의 낭독을 계속해 주게."

하고 누군가가 재촉했다.

"안 돼요, 제군들! 나는 이제 이런 태평스러운 일을 하고 있을 수 없어."

하고 주힌은 같은 어조로 계속 말했다.

"이봐, 제군들, 다시 강조하지만 실로 불가사의한 사건이 일어났단 말이야. 다름아니라 세묘노프가 군인에게 부탁해서 언젠가 나한테서 빌린 20루블의 돈을 이와 같이 돌려주었어. 만일 만나고 싶으면 부대로 찾아오라고 편지 쓴 거야. 제군, 이 뜻을 알겠어?"

이렇게 그는 우리 모두를 돌아보며 덧붙였다. 우리는 모두 묵묵히 있었다.

"아무튼 나는 이제부터 곧 그를 만나러 가겠네."

하고 주힌은 계속했다.

"희망하는 용사가 있으면 동행하지 않겠는가?"

곧 모두는 프록코트를 걸쳐 입고 세묘노프를 방문할 준비를 했다.

"그러나 기분 나빠하지 않을까?"

하고 낮은 음성으로 오페로프가 말했다.

"우리 모두가 한꺼번에 아무 예고도 없이 간다면⋯⋯."

나는 오페로프의 견해에 완전히 동감했다. 특히 나는 세묘노프와는 거의 면식이 없을 정도였으므로 기분 나쁠 입장같이 생각되었다. 그렇지만 이 동아리 전체의 참가자로 자신을 인정하는 것이 나로서는 더없이 유쾌했으며, 또한 당사자인 세묘노프도 매우 만나고 싶었으므로 친구의 이 견해에 대해 나는 아무 말도 하지 않았다.

"뭐야, 시시하게!"

주힌이 말했다.

"우리가 한꺼번에 같이 간다고 해서 조금도 기분 나쁠 것 없어. 뭐야, 시시하게! 자, 희망자는 어서 같이 가세나!"

우리는 합승마차에 심부름 온 병사와 함께 타고 출발했다.

당직 하사관은 이제 시간이 늦어서 병영 안으로 들어가는 것이 안 된다고 했으나 주힌의 간곡한 간청으로 겨우 승낙을 받았다. 심부름 온 그 병사는 우리를 휑한 방으로 안내했다. 그 방은 침실용 등불이 몇 개 달려 있을 뿐 어두침침했다. 양측 침상 위에 빡빡 깎은 머리를 한 신병들이 회색 외투를 벽에 걸어 놓고 앉아 있기도 하고 누워서 뒹굴고도 있었다. 병사兵舍에 들어섬과 동시에 일종의 특별한 숨가쁜 냄새와 수백 명 병사들의 코 고는 소리가 나를 놀라게 했다.

나는 안내하는 병사 뒤로 우리 일행의 선두에 서서 활발한 걸음으로 침상 사이를 누비는 주힌을 따라 조심스럽게 걸었다. 각 신병의 상태를 두려운 마음으로 살피고 그들 신병 한 사람 한 사람을 훑어보며 내 기억에 남아 있는 세묘노프의 모습을 찾았다. 거의 반백의 헝클어진 머리털과 혈색이 좋지 못한 입술, 울적하고 괴상하게 빛나는 눈의 소유자였다.

병사 안 제일 구석진 곳에 타 버린 촛농이 소리 없이 흘러내리고 있는 촛대 가까이에서 주힌은 재빨리 걷다가 갑자기 멈추었다. 틀림없었다. 그는 만취한 것 같은 모습이었다.

"여, 세묘노프!"

이렇게 주힌은 다른 사람들과 같이 머리를 빡빡 깎은 한 사람의 신병을 향해 소리쳤다. 그는 두꺼운 병사 전용의 셔츠를 입고 침상 위에 아무렇게나 앉아 한 신병과 서로 이야기하면서 무엇인가를 씹어 먹고 있었다. 희끗희끗 센머리를 짧게 깎고서 언제나와 같은 울적한, 더구나 정열적인 표정을 가득 드러낸 세묘노프 그 사람이었다.

너무 빤히 쳐다보면 모욕이라도 느끼지 않을까 싶어 나는 다른 쪽으로 눈을 돌렸다. 오페로프도 나와 동감인 듯 모두의 뒤에 서 있었다.

그렇지만 세묘노프는 본래의 성품인 짤막한 말로써 주힌을 비롯한 우리 모두를 환영했다. 그 말에 겨우 안심되었으므로 나는 재빨리 앞으로 다가서서 내 나름으로 악수하려 했다. 나는 내 손을, 오페로프는 예의 그 널빤지 같은 손을. 그렇지만 세묘노프 쪽이 먼저 우리한테 검고 큰 손을 내밀어 그에게 경의를 표하는 것 같은 느낌이 드는 불쾌감을 우리에게서 제거해 주었다. 그는 여전히 평소처럼 별로 마음이 내키지 않는 듯한 조용한 태도로,

"여, 주힌, 잘 와 주었네. 고맙네, 제군들 어서 앉게. 이봐 쿠드라슈카, 잠깐 실례!"

하며 같이 무엇인가 마구 먹어 대면서 이야기하던 사람을 향해,

"자네와는 나중에 다시 이야기하기로 하세. 자, 제군들 어서 걸터앉아요. 이봐 주힌, 놀랐지?"

"자네 일이니까 별로 놀라지는 않았네."

마치 의사가 환자 침대 위에 걸터앉은 것 같은 표정으로 친구들과 함께 침상 위에 앉으면서 주힌은 대답했다.

"그것보다도 자네가 불쑥 시험 치러 얼굴이라도 내밀었다면 오히려 놀랐을 걸세. 아니 그건 그렇다고 치고, 자, 한번 들어 보세. 도대체 어디 숨어 있었던가? 왜 이렇게 되었나? 어디 숨어 있었는가?"

"요릿집, 선술집 같은 데 숨어 있었지. 자, 아무튼 제군들, 우선 모두들 앉기나 하게. 앉을 자리는 많으니까. 이봐, 다리를 좀 당겨."

그의 왼쪽에 길게 누워 팔베개를 하고 호기심 가득한 눈으로 우리를 쳐다보고 있는 한 신병을 향해 흰 이를 내보이며 명령조로 외쳤다.

"말하자면 주지육림 속에서 호연히 마음을 키웠다고 할 수 있겠지. 추악하면서도 매우 통쾌했어."

짤막하게 한마디씩 말할 때마다 정력적인 얼굴 표정을 지으면서 그는 계속했다.

"상인 근성은 자네도 잘 알겠지? 그 악당이 죽었어. 그래서 모두가 나를 내쫓으려고 했던 거야. 때문에 나는 돈 있는 동안에는 실컷 호연히 마음을 키웠다고 하는 것이야. 그러나 이것뿐이라면 또 아무것도 아니야. 고개를 들 수 없을 정도로 부채가 쌓였어. 그것도 쓸데없는 부채뿐이고……. 그리고 이를 상환할 아무것도 없었어. 그저 이런 사정이야."

"그렇다고 해도 왜 이런 곳에 올 마음을 가졌는가? 이상하지 않아?"

하고 주힌이 물었다.

"사실 그것은 이러했네. 어느 날 나는 야로슬라블리의, 아니 자네도 알고 있겠지만, 스토젠카란 곳에서 상인 계급의 모 신사와 호연히 마음을 키웠는데, 서로 이야기해 보니 이 신사가 신병 징집 청부인이었다네. 그래서 나는 1000루블을 내놓으면 징집에 응하겠다고 말했네. 그렇게 해서 입대한 거야(그 당시에는 귀족 자제 등은 군대에 입대하고 싶지 않으면 돈을 지불하고 대리인을 입대시킬 수 있었다. : 역주)."

"그렇지만 자네, 이상하지 않아. 자네는 귀족이 아닌가?"

하고 주힌이 말했다.

"필요없어, 그런 것은! 키릴 이바노프가 돈을 지불해 주었어."

"응, 누구? 키릴 이바노프?"

"1000루블을 지불하고 내 몸을 산 남자야. — 이렇게 말할 때 그는 두 눈에 일종의 특별하며 재미있어 보이는, 동시에 냉소하는 것 같은 표현하기 힘든 괴상한 미소를 지었다. — 원로원에서 허가가 내렸어. 그렇게 깨끗이 부채를 청산하고, 그런 다음 이렇게 입대했던 거라네. 요컨대 얘기는 그것뿐이야. 아직 5루블이 남아 있고 게다가 전쟁이 발발할 기미도 엿보이고……."

계속해서 그는 우울하게 두 눈을 빛내면서 보통 사람이 이해하기 어려운 기기괴괴한 온갖 기행을 이야기하기 시작했다.

병사 내의 면회 시간이 다 되었으므로 우리는 그에게 작별의 인사를 했다. 그는 우리 모두에게 손을 내밀고는 굳게 악수했다. 그리고 일어서서 우리를 전송하지도 않고 앉은 채 이렇게 말했다.

"제군들, 또 한 번 더 와 주게. 다음 달에는 아마 현지로 이동하게 될 것 같다네."

그리고 그는 또 벌써 미소 짓는 것 같은 표정을 보였다.

주힌은 대여섯 걸음 걸어 나오다가 다시 되돌아갔다. 두 사람의 헤어지는 모습을 보고 싶어서 나는 걸음을 멈추었다. 내가 보고 있을 때 주힌은 호주머니에서 돈을 꺼내 그것을 세묘노프에게 주려고 했다. 그러나 세묘노프는 그 손을 밀어냈다.

"잘 있어, 대장! 이제 대학 과정을 절대 마칠 수 없어. 자네는 사관이 되어 줘."

이에 대한 회답 대신 소리내어 웃는 일이 전혀 없는 세묘노프가 큰 소리로 웃어 댔으며, 그 소리가 몹시 내 마음을 깊이 울렸다.

우리는 밖으로 나왔다. 모두가 조용히 걸었다.

나는 둘이 키스를 교환하는 것을 목격했으며, 주힌이 우리 쪽으로 다가왔다. 돌아오는 동안 내내 침묵으로 시종했다. 돌아오자마자 그는 곧 우리 그룹으로부터 떠나 버렸으며 그날부터 시험 직전까지 계속해서 술판에 잠겼다.

낙 제

드디어 미분과 적분 시험날이 다가왔다. 하지만 나는 일종의 불가사의하고도 혼미한 기분에 싸여 자신을 받아들인 실제 현상에 대해 뚜렷한 개념을 가질 수 없었다.

매일 밤 주힌이나 그 밖의 친구들과 모여 함께 시간을 보낸 뒤에는 '무엇인가 나 자신의 신념을 변경하지 않으면 안 되겠다. 내 신념에는 어딘가 좋지 못한 틀린 곳이 있다.' 라는 마음에 휩싸이나, 밤이 지나 아침이 되면 떠오르는 아침 햇빛과 동시에 또다시 콤 일포의 존재가 되어 남김없이 거기에 만족하고 자기 내부의 어떠한 변화도 원하지 않는 것이었다.

이러한 기분으로 첫 시험을 치렀다. 나는 공작이나 백작, 또는 남작 등이 앉아 있는 옆에 앉아서 그들과 프랑스 어로 말하기 시작했다.

그리고 내게는 사실 괴상한 이야기지만 이제 조금도 알지 못하는 과목에 대해 답하지 않으면 안 된다는 생각 같은 것은 전연 떠오르지 않았다. 시험을 치르려고 교사 앞으로 나가는 사람들을 냉정한 마음으로 바라보며, 다시 그중의 몇몇 사람에 대해 야유까지도 하고 있었다.

"이봐, 어떻게 되었어, 그라프?"

일렌카 그라프가 교사 앞에서 돌아왔을 때 나는 그에게 이렇게 말했다.

"무서워서 떨렸지? 살고 싶은 마음도 없었겠지?"

"그렇다면 당신은 어떤 정도인지 한번 구경이나 해 봅시다."

하고 일렌카가 말했다. 그는 대학에 들어 온 이래 완전히 반기를 들고 내 지배를 벗어나 이야기를 해도 조금도 웃지 않고 내게 부정적 감정을 드러냈다.

일렌카의 말이 순간 나를 놀라게 했음에도 불구하고 내게는 경멸하는 것 같은 미소가 떠올랐을 뿐이었다. 자욱한 안개 같은 것이 다시 무자각한 감정을 에워쌌으며 나는 여전히 방심 상태로 무관심한 마음에 잠겼다. 시험이 끝나면 함께 '마테르나'에 들어박혀 아무것이나 실컷 마구 먹어 대려는 생각일 뿐, 시험 따위는 나로서는 식은 죽 먹기와도 같다고 생각했다.

이코닌과 같이 불려 나는 옷자락을 바로 하고 비교적 냉정한 태도로 시험관의 탁자 앞에 다가섰다. 입학 시험 때 심문했던 예의 그 소장 교수가 정면으로 나를 응시하고 내가 답안지에 손을 대자, 비로소 공포의 찬바람이 등골을 스쳐 지나갔다. 이코닌은 입학 시

험 때와 다름없이 온몸을 부들부들 떨면서 문제를 받아들고 어찌
어찌 겨우 대답했다. 나는 입학 시험 때 간신히 실패를 면했다. 그
러나 현재의 나 자신은 그것보다 더 나빴다. 문제를 받아 들고서도
거기에 대해 전연 답을 못했다.

교수는 불쌍히 여기는 듯한 표정으로 나를 찬찬히 바라보더니
또렷하게 낮은 음성으로 말했다.

"자네는 2학년에 진급이 안 되겠네, 이르테니예프 군. 오히려 이
제는 시험 치러 오지 않는 게 좋을 걸세. 이 학부는 좀 정리하지 않
으면 안 되겠네. 이봐, 자네도 그중의 한 사람일세, 이코닌 군."

이렇게 그는 잘라 말했다.

이코닌은 마치 거지가 구걸이라도 하는 것처럼 재시험을 볼 수
있게 허가해 줄 것을 애원했다. 하지만 교수는 1년 동안에도 못한
것을 불과 이틀 동안에 할 수 있다는 것은 무리이니 절대로 진급은
안 된다고 대답했다. 이코닌은 재차 불쌍하고 비굴한 태도로 애원
했다. 하지만 교수는 거절했다.

"이제 두 사람 다 돌아가도 좋아."

단호한 말로 교수는 말했다.

여기서 비로소 나는 시험관 앞을 떠났다. 묵묵히 이코닌과 한자
리에서 비굴한 애원에 동참한 것같이 느껴진 나는 한없이 부끄러
워졌다. 그리고는 어떻게 해서 학생들 사이를 지나 강당에서 나왔
는지, 그들의 물음에 어떻게 답했는지, 어떻게 현관으로 나왔는지,
어떻게 집까지 돌아왔는지 조금도 기억이 나지 않고 그저 밟히고

채인 것 같은 마음이었다. 자신이 불행하게 느껴졌다.

그 후 사흘 동안이나 방 속에 틀어박혀 누구와도 만나지 않고 어릴 때와 같이 눈물 속에서 쾌감을 찾아내고 한없이 울었다. 죽고 싶을 때에는 자살할 수 있게 권총까지 찾았다. 일렌카 그라프는 나를 만나면 내 얼굴에 침을 뱉을 것이다. 그러나 그러한 행동으로 나오더라도 그를 나무랄 수는 없다.

또 오페로프는 내 이 불행을 기쁘게 여기고 여러 사람에게 널리 퍼뜨릴 것이다. 다음 그 콜피코프, 그자가 카페 야르에서 나한테 창피를 준 것도 그야말로 당연한 일이다. 또한 코르나코프 공작 가의 딸을 붙잡고 수다를 떨었던 그 어리석은 장광설은 그 어떤 결과도 초래하지 못했다. 대체적으로 이러한 생각이 머릿속을 스쳐갔다.

이때까지 경험한 범위 내의 내 자존심을 괴롭히는 순간이 연달아 마음속에 떠올랐다. 나는 자신의 불행의 원인을 누군가에게 전가하려고 했다. 누군가 일부러 한 짓같이 생각되고, 자기를 떨어뜨리려는 누군가의 음모라고도 생각해 보았으며, 여러 교수들, 클래스 메이트, 형 볼로쟈, 드미트리 등을 책망하며, 나를 대학에 입학시켜 준 데 대해 아버지를 원망하며, 이런 창피를 당하게 내버려 둔 하느님을 저주했다.

그리고 나중에는 체면이 완전히 손상되어 도저히 아는 사람을 대할 수가 없음을 느끼고서는, 경기병 연대 아니면 코카서스 주둔군에 꼭 입대시켜 달라고 아버지께 말했다. 아버지는 못마땅하게 생각했으나 내가 심하게 괴로워하는 것을 보고, 조금 어색한 이야

기지만 다른 과로 전과하는 것이 어떠냐고 위로해 주었다. 형 볼로
쟈도 내 불행을 조금도 걱정하지 않고 전과하면 적어도 새로운 친
구들에 대해서는 기분 나쁜 일 따위는 없을 것이 아니냐고 말해 주
었다. 집안 여자들은 시험이 어떤 건지, 진급이 무엇인지조차 이해
하지 못했다. 그녀들은 이해하려고 하지 않을 뿐만 아니라 이해할
수 없었던 것이다. 그렇지만 그녀들은 내 일을 딱하고 가엾게 여겼
다. 내 비탄을 목격했기 때문이다.

드미트리는 매일 나한테 와서 언제나 내게 부드럽고 온화한 태
도로 대해 주었다. 하지만 나는 특히 그러한 태도 때문에 나에 대
한 우정이 식은 것같이 느껴졌다. 그가 2층에 있는 내 방으로 올라
와서 마치 의사가 환자 침대에 걸터앉아 있는 것 같은 표정으로 아
무 말도 없이 내 곁에 가까이 앉으면 나는 통렬히 모욕당하는 기분
을 느꼈다. 소피야 이바노브나와 바렌카는 이전에 내가 갖고 싶어
했던 책을 사서 그의 편에 보내면서 꼭 놀러 오라고 했다. 나는 특
히 이토록 나를 염려해 주는 그 가운데 타락해 버린 인간에 대한,
그리고 나에 대한 모욕적인 은혜의 마음을 간파한 것이다. 사흘 정
도 지나니 조금 마음이 진정되었다.

하지만 시골로 출발할 때까지 나는 한 발자국도 집 밖으로 나가
지 않고 늘 슬픔 속에 잠겨, 심지어 가족까지 외면하면서 아무 하
는 일 없이 방 안을 서성거렸다. 생각하고, 생각하고, 한없이 생각
했다. 그리고 어느 날 밤, 늦게까지 아래층 방에 혼자 멍청하게 앉
아 아브도치야 바실리예브나가 치는 왈츠곡을 듣고 있다가 갑자기

일어나 2층으로 뛰어 올라가 처세 규범이라고 적혀 있는 노트를 빼내어 펴 보았다. 회오와 도덕적인 발분의 순간이 다가왔다.

나는 울음을 터뜨렸다. 하지만 이제는 절망의 눈물은 아니었다. 나는 마음을 가다듬고 새로운 처세 규범을 작성하려고 결심했다. 그리고 나는 이제 앞으로는 절대 나쁜 일을 하지 않을 것이며, 단 1분간이라도 무의미하게 보내지 않을 것이고, 어떤 때에도 자신의 규범에 어긋나지 않을 것이라고 굳게 결심했다. 이 도덕적 발분이 오래 계속되었는지, 그 요소가 어떠한 것이었는지, 또 그것이 자신의 정신적인 발달에 어떤 새로운 기초를 갖다 주었는지, 나는 이것을 청년 시대의 더욱 행복했던 후반에서 새로이 펜을 들고 발표할 것이다.

작가 연보

1828년 톨스토이 백작의 4남으로 야스나야 폴랴나에서 출생.

1830년 누이동생을 분만하다가 모친 사망.

1837년 아버지가 노상에서 졸도, 사망. 숙모 오스틴 사켄 부인
        이 고아가 된 5남매의 후견인이 됨.

1840년 현존의 최초의 시 〈어지신 숙모님에게〉를 씀.

1844년 카잔 대학 동양어학과에 입학(아랍 터키 어 전공).

1845년 4월 12일, 카잔 대학을 중퇴하고 고향으로 돌아가 진보
        적인 지주로서 새로운 농장을 경영.

1851년 《지나간 이야기》 집필. 5월, 큰형이 재직하고 있는 코카
        서스 포병대에 장교 후보생으로 입대.

1852년 처녀작 《유년 시대》를 《현대인》에 발표해 재능을 인정
        받음. 단편 〈침입〉 탈고.

1853년 1월, 체체네즈 인 토벌에 참가.

1854년 1월, 장교로 승진. 《소년 시대》 발표.

1855년 3월, 《청년 시대》 집필. 11월, 페테르부르크로 귀환.

1859년 2월, 러시아 문학 애호회 회원이 됨. 4월, 《가정의 행복》 집필.

1862년 궁정의의 차녀 소피야 안드레예브나와 결혼.

1864년 《전쟁과 평화》 집필 시작.

1869년 《전쟁과 평화》 완결 출판.

1872년 《초등독본》, 《코카서스의 포로》, 《표트르 1세》 발표.

1875년 《안나 카레니나》를 《러시아 신문》에 연재.

1881년 《사람은 무엇으로 사는가》, 《요약 복음서》 출간.

1884년 《나의 신앙》 발표. 《광인 일기》 집필.

1886년 《인생론》, 《어둠의 힘》, 《이반 일리치의 죽음》 출판.

1887년 《역》 출판. 《어둠의 힘》 저작권을 포기.

1889년 《크로이첼 소나타》 탈고. 《부활》 집필 시작.

1899년 《부활》을 발표하여 주목을 끎.

1901년 그리스 정교회에서 파문당함.

1903년 1월, 《유년 시절의 추억》 집필 시작. 단편 〈무도회의 밤〉 탈고.

1908년 8월 28일, 세계적 규모의 탄생 80주년 기념제가 개최됨. 《세상에 죄인 없다》, 《사형과 그리스도교》, 《유일한 규칙》, 《꿈》 등을 발표.

1910년 아내에게 최후의 쪽지를 남겨 놓고 주치의와 가출. 11월 7일 오전 6시에 82세를 일기로 영면.

옮긴이 동 완

함북 명천 출생.
만주건국대학 정치과 졸업.
한국외국어대학교 교수 역임.
고려대학교 교수 역임.
대한민국 학술원 회원 역임.

역 서
《유년 시대》, 《청년 시대》, 《부활》, 《미성년》, 《이중인격》, 《대위의 딸》,
《현대의 영웅》, 《사닌》 외 다수

청년 시대

초판 1쇄 인쇄 2007.10. 10.
초판 1쇄 발행 2007.10. 15.

지은이 톨스토이
옮긴이 동   완
펴낸이 신 원 영
펴낸곳 (주)신원문화사

책임편집 최광희, 윤미혜
편집진행 박소연, 김설경
디자인 배광열, 차현준

주   소 서울시 강서구 등촌 1동 636-25
전   화 3664-2131~4
팩   스 3664-2129~30

출판등록 1976년 9월 16일 제5-68호

파본은 본사나 서점에서 교환해 드립니다.

ISBN 978-89-359-1417-3 04890
ISBN 978-89-359-1410-4 (세트)